诡城梦魇

雍九 著

贵州出版集团
贵州人民出版社

图书在版编目（CIP）数据

诡城梦魇 / 雍九著. —贵阳：贵州人民出版社，2017.12

ISBN 978-7-221-14612-0

Ⅰ.①诡⋯ Ⅱ.①雍⋯ Ⅲ.①长篇小说—中国—当代 Ⅳ.①I247.5

中国版本图书馆CIP数据核字（2018）第000636号

诡城梦魇

雍九 / 著

出 版 人	苏　桦
总 策 划	陈继光
责任编辑	陈继光
特约编辑	陈胤凡
封面设计	源画设计
版式设计	陈红昌
出版发行	贵州人民出版社（贵阳市观山湖区会展东路SOHO办公区A座）
印　　刷	长沙鸿发印务实业有限公司（长沙市黄花工业园3号）
版　　次	2018年2月第1版
印　　次	2018年2月第1次
印　　张	19.75
字　　数	200千字
开　　本	710mm×1000mm　　1/16
书　　号	ISBN 978-7-221-14612-0
定　　价	36.00元

目录

卷一：**凶 案**

（一）

"——啊！求求你！别杀我！"

我狂奔在夜色下的街道上，疯子般嘶吼着，追杀我的是一位手持尖刀的美丽女子，尖刀上的寒芒映照在月光下，洌洌惨光。泛着冷意的街道上空无一人，昏黄的路灯一闪一闪，仿佛是漂泊在无尽海洋的港湾指向，目的地是——地狱。

我的精神高度紧张，脚下一个趔趄跌倒在厚重的水泥地上，翻身快速地向后挪动着身体。死神的模样渐渐清晰，女子脚步放慢，脸上露出狰狞的笑容，仿佛在嘲笑我——你跑啊，跑啊！

女子漂亮脸蛋上的肉开始褶皱、脱落，一块块掉在地上发出啪嗒啪嗒的声音，我惊恐地看着她，毛骨悚然，喉咙窒息着。

"咯咯咯咯。"

女子诡异地笑着，尖刀猛地向我刺下！

"啊！"

我猛地从床上惊起，压抑的恐惧感自房间的每个角落逼近我的身体，深深地呼了一口气，骤停的心脏再次活跃，麻木的手脚渐渐恢复血色。

"又是这个梦！"

我揉了揉自己的眼睛按下开关，刺眼的光芒让我有些不适应，熟悉的房间内空荡荡的，习惯性喊了声"小茹"。

没有人回应。

恍然间才想起来，我那可爱的女朋友已经离我而去，而我现在不过是孤家寡人一个。墙上的钟表滴滴答答地走着。

时间：4：20。

不用上班的感觉真好，好得想哭。

我叫赵安，是一家保险公司的代理人，销售业绩——倒数第一。

我一直觉得倒数第一并非是我不努力，而是我那卑微的良心使我不忍心去欺骗别人，可现在我才明白，倒数第一真的不好，不然也不会将我变成一名"变态杀人狂"！

事情还要从一个多星期前说起。

2011年6月4号，阴天，窗外下着毛毛细雨。

公司正在开这个季度的总结大会，和往常一般，主管表扬了那些销售业绩好的员工并且分发奖金，阿明也如往常一般炫耀着："今晚帝豪，我请。"

大家欢呼雀跃。

而我坐在角落里摆弄着手机跟我的女朋友聊天，奖金没有我的份，我也不奢求，稍稍有点吃不着葡萄说葡萄酸的意味。

按照环节主管惯例地批评了我一下，顺带用我作为反例激发其他员工的积极性。

正在我忍受完他的絮叨准备离开后，阿明伸手搭上了我的肩膀：

"赵安，晚上一起去吧。"

我看着他一副高傲的样子心里泛起一阵厌恶，但还是露出笑容道："算了吧，你也知道我家那位，又是倒数第一今晚得回去受刑呢。"

阿明放肆地笑了笑，转身便与其他捧着他的人去聊天了，我独自离开了公司。街道上一如往常地喧闹着，我不过是这小小的城市中不起眼的一分子。

正在我想着回去如何跟林茹——我的女朋友解释时，手机突然响了起来，离开家乡多年的我因为性格的原因在这城市中的朋友寥寥无几，而手机上显示的名字便是其中之一。

"于鸿。"

我接起电话长叹一口气，只听对面沉寂片刻后缓缓道："赵安，发生什么了？"

这是我的外号，也是我和于鸿刚刚接触时一件极其搞笑的事情引起的，这件事后面再说。

我仿佛洪水找到了宣泄口一般，满腔的苦水对着于鸿絮叨着，对公司的不满，对同事的憎恨，对自己未来的迷茫……

于鸿静静地听着没有打断我的话，这是他的职业习惯，我们两人在一起时就好似一只鹦鹉和一块石头，我永远是喋喋不休的那一位，而于鸿只会象征性地吐出几个字"哦""嗯"，证明他在听我讲话。

待我絮叨完，于鸿才说明了来意，他有一位女性朋友要买保险找到了他咨询，他和我一样朋友很少，所以就想到了我。

我连忙答应了下来，不停地道谢，雪中送炭永远都是那么让人感动。

记下于鸿朋友的联系方式，我几乎就要在街道上蹦起来，本准备好回家接受河东狮吼的我，终于有了理由逃避林茹的讽刺和咒骂，比中了五百万还要开心。

如果能让我重新回到那个时候，我宁愿哭也不会笑，我永远也想不到，那一个电话后的笑容，成为我的最后一个笑容。

嘭！嘭！嘭！

门外传来了敲门声，我的心猛地一揪，顺手从床下掏出了一把剔骨尖刀！

我不确定门外来的人是谁，此刻我谁也不能相信，也许门外就是那个女人的恐怖模样，也许——下一个死的人就会是我！

嘭！嘭！

我缩在床上，门外的敲门声好似丧钟一般，令我毛骨悚然。我紧了紧手中的尖刀，尽力地平稳着自己的心情，反复将手机拿起、放下，不知道该打给谁！

"赵安！是我！"

门外的人见敲门无音，于是便嚷嚷起来，熟悉的声音令我悬在嗓子眼的心缓缓坠下。

是于鸿！

我蹑手蹑脚地走到门口，隔着猫眼向外望去，于鸿瘦弱的身形在猫眼下挤得扁扁的，随时都有可能挤碎一样，手中提着鼓鼓囊囊的黑色塑料袋。

开门。

于鸿拎着东西瞟了我一眼，自顾自地走进了房中，踢开地上的空酒瓶和垃圾，埋怨道："你这是干吗啊，看你家里脏的，也不知道收拾收拾！"

说着于鸿将塑料袋放到桌子上，啤酒和熟食露了出来，他拿起角落的笤帚开始整理屋内的垃圾。我从背后将尖刀缓缓拿出，于鸿刚好转头过来，嘴张着好似要说些什么，看到我手中的刀刹那间愣在了原地。

"你……赵安你要干什么？！"于鸿惊恐道。

我看了看手中的尖刀，手一抖扔到了地上，精神有些恍惚，喃喃道："我害怕。"

于鸿快步上来将刀踢到了一边，深呼吸一口气，面色缓和地扶着我坐到床边，担忧道："你的事情我都听说了，别害怕，我就是来帮你的。"

"你帮我？"我不由自主地笑了起来，自己也不知道为什么要笑，笑着笑着眼泪就掉了下来，"你能帮我什么？你不怕我杀了你吗？"

于鸿握着我胳膊的手紧了下，虽然只有一秒钟，可我依然感觉到了，他也是怕我的！即使他心里不相信外面的流言，真到了面对我的那一刻，人与人之间的信任还是会崩溃。

于鸿定了定神，按着我的头与他的脑袋相碰，深情地说："赵安，我不怕，我相信你。你告诉我整件事情的经过好不好？我会尽最大努力帮助你的。"

"你相信我？"

"我信你！"

"为什么？"

"因为你是我兄弟。"

眼泪喷涌而出，我死死地抱住了于鸿的身体，仿佛严寒中寻到了暖炉，不愿放开手。

"我也不知道发生了什么，只是那天你给我打完电话后……"

那日，挂断于鸿的电话我如同孩子一般蹦蹦跳跳地回到了家里，林茹也如往常一般在做饭，听到开门声自厨房探头出来，咒怨地望着我。

"你这次业绩是不是又垫底了？！"

我愣在门口，鞋只脱下了一只，摇头道："没有，听谁瞎说的？"

"阿明都告诉我了，你还在这里跟我装蒜！我问你，这日子还能不能过了？上个月的水电费都是借的，你可别忘了答应我今年买车的！"

林茹曼妙的身材说话时发抖，我知道这是她要开始训骂的特征，连忙上前哄道："我今天刚刚接了个单子，明天就谈。"

说话间我将手机打开，给林茹看于鸿给我发来那位买保险人的联系方式，林茹瞥了一眼哼道："一个人能赚几个钱？你看看人家阿明，月月都是第一，一个月过万的收入，你比得了吗？当初我怎么就瞎眼选了你这么个废物。"

林茹丝毫没有放过我的意思，美丽漂亮且略带婴儿肥的脸蛋上一双浓郁的大眼睛瞪了起来："地是我刚擦的，你还穿鞋进来，赵安，你是不是疯了！"

我下意识地后退，自己刚刚怕她开口骂人急忙进去时只脱下了一只鞋子，瓷砖上留下了两个黑色的鞋印，我连忙拿起鞋架上的抹布蹲下身开始擦，林茹一脚踢到了我的肩膀上，疼得我龇牙咧嘴。

如此林茹才满意地回到了厨房。

我并非不想生气，而是自小在农村养成的性格有些懦弱，林茹曾经是我们公司的实习生，因为高挑的身材和漂亮的脸蛋，追求者不在少数。

阿明和我是最疯狂的，因为我没有阿明的花心，林茹初入社会，天真地选择了我。

我觉得自己从农村来到城里，能够找到林茹这么漂亮的女孩是上天的奖赏，所以无论林茹如何耍脾气都会忍下来。

开始的时候还好，时间一长，耍脾气便成了家常便饭。因为林茹家庭条件还算不错，自小娇生惯养，为了不让她觉得跟我一起生活吃苦，每个月的工资我都会交给她，自己仅仅留下一点坐公交的费用。

烟也戒了下来，偶尔朋友或者同事出去聚餐，也是能推就推，本以为可以像风靡一时《裸婚时代》中的刘易阳和童佳倩般熬过苦日子，哪知现实要比电视剧残忍得多。

从林茹的言语中可以看得出来，她和阿明的联系越来越多了。

吃饭、刷碗、给林茹洗脚，因为她不开心，我只能睡沙发。曾经她要脾气让我睡沙发，总是会半夜将我叫醒，慢慢地变成披上毯子，到了如今，置之不理。

好似所有的忍让时间一长都会变成理所当然，一个犯贱，一个傲娇。

6月5号。

我早早起床给林茹做好早餐，希望能够得到她的嘉许，结果换来的是一个白眼和一句"真难吃"。

曾经那个天天嚷着我做饭好吃的她已经在岁月中消失无踪了。

我垂头丧气地坐公交上班，途中打了几个喷嚏，有些感冒的前奏，迷迷糊糊中忽然感觉有些不对。

我转过头去打量了一下车内的众人，早起的上班族无论是站着的还是坐着的，都一副昏昏欲睡的样子，我晃了晃脑袋，有些不清醒。

大约两站地后，奇怪的感觉又从后背攀了上来，那是一种被监视的感觉，背后有一双眼睛在暗处盯着我，汗毛竖立！

再次转头，人满为患的公交车上却看不到一双与我对视的眼睛。

我的心里有些不安，匆匆下车，与我同时下车的人大概有七八人，分散离开。缓缓驶离站点的公交车窗户上突然露出一双眼睛，凶狠、邪恶。

惊得我呆滞在原地，不知所措。

心跳的速度陡然提升，车马如龙的街道上我瑟瑟发抖。

拦了一辆出租车，花了一个星期的公交钱打车到达了公司，恐惧使我无暇去想回家会不会挨骂。

到达公司后整理了一下文件便与于鸿给我介绍的朋友联系，约好了见面的地点。

"跟踪你的人是谁？"

这是我和于鸿认识这么久，他第一次打断我的讲话，于鸿眉头皱得很深，眼神深邃，与那清秀的面孔显得极不匹配。

"我不知道。"我抿了抿嘴唇道，"但是很可怕，是那种发自内心的恐惧，只记得那种感觉好似在死亡的边缘，就像是魔鬼在盯着你一样。"

我说话间脑海中不禁浮现出了公交车上的那双眼睛，身体不自主地开始颤抖。

于鸿感觉到我的恐惧，安慰道："好了好了。"

"不，他想杀了我！他一定是要杀了我！"

我猛地站起身指着窗户外嘶吼道："他就在窗外，我能够感觉到他！"

于鸿眼睛一瞪，下意识转头看去，待他看清后长吁一口气："别瞎说了，你家是十八楼，他要是真的在外面早就摔死了。"

我咬着嘴唇，眼睛死死地盯着窗外，总觉得在窗户外有一张青黑色的脸，獠牙利齿，来自地狱的凶狠眼神就那么看着我，召唤我跳下去。

"之后发生了什么？"

于鸿见我凝视窗外，出言问道，他的声音将我脑海中的幻想拉回了过去。

那是在一间暗黄色的咖啡馆中，我的对面坐着一位披着长发，柔情似水的女人，她身着白色的连衣裙，出水芙蓉般的面孔令人心动，白皙纤细的手指间小铁勺绕动搅拌着刚刚端上来的咖啡。

小巧的鼻子上浮现点点汗珠，不知道在这安静凉爽的咖啡馆中她为什么会出汗，嘴角用力地抿着，好似丁香花一般忧郁，眼神沧桑，直觉便觉得她是一个有故事的人。

我将文件递给她，她匆忙地看了一眼，毫不犹豫地签下了两份人身意外险，我记住了她的名字——古玉。

人如其名，古往今来，和田为宗，清澈，静透。

她自始至终只是临别时说了一句话，当时让我思虑了很久。

"保单什么时候能够下来？"

"一星期内。"

她点了点头起身离开，白色的咖啡杯放在桌子上，她一口都没有喝。我去结账时，服务员却递给我一个蓝色的蝴蝶结发夹，说是跟我同座的女士留下的。

我若有所思地将它放进包里，有些不解。

保单下来后我再次见到了她，是在公司里，当时由主管接待，我只是匆匆瞥了一眼。

一眼惊鸿。

主管的理由很可笑，告诉我因为我的销售业绩太低所以不放心。我知道他是见到了女子美丽的脸蛋心动而已，老色鬼。

我倒是也没有理会，业绩总归是算我的，至于如此惊艳的女子，我还是很有自知之明，不敢有非分之想。

这件事仿佛就是书本上的一点墨渍，并不影响生活的继续，我也一如往常地上下班。林茹和阿明的聊天越来越频繁，公司里甚至传出了流言蜚语，说见到阿明接林茹出去玩。这些话他们竟然没有避讳我，显然在同事的心里，看到我越糟糕他们才会越开心。

这是人性，无可反驳。

我回家越来越早，心里还是有些提防的，林茹每天也是按时上下班，并没有异常的举动，看来公司的流言是阿明故意散播出来的。

"你是不是要和阿明保持点距离？"

这是四天前和林茹吃晚饭时我说的话，得到的回应简单而有力度。

"你什么意思？"

我看着林茹质问的眼神，喃喃道："公司里最近……"

"你信他们还是信我？"

林茹的眼神渐渐生出怨气，我连忙止住了话语，却没有逃过睡沙发的结局。

三天前。

我到达公司的时候，所有人看向我的眼神都变得异常，曾经喜欢嘲笑我的同事，例如阿明，看到我非但没有说话，反之匆匆跑开，好似我是瘟疫一般。

未等我坐到椅子上，两名穿着警察制服的人员走到了我的面前，主管在他们身后低头哈腰。

亮出证件后，我自然而然就被带到了警局，此时我才得知，那位签了我合同的女子死在了家中，而警察在她的手机中查到最后的通话记录，是我打的。

我开始慌了，从小到大我都没有进过警察局，在我的印象中只有那些罪不可恕的犯人才会被带到这里，录口供的时候警察就好似狮子一般，恨不得活吞了我。

我畏畏缩缩地回答着每一个问题，详细得很，就差没告诉他们我每天吃饭和上厕所的时间规律了。

在录口供的过程中，有一位中年男人走了进来，他穿着白色的衬衫，寸头，整个人显得极为挺拔，用现代的话来说就是有着领导者的气质。

录口供的两位警察见到他很尊敬地起身敬礼，男人点了点手指示意他们继续，而他则点起一根烟注视着我。

在警察的审问下我交代了和女人接触的经历，并且重点强调了自己除了最后在公司见过她后，根本不了解她的任何信息，也从未与她接触过。

我被放回了家。

林茹不知收到了什么消息，在我到家后她变得异常温柔，我跟她说了事情的经过，她安慰我不要慌张。

夜里睡得很香，可是昨天早上起床时，林茹消失了，连同消失的还有她的行李和存折。

我打了无数遍她的电话，都是关机。

哀怨许久，到达公司时，主管将我叫进办公室，面色慌乱地对我说："赵安，上面因为那个案子决定辞退你，这个月的工资提前打到了你的卡，我……我已经尽力帮你说情了，可是没有用，你别怪我。"

我看着主管那与平常天差地别的眼神，知道他也把我当成杀人犯了，没有多说什么，简单地收拾了一下东西。令我惊讶的是阿明请假了，而且是在我之前。我不由得笑了出来，估计他是怕我对他进行报复吧，毕竟在他们的眼中，我是一名杀人犯！

现在这个社会，好事不出门，坏事传千里。

那位女人的死公司赔偿了一大笔钱，而被审问的只有我一个人，知道此事的所有人都会先入为主地将我当成杀人犯。

虽然，我仅仅是录了个口供。

回到家里坐在床上我不知如何是好，林茹的电话仍然打不通，索性买了许多的酒，大醉一场。短短一天内，女朋友跑了，工作丢了。我想起来林茹那晚的反常举动，才明白她也怕我，恐怕早就想好了离开，只不过等我睡着罢了，我甚至可以想象她躺在我身边瑟瑟发抖却还要强装镇定的样子。

　　不用想也知道，定是阿明告诉她的消息，而且一定夸大其词，添油加醋。雪中送炭的人不多，但落井下石的人满地皆是。

　　"就这些？"

　　我略微思索，随后轻轻点头，于鸿摸着下巴陷入了沉思。

　　我走到桌前打开一瓶啤酒喝了起来，只希望酒精可以麻痹自己，不去想这些烦心的事情。

　　墙上还挂着我和林茹的照片，那是两年前我们热恋的时候在云南大理照的，背景是洱海，她依偎在我的肩头，小姑娘一样天真地笑着，是那么漂亮、可爱。

　　物是人非，欲语泪先流。

　　时针滴滴答答地走着，酒一瓶一瓶被我灌进肚子里，头开始晕了起来。

　　00：00

　　我喝光了最后一罐啤酒，迷迷糊糊地站起身来上厕所，于鸿跟在我的身后递过来一根烟，眼神温柔。

　　我习惯性地想要拒绝，自从跟林茹在一起后，已经戒烟很久了。转念又一想，自己已经没有了女朋友，抽一根又能怎样？

　　将烟叼在嘴里于鸿帮我点燃，狠狠地吸了一口，烟雾在肺中的胀满感使我有些飘飘欲仙，脚下步伐不稳，踉跄扶住了卫生间的墙。

　　"真是太久没抽了，不适应。"

于鸿笑了下，淡淡道："要不要去我那里住几天？"

我摆摆手："算了，自己惹了一身腥，就别给你添麻烦了。"

于鸿沉默无言，扶着我回到床边，说道："她叫古玉，我最近从她的手里接了一个单子，是关于她丈夫的，或许跟她被杀有关系。"

"哦。"我躺在床上轻轻应了一声，"然后呢？"

"赵九儿，你振作一点！现在外面把这件事传得沸沸扬扬，你在家里什么都不管不顾，若是不调查清楚，你以后怎么做人？你要知道现在舆论可是比刀子还狠，杀人不见血！"

于鸿拽着我的脖领将我拉起，一股反胃的感觉随着动作立刻涌了上来，我挣脱开他的手跑到卫生间内，大口地呕吐起来。

不知不觉眼泪哗哗地流下，我抱着马桶放肆地大哭，心里的委屈无人能懂！

想起昨天上午刚刚给家里的表哥打电话，他听完我的事情后只留下一句"我这还有事"便匆匆挂断，再拨打已经被拉黑了。在他最难的时候我曾拿出过自己全部的积蓄帮助他，甚至吃了一个月的泡面也未叫苦，到了我，血缘至亲变得如此陌生。

父母那里我更不敢联系，他们在农村的日子安安稳稳，总是炫耀着自己的孩子在大公司上班，哪知道都是我吹的，只是为了让他们开心而已。如果现在我跟他们说，他们一定会相信我，但同时也会为我日夜担心，年迈的身体不可能承受得住如此大的打击。

生为人子，报喜不报忧。

我感觉到有一双强有力的臂膀从后面抱住了我的肩膀，我擦了擦嘴扶着墙壁站起身，正准备和于鸿道谢时，门外突然传来了敲门声。

咚、咚、咚！

于鸿和我皆是一惊，我快速迈起步子捡起了地上的剔骨尖刀，借着酒劲凶狠地望着门口。

于鸿示意我不要激动，缓缓打开了房门……

"别动！"

两只黑洞洞的枪口指向了我和于鸿的额头，一男一女两人身上的制服在灯光下异常刺眼，幽幽冰冷的声音刺痛着我的耳膜。

"赵安，你涉嫌故意杀人、碎尸，立刻放下武器，跟我们走一趟吧！"

"铛！"

我恐惧地看着枪口，手中的刀掉落到了地上……

这是我第二次被带到公安局内，审讯室冰冷生硬的椅子硌得屁股非常难受。椅子把手上横着一块长木板拦住胸口，上着锁，腹部前是铁栅栏，弯腰都做不到，有一种上了刑场的感觉，不禁想起古代时期的各种酷刑。

面前不远处，一案方桌上摆放着文件和茶水，警察还未进入，我大脑一片空白。

我不知道自己要经历什么样的事情，从眼前景象来看，他们把我定成罪犯，难道是抓不到凶手要逼迫我承认吗？还是准备屈打成招？

不禁想起曾经于鸿说过的话，审讯室曾经叫作刑讯室，因为近些年刑讯逼供已经成为了法律明令禁止的行为，所以这一称呼被渐渐地废除。

他曾开玩笑说，进了这里不死也要脱成皮，我每次都是附和着笑笑，却没想到，自己真的会一日内两次光顾这个阴冷幽暗散发着死亡气息的房间。

嘭！

正在我胡思乱想之际，门开了。

暗淡的门口闪出两道人影，一男一女，缓步走到审讯桌前。

男子看起来有一米八左右，短发，穿着半袖，手腕处有一道十几厘米长的刀疤，甚是骇人，可他的面部却是英眉俊目，眼中透着严肃，冷冷地看着我。

而他的旁边是一位二十多岁的女孩，低头整理着文件，脸上化着淡淡的妆，扎着马尾，身材凸凹有致，显得极为干练，以她那美丽的面貌，定然是警花级别的女神。

我的脑海中不禁泛出了四个字——郎才女貌。

"赵安。"

男子低沉的声音幽幽传来，看他不过二十多岁，话语间竟有如此大的威压，我的身体一震，连忙坐直。

"我姓都，都书言，是负责6·13案件的警员。现在我会对你进行一系列的讯问，不需要你多说话，回答就好，明白吗？"

我看着他面无表情的脸，仿佛机器人在说早已输入好的话语般，麻木地点点头。

"姓名？"

"赵安。"

"年龄？"

"26。"

"出生年月。"

"……"

与上次一样，都书言不停地按例讯问着，我注意到，当无聊的问题讯问完毕后，都书言的脸色渐渐缓和，眼神中好似……好似透着兴奋。

"好，我们来聊聊吧。"都书言将文件放到旁边，如释重负一般舒了口气，旁边的女孩用笔不知道在写着什么。

"你为什么要杀古玉？"

"我……我没有杀人！"

都书言突如其来的一句话差点使我没有反应过来，待听明白后惊得大喊道。

都书言嘴角微微扬起，好似料到我会如此一样，猛地拍了下审讯桌，吓得我身体一紧，缩在椅子上。

"上次你在口供中说仅仅见过古玉一面，那为什么她的手机内有案发前一天的通话记录？"

"这……这怎么可能？"

我蒙在椅子上，脑海中快速地回忆着，自己的的确确没有给她再打过电话，抬起头凝视着都书言，坚定道："我没有！绝对没有给她打过！"

都书言面色沉了下去，从桌子上拿起一份单子说："这是在移动公司查的，你还狡辩？"

说着都书言旁边的女子将电话单拿起走过来放到我的面前，我额头的冷汗缓缓流了下来，他没有骗我，上面的的确确显示在案发6月12日晚间8点我给古玉打了一通电话！

我惊愕得说不出话来，女子柳叶弯眉，对着我冷冷一笑，将电话单拿离，我脑海中疯狂地探索着6月12日晚间8点时自己在做什么。

"你还有话说吗？"

都书言厉声喝道："说，你为什么要杀她？！"

我猛地抬起头，怒视着他，有些豁出去的架势："我没有杀她！那电话不是我打的！我跟她无冤无仇，杀她对我有什么好处？而且我从小到大，鸡都没有杀过，怎么可能敢杀一个人！"

语无伦次的嘶吼声在审讯室内回荡，都书言站起身大步向我走来，我看着他的面孔，不禁气势软了下去，哆哆嗦嗦道："你，你要干什么？"

都书言上前将手狠狠地拍在了椅子前的横板上，我吓得不停向后缩着身体，可椅子就方尺大，逃不掉……就在我感觉自己避免不了一顿揍时，审讯室的门突然打开了！

我和都书言同时转头过去，只见一位四十余岁的中年男人叼着一支烟站在门口，紧紧皱着眉头望向我们两人，都书言微微一愣，随后连忙站直身体。

"秦队。"

我见过这个人，上次来录口供时，他就在场，但没有说话。

"嗯。"秦队象征性地从嗓子里迸出一阵声音，随后走向审讯桌，女孩连忙站起让开脚步，将文件收拾好递给秦队。

都书言没有了刚才的气势，从他的面色可以看出，对于这个中年男人，他有些惧怕。

"赵安，你和古玉是怎么认识的？"

秦队的声线很厚，莫名多出一种令人难以反抗的威严，威严中又带着柔和，好似长辈的训话一般。

"她……她在我这里买了两份保险。"

"谁介绍你们认识的？"

"呃……"

我差点说出了于鸿的名字，幸好脑袋转得快，我了解自己所处的地方，若是真的将于鸿说出，说不定还会给他沾染上不必要的麻烦。

最难的时候人家没有抛弃我，我怎能忘恩负义？

"快说！"都书言在旁突然发声道，音量很大，将秦队也惊了一跳。

秦队皱了下眉，都书言意识到自己的不妥，抿住嘴唇不再说话，但眼神依然凶狠，恐吓着我。

我摇摇头，道："我只是卖保险的，没有谁介绍。"

秦队眯起眼睛，手指轻轻点着桌子，发出"咚……咚……咚"冗长的响声，像是亡灵的丧钟罄击不绝，我的心狠狠地揪着。

他沉吟着，可以从他的脸上看出点点的纠结、犹豫，空气仿佛在这一刻都凝固了起来，我的呼吸开始急促，心跳加速，所有人都在等待着……

"你可以走了。"

指间忽停，丧钟消弭，徒留一语惊四座。

我和都书言皆瞪大双眼，不敢相信秦队刚刚说出的话，那个女孩站在秦队的身侧，怀抱着文件惊愕地注视着他。

"真的？"

"那晚的电话不是你打的，另有他人。"

"怎么可能？"都书言惊道，"我们调查过，那晚手机一直在他的家里。"

秦队转头微微抬首，都书言下面的话咽到了肚子里……

秦队带着我办完手续离开了警局，分别前他拽住了我的手塞给了我一张纸条，眼神中透着深意。

"我叫秦石，牡市的刑侦支队长，如果你遇到危险可以给我打电话。"

说罢，秦队拍拍我的肩膀，身体微躬，嘴唇贴在我的耳边，语气阴森。

"对了，忘了告诉你，在古玉的家中，我找到了你的照片！"

我浑身战栗，如同雕像一般定格在原地，嘴巴张了又张说不出话来，望着那离去的消瘦身影，心神颤抖。

打开家门时，于鸿正一脸焦急地拨打着电话，闻得开门声转头过来，二人对视，于鸿的电话掉落到了地上。

嘣。

于鸿猛地跨步上前死死地抱住我，双臂的力量与那瘦小的身体极为不符。

"还好，还好，赵安你没有事吧？"

我愣愣地用手拍拍他的后背，喃喃道："我也不知道有事还是没事。"

我们二人坐在沙发上，我将在警局遇到的事情对他讲述，随着话语于鸿的眉头愈皱愈深。

"那个秦队是什么人？"

"我们市的刑侦支队长。"

于鸿紧紧咬着自己的嘴唇，忐忑不安。

"九儿，这个人我知道，可他怎么会参与进这个案子？"

他说得我一头雾水，不明所以。

"秦石这个名字曾经在牡市可谓是家喻户晓：二十二岁进入牡市下辖的古林县派出所的一位传奇人物，九十年代的古林县乱成一团，当时的严打还没有涉及此处，那里被人称为'亡命徒的聚集地'，市里曾多次进行打黑惩恶，但却没有收到什么好的效果。

"古林县内由于偷盗、抢劫、斗殴、杀人事件频频发生，那里警察的工作很难，警察去那些人则跑，甚至在某些时刻会胆大地与警察对抗，因他们的罪行大多不足以判刑，警察又不可能公然枪毙那么多人，一时间别无他法。

"而秦石貌似是得罪了哪路高佛，被分到了那里，不过令所有人都没有想到的是，古林县竟成为了他的机遇。

"六年的时间，秦石将古林县从穷山恶水变成了富饶美丽的县城，抓捕的犯人过百，并且与县长共同带着人民致富，获得过个人三等功，从一个名不见经传的小人物一跃成为了省里多次褒奖，用来做表率的对象。

"因此秦石升到牡市公安局工作，名声在外，当初为难他的高人也无法打压，鲤鱼跃龙门，天也拦不住！

　　"他离开古林县时，村民拉了一条百米长的横幅，上面写着各种各样的寄语，最后是一句诗，还上了报纸。

　　"石破天惊成古林，恩如再造今包公。

　　"后秦石到了市里，凭借自己的经验和智慧，更是破案无数，十年内将曾经所有的悬案都一一解决，多年前曾闹得沸沸扬扬的万村碎尸案，最后也是秦石亲自出马，在大兴安岭抓捕到了凶手。

　　"我们业内都称之为'宋慈在世'，而百姓则称他为'秦包拯'，从这两个称呼你就应该能想到这是个什么样的人物！"

　　我听着于鸿的讲述心中一惊，喜道："他竟然如此厉害，那这件案子对他来说岂不是小事一桩？看来我也可以洗脱冤屈了！"

　　于鸿见我欢呼雀跃，连忙按住我的肩膀，摇头叹气。

　　"若是如此便好了，你可知我为什么惊讶？是因为秦石已经五年没有亲自参与过任何案件了。"

　　"为什么？"我那欣喜的情绪好似火被浇灭一般，只剩下缕缕的青烟。

　　"五年前牡市发生了一起密室杀人案，被杀的人是省里高官的妻子，当时下令一个星期内必须破案，其他的警员根本找不到任何线索，杀人现场近乎完美。秦石理所当然地被派来负责那个案子，所有人都期待着他能够和往常一般抓住凶手……可结果却是一无所获，连秦石自己也不得不承认自己无法破案。

　　"最后，那起案子成为了牡市至今唯一的悬案，秦石也因此变得一蹶不振，再也没有参与过任何一起案件。现在偶尔会讲讲课，虽然仍是牡市的刑侦支队长，但多是在幕后帮着分析，不再走到台前。"

　　"就因为一件案子？"

于鸿撇了撇嘴角："不是案子，而是舆论。

"所谓希望有多大，失望就有多深，当所有人都对他憧憬时，他身上的压力就随之变得沉重起来。无数次的成功抵不过一次惨败，因为涉及的人物很重要，连局长也躲不过遭受牵连。好在当时的公安局长与秦石的私交甚好，拼力保住了他，不然他早就降职了，怎么可能现在还能坐在这个位置上？"

我缓缓舒出一口气，不解道："可是他这次出现了，并且放走了我。"

"这也是我费解的地方，为什么他会再次出现？难道他已经走出了上次的阴影，还是这次的案子和当年的那宗案子有着某种关联？"

"不知道。"

我倚在沙发上，望着天花板迷茫，耳边回响着秦石与我分别前的那句话。

"我在古玉家找到了你的照片……"

他的声音仿佛深渊一般，令我的心沉沦到其中无法自拔，古玉的家里怎么可能有我的照片？我与她不过见过一面而已。

思索着我猛地转头看向正在思考的于鸿，发声问："你和古玉是什么关系？"

于鸿闻言身体怔了下，没有看我。

"她是我的朋友。"

"什么样的朋友？"

于鸿从茶几上的烟盒内掏出一支烟点燃，吞吐着淡蓝色的烟雾。

"普通朋友。"

说罢于鸿站起身，对我微微一笑，笑得很勉强："我先回去查查这个案子的情况，有事给我打电话。"

我没有说话，望着他离去的背影怔怔出了神。

他，和古玉的关系一定不简单。

此刻我的心如同那烟灰缸中散乱的烟头一般，乱糟糟。

于鸿与我第一次见面是前往牡市的火车上，我们两个对坐，仍记得他当时不停地摆弄着电脑，面色铁青，我无聊地望着风景，转头却注意到他旁边孩子伸在桌下的手。

低头看去，那是一双白皙的手，食指和中指间夹着刀片，缓缓地划着于鸿的行李箱。

小偷的另一只手拿着手机，好似在聊天，我看着他的动作，轻轻捅了捅于鸿的电脑。

于鸿略显生气地看向我，我眼睛轻轻向下一瞄，他竟立刻懂得了我的意思，快速地抓住了桌下的那只手。

小偷一愣，十多岁的脸上露出惊恐的表情。

于鸿只是轻轻将他的手甩到一旁，并未说话，继续摆弄着电脑。

小偷见他没有发难，趁机快速离开。

"你为什么不叫人把他抓起来？他离开后不是还会偷别人吗？"

于鸿手指在键盘上快速地敲打着，喃喃自语："出门在外，多一事不如少一事，他又没有偷走，没必要找麻烦。"

"你这人怎么这么冷漠？"

说着我便要站起身去追赶小偷，于鸿却快速地抓住了我的手腕，凝视着我。

"人生在世，都有自己的难处，这么小的孩子如果不是生活所迫怎么会出来做扒手？"

"你倒是真好心。"

我有些生气地环抱起手臂说道。

"你要去哪儿？"他岔开话题。

"牡市。"

"我也是，等着到牡市，我请你吃饭以表谢意。"

我瞟了他一眼，那刻他的笑容使我如沐春风，眉眼弯弯，我能感觉到的是温柔，一种令人无法抗拒的温柔。

"我叫于鸿，是一名私家侦探。"

"赵安，无业。"

他越过电脑伸出手来，我犹豫后还是与他握在了一起。

（二）

于鸿是一名私家侦探。

不过他更喜欢别人称他为"Looking for strayer"，译为"寻途者"。

迷途中寻找出路的人。

所有人从他那里寻求帮助都是为了追寻事情的真相，类似伴侣出轨、家人走失、商场斗争、犯罪资料等等。

他每个月只接五笔生意，并且极其有原则，立下了"三不动"的规矩，在业内也是颇有豪名。

一不动政治官场。

二不动杀人越货。

三不动遗产分配。

前两样其实很好理解，毕竟有些人物和事件不是他一个小小的私家侦探可以惹得起的，虽然他的关系网上通黑白，下连老少，但用他自己的话来说，人最可怕的是贪心，因为贪和欲自古死去的人数不胜数，他不希望自己"有幸"成为其中一员。

至于第三样，貌似和他的经历有关，于鸿不说，我也不愿多问。所谓君子之交淡如水，了解得越多，关系不一定就会越好，反之可能触到痛伤，最后分道扬镳。

传闻牡市近几年偶尔也会有警察找他，请他帮忙处理一些琐碎的案件，毕竟警察为正义，有些方面他们无法交涉，也没人愿意与他们打交道。这时就要靠游走在城市中间路的于鸿来帮忙提供一些线索。

对于此类的事，于鸿选择性会接手一些，且分文不收。

我不过是这城市内的一只蚂蚁，涉猎的方面肯定没有于鸿广，平时喝酒聊天也只是当些故事来听。直到如今，才发现自己也陷入了城市的旋涡之中，很后悔当初没有听于鸿的建议，多交一些各个方面的朋友，不然自己也不会落入如此难堪的地步。

幸好，还有于鸿在我的身边。

从清晨到夜晚。

我躺在床上仰望着天花板一言不发，甚至感觉不到饥饿，烟一根根地从口中化成飘散的烟雾和光秃秃的烟头，颓废至极。

我不知道自己该做些什么，若是走出那扇门，面对的就是世俗的冷眼和人们的议论，唯一变好的是，再也不用担心别人欺负了——曾经霸道蛮横的他们如今看到我都会绕着走。

"他怎么被放出来了？"

"听说他杀了自己的客户！还是个美女哩！"

"肯定是看上人家的美色，却没有追到，一怒之下动的手！"

"他老婆跟他的同事有一腿。"

"是不是戴了绿帽子才想找个女人发泄的。"

"他根本挣不到钱，听说他曾经在夜场做过少爷呢！"

"就是心理有疾病！"

"绿帽男！"

"变态！"

"杀人犯！"

……

嘭！

我猛地挥起拳头砸向了玻璃，随着咔嚓一声，手开始滴落鲜红色的血液，我丝毫感觉不到疼痛，泪水混杂着血液流淌到床单上，触目惊心！

这尘世可能容我？

我疯狂地拽起床单将手缠了个紧，拿起电话给林茹拨了过去！

"您好，您拨打的电话已关机……"

冰冷的声音从电话内传入耳朵，浇灭了那沸腾燃烧的心脏，我不知道自己还剩下什么，或许……只留下空洞洞的躯壳罢了。

我们每个人在社会上都戴着不同角色的面具，互相结识、交流、露出伪善的笑容。仿佛面具就是我们本来的自己，都在尽力维持着假象，这就是生活。

但有一天，突然你发现有人不再需要你去戴着面具交流时，真实的面孔便会暴露，无论是狰狞也好，狂妄也罢，其实都是你自己。

这，叫作人性！

如果正在读此书的你并不理解我所说的话，可以看看下面的故事。

玛丽娜·阿布拉莫维奇是一个传奇的女性人物，她是 20 世纪最伟大的行为艺术家，被人称作"行为艺术之母"。

而她一生中最为惊险的行为表演，莫过于 1974 年在意大利那不勒斯表演的"节奏系列"终结作品《节奏 0》，她第一次尝试和现场观众的互动效应，让观众成为她作品的一部分，玛丽娜面向着观众站在桌子前，桌子上有七十二种道具（包括枪、子弹、菜刀、鞭子等危险物品），观众可以使用任何一件物品，对她做任何他们想做的事。由于作品有不可预测的危险性，所以，玛丽娜承诺承担行为艺术表演过程中的全部责任。

在场的观众们，有人用口红在她的脸上乱涂乱画，有人用剪刀剪碎她的衣服，有人在她身体上作画，有人帮她冲洗，还有人划破了她的皮肤……随着时间推移，观众发现无论如何摆布，阿布拉莫维奇都不做任何反击，直到有一个人用上了膛的手枪顶住了她的头部，最终被他人阻止。在被人施暴的过程中，阿布拉莫维奇眼里已经开始有泪水，内心也开始充满恐惧，但是她始终没有做出身体上的反应。这件作品持续了六个小时，作品结束后，她站起来，走向人群，所有的人担心遭到报复，都开始四散逃跑。

阿布拉莫维奇说："这次经历让我发现：一旦你把决定权交给公众，离丧命也就不远了。"

这就是我所说的人性，面具下的真我！

而当我和于鸿探讨这个问题的时候，他的回答让我无法反驳。

正因为人性如此，所以国家才会制定法律，有人说法律是当权者的武器，这样的说法很片面，法律正是让人永远戴上面具的条件！我们都是动物，虽然高等，但避免不了骨子里的血性，只有在法律的控制下，才能够保证人们不会暴露出面具下的面孔，我们才不会被周围的人攻击、迫害，控制同时也代表着安全！

而这就是——社会。

整整两个日夜，我都窝在家里，瘫痪在床上不知道胡思乱想什么，饿了就随便吃些东西垫垫肚子，随后继续瘫痪。

倒是像极了懒残大师"饥来吃饭，困来即眠"的感觉，就是不知，会不会有老虎冲到家中将我叼走。

手机静静地躺在我身边，如同一具尸体，没有生气。

寒风从碎玻璃上的窗户冲击进来，肆虐地席卷着我温暖的身体，温度渐渐下降，我那仍不愿意挪动的心慢慢死去。

咔嚓！

一道巨雷闪过天空，将无尽的夜照了个通透！

远方的雨掺杂着闪电和惊雷似怪兽一般快速地向我扑来，我睁着空洞的眼睛望向那漆黑的夜，倾盆大雨转瞬即至，将我吞入腹中！

雨声震作，泪水湿了枕头。

苍茫下，骤雨中，满天神佛可能看到缩在床上泪流满面的孤独？

不知道自己是如何睡过去的，再次醒来时天已经大亮，太阳似缠绕着烈火的雄狮，晒干了夜里的雨渍，仿佛一切都没有发生过。

如果……如果真的没有发生过，该多好。

眼睛有些痛，四肢发麻，我浑浑噩噩地坐起身，上厕所。

走到卫生间，我愣住了，几乎不敢相信镜子里的人是我。胡楂儿悄然爬上了侧脸，眼皮垂着，干涩的嘴唇破裂，灰蒙蒙的头发如杂草般生长着，比起"人"这个称呼，我更像是一头徘徊在荒野中等待死亡的老兽……

"你是谁？"

我望着镜中的"陌生人"轻声问道。

咚咚咚。

深夜，敲门声从耳畔传来。

我望着天花板不想去开，感觉自己的身体快到达极限，如果能这么死去，也算不错，不用拖累别人，不用伤害自己。

咚、咚、咚！

鼓点声重了几分，奈何我是平常人，终起身打开了门，一身警服的中年男人在门口打量了我一眼，走进了屋子内。

噗！

秦石扇了扇自己的鼻子，看着满地的杂物皱眉道："你这是干什么？"

我伸手将椅子上的烟头和酒瓶扑到一旁，坐下回应："你……找我……有事吗？"

秦石见我颓废，从兜里掏出了一张照片递了过来，我犹豫着，终颤颤巍巍地伸出手接过。

照片上是一个穿着白色连衣裙的女孩，明眸星目，嘴角微微扬起，伴着酒窝依偎在一棵老树旁，美得令人心慌。

这是那位死者的照片，我的手开始发抖，哆哆嗦嗦拿起旁边剩下的半支烟叼进口中，点燃狠狠地吸着！

"她的葬礼在明天，其实不应该火化的，尸检报告还没有出来。但她的丈夫昨天从海外回来了，办理手续后还是将尸体交还给了他。我想邀请你跟我一起去，当然，还有你的朋友，于鸿！"

沉重的声音穿透过我的耳膜，我缓缓抬起头，秦石看向我的眼神中竟带着一丝怜悯。

"我不想去。"

"那你就要承受流言蜚语和舆论的碾压！"

我凝视着他，秦石的脸颊微微抽动，我知道他当初便是因为舆论才这么多年没有参与案件的，他深知舆论的可怕，而我，更加明白！

因为我本身就是社会底层的人，就是舆论的参与者！

我叹了口气，秦石却又说出了一句话，使我的心即刻颤抖起来。

"还有，那双眼睛你不怕吗？如果你不是凶手，难道不担心那双眼睛的主人会杀你灭口吗？"

烟头掉落在手上，烧灼的痛，撕心裂肺。

秦石离开后我坐在床上发呆了很久，与此前不同，这次并不是迷茫，而是抉择。

他告诉我，古玉的尸体有一根手指被凶犯残忍地切割下来，但是现场并未找到。问我见到她时那根手指上是不是有什么重要的标记，我思索了很久却根本想不起来，我与古玉见面的那一次，全部的心思都在保单上，哪里还有心思贪图人家的美色。

秦石见我慌乱，叫我不要着急，明天和他一起去参加出殡，看看能否找到什么线索。

我只能点头。

其实我很想问问那位死去的女人，到底是谁杀了她，是谁，将一切罪名栽赃在我的身上？

巧合。

秦石走后不久，我接到了于鸿的电话，我将秦石邀请我去出殡仪式的事情告诉了他。于鸿沉默许久后缓缓道出了一条惊人的消息！

于鸿收到消息，今天警局收到了一条匿名举报信，而举报的人，正是我！仍然是这个案子，仍然是说我杀了古玉——那个无辜的女人。

此时我才恍然大悟，怪不得秦石会突然间找到我，怕是他想着试探我的真假吧？

于鸿分析道："此人屡破奇案，抓凶无数，其洞察力、思维方式都非常人可比，他找你定不是做无用之功，最好小心为上！

"明日出殡，我也会到场，到时候你千万千万要保证自己的安全，我怕秦石是抱着守株待兔的想法，如果你不死，那么就要别人死！"

挂断电话，我的心在沉迷了这么多天后再次狂乱地跳动了起来！

凌晨四点。

我将身上的油腻冲刷个干净，换上衣柜中林茹前些日子洗过的衣服，刮了胡子。

不知道为什么，丝毫没有困倦之意，秦石的车笛声在楼下想起，我匆忙地跑下楼，这是近几天第一次走出去，突然心底有些恐惧外面的世界，安慰自己嘀咕着："也不怕吵醒别人，没有公德心！警察就了不起吗？"

可等我到车前才发现，一辆普通的哈弗，且开车的人并非秦石，而是在警局凶如恶狼的那位警察——都书言。

副驾驶是与他共同审讯我的女孩。

秦石打开后车门，自己向里侧挪了挪，眼睛扫了下刚刚自己的位置，示意我坐上去。

都书言冷峻的面孔使我有些心惊胆战，但还是无奈地坐了进去，未等我关门，一脚油门车就窜了出去，险些将我甩出车内！

"书言！"

秦石低喝一声，车的速度立刻降了下来，只听都书言冷冷道："不好意思，没看见。"

"我的徒弟，都书言，许梦梦。"

我关上车门拍了拍自己的胸脯，长吁一口气。

女孩转过头笑着对我招了招手，都书言仍然凌眉寒目，好似所有人都欠他钱一样。

"你好，赵安。"

许梦梦的声音很甜，而且不是那种故意做作的，天籁之音。

秦石望向都书言叹了口气。

一路无话。

车行驶到目的地，是在一栋废弃的小区门口，周围乱糟糟地堆着石头，还有垃圾，小区内的楼房破旧得不成样子，墙皮脱落，窗户摇摇欲坠。

"这是哪儿？"

许梦梦转头一双水汪汪的大眼睛："古玉的丈夫是这栋废弃小区的开发商，正在准备进行整改和重修。俗话说婚丧嫁娶都要以业为首，想必他是为了祭奠自己的妻子，才选择从这里出殡前往殡仪馆的吧。

"以后他每次踏上这片楼房，都会想起古玉，那个百年后将要与他同葬的女人。"

秦石眯起眼睛："书言，你说说看。"

都书言望着小区门口停成排的各种豪车，人潮涌动。

"梦梦太幼稚，尸检报告还没有下达，他就如此心急地火化尸体，怎么可能办得风光？也只能寻这种偏僻的地方吧，看看这些往来的人，彼此握手交流，面带笑容，哪里像是葬礼，简直就是一场无酒的宴会！"

都书言脸上隐隐浮现愤怒，我不禁产生了好奇，转头。

秦石扬起嘴角未说话，都书言开车靠近，我们停在了小区门口。

四人下车，见来往之人皆是衣装华贵，三三两两谈笑风生，倒是真应了都书言的话。穿过人群我们进入小区内，西面楼下立着二米多高的灵棚，花圈堆积如山，一道横幅挂在灵棚两侧。

"春江桃叶莺啼湿，夜雨梅花蝶梦寒。"

横批，"悲忆玉娇"。

灵堂内一副棺材横在其中，前方冥香炉燃起，两侧长明灯不灭。晨风出日，光照人间事，黄纸落盆，荡起漫天尘！

"人在时不知珍惜，到了这等场面又有何用？"都书言双手插在裤兜内，喃喃自语。

许梦梦眼神凌乱，我悄悄走到她身边，问道："你害怕？"

"不怕，只是有些伤感，我不愿将人心想得险恶，或许，真的有些幼稚吧。"说着她略带怨气地看了眼都书言的背影。

我撇了下嘴，这都书言和许梦梦完全是两种性格，真不知他们是怎么共处的。

思量间有人迎来，一身西装，容光焕发，个子不高，身体微微发福，握住了秦石的手。

"秦队，您来了。"

秦石回以微笑，点头道："王总，怎么这么急着出殡？"

古玉丈夫摇头叹气："没办法，总不能让我的妻子一直在停尸房躺着，我已经买好了墓地，等着我百年后，跟她一起葬在那里。"

秦石脸色阴沉了下来："凶手还没有查到。"

古玉丈夫抿了抿嘴唇，讪笑道："这就需要您多帮忙，有什么需要尽管找我，明天我还要回伦敦，有事您可以联系这边的负责人。您放心，无论出钱出力，都没有问题。"

秦石还要说话，古玉丈夫拍了拍他的手背："不好意思，我这儿还有其他的客人，几位去上香吧，等到六点，大家准时出发。"

"什么东西！"

都书言沉声喝道，此时他还未走远，背影微微一愣，回过头来。我本以为他要与都书言相斗，哪知他却是微微一笑致意，随后走远。

望着古玉丈夫离开的背影，秦石突然问我道："怎么样，有没有感觉到那双眼睛的存在？"

我愣了下，随后环顾四周，在人群中极力搜索着……

"没有。"

秦石舔了下嘴唇，双眼泛光："那你觉得王总有没有可能是凶手？"

我不敢妄自猜测，只得低声回应："不知道。"

"我看他的嫌疑不小。"都书言义愤填膺地说。

"哦？说说看。"

"古玉是他的妻子，可在他的脸上完全看不出急色，两人结婚多年未有子女，他这段时间又一直在国外发展，说不定在外面有了女人，怕古玉分割他的家产暗下毒手，这种事屡见不鲜。尸检报告还未出来，如果他真的想要为古玉报仇雪恨，差这几天时间？一回国就匆匆将尸体火化，要是没有嫌疑才叫怪事！

"俗话说夫妻本是同林鸟，大难临头各自飞。为了家产，这些权贵有什么是做不出来的！"

听得都书言的分析，我与许梦梦皆是一惊，齐齐望向正在接待他人的古玉丈夫，不经意间他回过头望了我们这侧一眼，仍然是微笑，却笑得我浑身发冷，不禁打了个寒战。

突然，一只手搭上了我的肩膀，我下意识地躲闪。

"赵安，你干吗？"

于鸿挎着电脑包惊疑地看着我，秦石等人也随即转过头来，我觉着自己有些神经过敏，深呼吸平复着心情："你怎么才来？"

于鸿打着哈欠："我昨晚赶工作，一宿没睡，刚刚弄完资料，能过来就不错了。"

说着他看向秦石伸出了手："这位就是秦队吧，久仰久仰。"

两人握手，秦石报以微笑。

"业内谁不知道你于鸿的大名，师父的信息恐怕你都倒背如流了吧，还在这儿装不认识！"都书言板着脸说。

于鸿一愣，脸色阴沉不定，他毕竟没有古玉丈夫那种混迹商场的圆滑程度，能做到对都书言的话语充耳不闻。

秦石回头瞪了都书言一眼，许梦梦也在旁悄悄拉了下他的衣角，都书言才撇头不理，一副傲气的模样。当初他审问我时，我以为他的直性子是故意做给我看的，现在才明白，他那根本不是装，而是本性！

"迷途者于先生嘛，我也早有耳闻。当年我接手蓝雨案件时，很多消息还是警局内的同事找你得到的，不然那时也不会那么顺利。如此说来，我还欠你一个人情呢。"

"不敢不敢，于鸿只是尽点绵薄之力，哪里敢要人情？"

"哈哈，谦虚了。"

"您过誉了。"

两人你一句我一句，仿佛多年不见的老友，虚伪得过分，让我很不适应。

我走到都书言的身边，低头轻声道："兄弟，你对我能不能温柔一些？"

"不能！"

本想和都书言拉拉关系，哪知道碰了一鼻子灰，连个回旋的余地都没有留下。

许梦梦笑道："他可是我们警局出了名的不讲人情，除了师父，谁也不给面子，你还是省点心吧。"

我挑了下眉毛，感觉呼吸顺畅了许多。

"他对你也这样吗？"

许梦梦嘟着嘴，思考状，随后伸出粉嫩嫩的小拳头："他要是敢欺负我，师父一定会打死他！"

于鸿在和秦石打完照面后直接奔向了古玉丈夫，令我惊讶的是，古玉丈夫见到他立刻开怀大笑，竟然搂住了于鸿的脖子，两个人仿佛兄弟般走向远处。

要知道于鸿因为本身工作的原因，防范性非常强，很少有人能够如此亲密地接触他，今天这场面不禁让我再次怀疑起于鸿和古玉一家的关系来！于鸿和古玉之间不简单，和她丈夫的关系，貌似更加复杂！

我注意到秦石也在看他们两人,不过他的表情很平静,以我的洞察力,感觉不到什么。

天边泛起鱼肚白,东方隐隐红色缭绕,好似凤凰涅槃,正欲一飞冲天。

看了眼时间,我们四人匆匆上了香,准备回往车上。

路途中多次有人上前欲跟秦石说话,都被都书言拦阻住了。用秦石的话说,现在这些商人巴不得自己能够跟公安部门扯上一些关系,你跟他吃顿饭,他就会跟别人说你们一起嫖过娼;你跟他聊个天,他就会说你们一起做生意。

所以,还是敬而远之比较好,省得传出什么谣言。

出殡的过程其实很简单,灵车打头,其余车辆跟上,途中有人扔出纸钱,还让都书言到殡仪馆给骂了一顿。

火化后,古玉丈夫特意来到我们车前,说中午在市里安排了饭局,但是被秦石以工作为由拒绝了,这也正合我意。

回往市里的路上,秦石再次询问我有没有被监视的感觉,我仍是摇摇头,如果古玉丈夫真的是凶手,他有杀意也不可能在我和秦石等人一起时显现出来。

秦石等人将我送到家门口,小区内行人往来,我刚刚下车其他人注意到我后脸色瞬间一变,下意识地开始躲开我,我咬着嘴唇对着车内三人摆摆手,转头跑上了楼。

回到家中,我狠狠地栽倒在床上,想着刚刚那些人的眼神,本有些恢复的心情再次压抑了起来,从床上冲入卫生间,将头放在水龙头下狠狠地冲刷着!

直到凉意透过全身,将我的怒火消弭。

抬起头,望着镜中的自己,双拳攥得死死,猛地怒吼出来。

"你没有杀人!!!为什么!为什么都要这样对我!"

"你做错了什么！"

"平时用得着你，找你帮忙，找你借钱！称兄道弟，都他妈是假的！"

"你为什么不去死！！！"

人是群居动物。

我们在社会中生存，往往更在乎他人的想法，与其说我们忘了曾经，其实是我们忘了自己。

深夜我单独出了门，阴森空荡的街道此刻却给了我足够的安全感，记得在哪个帖子上看过这样一句话：可怕的不是鬼，而是人心。

我这个人胆子小，无论是对于鬼神还是生人，都尽量保持着谦卑，以为如此便可以在人群中苟活。

可是我错了，善良和懦弱间的区别，很大很大。

这一走便是两个小时，直到脸上漫出汗水，寻得一处老树下的凉椅坐了下来，路灯早已静默。唯一剩下的只有冰冷的月光，如同银纱遮在眼前，似有似无。

我闭上眼睛，默默地感受着周围的一切，幽暗的风，刺骨的冷，以及萧瑟风中落在肩上的枯叶，这座城市如同一具冰冷的棺椁，将我装在其中。

可是，我忽然感觉到了一丝丝的不对劲。

暗处有人在看着我！

这种异样和公交车上的那双眼睛不同，一个是监视，一个是杀意！

我缓缓睁开双眼，脚底微微发力，扫视着周围却没有发现人的踪迹。

难道是鬼？

我不禁苦笑了出来，难道现在连鬼都要欺负我？

正在我自嘲间，余光瞥到古树后的一堆半人高的花草猛地晃动了一下，我舔了下嘴唇，默默念叨着：应该是跟我一样流浪的动物吧。

虽然如此想，但还是心有余悸拿出手机给于鸿拨了过去，此时能陪我的人，只有他。

"您好，您拨打的电话正在通话中……"

我微微一愣，深更半夜他在与谁通话？要知道于鸿和我一样友人绝迹，难不成是客户？

我嗅到一丝丝危险的气息，将手机贴在耳边装作拨通电话一样，开始快速地向家里走去。

"喂？"

"哎，我在外面呢。"

"你要来接我呀，好啊好啊……"

脚步声在身后传来，冷汗湿了后背。

一个路口转弯时我悄悄回头看了眼，只见一位戴着鸭舌帽，身着皮衣的男子双手插在衣兜内，低头跟在我身后五十米左右，阴暗的月光下好似厉鬼一样纠缠不休。

我的头皮开始发麻，手不自主地颤抖起来。

我再也装不下去，将手机塞到裤兜里，趁着他还未转过弯，撒开腿狂奔！

身后的脚步声也开始急剧，我在逃，他在追！

我的速度很快，这恐怕是我一辈子最快的一次，感觉自己就像是一阵风，没有疲惫，没有呼吸，为了活下去而迈开每一步！

当我冲进家将门锁上，整个人立刻倒在了地上。身体如同洗个澡一般，汗水黏着地板，我大口大口地呼吸着，脑子缺氧晕晕的。

咚、咚、咚！

丧钟般的敲门声猛地响起，我如惊弓之鸟般地蹿到床上，握紧藏在枕下的剔骨尖刀，眼睛死死地盯着房门，战栗的身体，崩溃的神经，甚至有那么一瞬间想要打开门和他拼个你死我活！

敲门声除了刚刚的几声，再也没有响起。

而我却迟迟没有走下床，恍惚间仿佛看到门后一张狰狞的脸在对着我笑，微微地笑——那张脸正是古玉丈夫！

"喂？"电话那头传来慵懒的声音。

"我是赵安！有人……有人追杀我！"

"什么！你在哪儿？"

"家……家里。"

"锁好房门等着！"

秦石挂断了电话，我缩在床上握着刀不时回头向窗户外看去，虽然这是十楼，但总是害怕会有人从身后的窗户爬进来。

半个小时后，敲门声如约而至，我没有开门，直到一个陌生的号码打了进来。

"喂？"

"赵安，我是许梦梦，开门。"

"不。"我下意识回答说。

许梦梦愣了下："你有毛病吗？大半夜找师父把我折腾醒，还不给我开门？"

"对不起对不起。"我连忙道歉，方才反应过来，一拍自己的脑门，匆匆下地打开了门。许梦梦披着头发，素颜，穿着粉色的运动服气鼓鼓地看着我。

我将她迎进门连忙反锁住门，转头间黑洞洞的枪口对准了我。

"把刀放下。"

我吓得连忙将刀丢在地上，许梦梦狐疑地瞧着我，将刀踢到一边。

"你想干什么？"

"我……我没有，有人，有人在门外，我害怕。"

"你骗我。"

"我，我没有！我发誓！"说着我伸出三根手指指着灯光。

她咬着嘴唇，将枪缓缓收入腰间，将地上的刀捡起攥在手里，防备地看着我。

"你……你别误会。"

"追杀你的人在哪儿？"

"我不知道，出去的时候便发现有人跟在我的身后，他追我，我就逃……"

许梦梦听完我的讲述，沉思道："你记得那个人的长相吗？"

我摇摇头。

"那明天再说，看看监控里能不能找到什么线索。"

"你……你能不能别走？"

许梦梦皱着眉头，看着我渴求的眼神，犹豫了许久。

"仅此一次。"

她握着刀坐在了一旁的椅子上，嫌弃地用脚踢开了地上的垃圾："你这是猪窝吗？怪不得你女朋友受不了你！"

她的话犹如手中的尖刀般，狠狠地扎在我的心上，其实我是个很爱干净的人，林茹在的时候还总是说我矫情，容不得脏。

但我不想解释，脑海中都是林茹的样子，她就那么随意地背叛了我。

我叹了口气，喃喃道："你回去吧。"

我的声音很小，抬头时却发现许梦梦并没有在床边，随后见她从卫生间中走出，手上戴着胶皮手套，还有扫把。

她默默地低头开始收拾屋子，我愣在床上。

我不知道自己要说些什么，开始同她一起打扫这小小的房间。

一室一厅一卫的房子，中间没有门，就像是硕大的老鼠洞。

两个编织袋的垃圾堆在门口，许梦梦拍拍身上的灰，脸上染了黑色。

"看不出来你做事还挺利索，收拾起来比我还快。既然会做为什么非要让它乱着？显示你的颓废？拜托，你是成年人，不要跟小孩子一样行吗？男人就要有个男人的样子！"

许梦梦嘟囔着进入卫生间，没过几分钟流水的声音悠悠传来，我不禁抬起头，磨砂的玻璃被水屋笼罩，隐约可以看到里面曼妙的身姿，不由得低下了头。

整洁的屋子使我恍惚间回忆起了当初的点点滴滴，可这份情，如今却成了恨。

我从未去恨过一个人。

当时也没有，直到第二天。

许梦梦和我收拾了一晚，她洗完澡后穿着林茹的睡袍跟我埋怨了好久，主要表达的意思就是我耽误了她的美容觉，还有秦石的严厉。

最后我将床让给了她，一个人睡在沙发上，看着她迷迷糊糊，如同小猫样的睡姿，不禁心里泛起点点暖意。

许梦梦是一个工作和生活截然不同的人，工作狂与萌妹子两个称呼恰到好处地结合到了她的身上。她是秦石招到警局的，因为长得美丽，很多人都说她靠色上位，但据许梦梦自己所说，秦石和都书言这两个与她朝夕相处的人都从未对她有过非分之想。

甚至在平时的生活中，也没有做过任何过界的举动，哪怕是逛街时许梦梦玩笑性地挎了下两人的胳膊，两个人却下意识地匆匆避开。

秦石已成家，妻子无工作，孩子上小学。

而都书言则未恋爱，他这个人生性冷淡，也不愿意多接触人，很无趣。

倒是听说上大学时有个姑娘独独喜欢他的性格。

两个人在一起第一天。

女孩问都书言吃什么，都书言回了两个字：面条。

第二天。

面条。

第三天。

面条。

第四天女孩找他出去吃火锅，结果都书言愣是只点了几袋火锅面，女孩问他为什么，都书言道出两个字。

便宜。

第五天……分手。

我不理解一个人为何会这么抠门。

甚至有人怀疑他是同性恋，因为只有和秦石在一起时，他才会抛弃面条吃肉。

"赵安，起床啦！"

娇柔的声音在耳边响起，我下意识地说："小茹，让我再睡会儿，对不起，昨晚又惹你生气了。"

随即猛地坐起，瞪着眼睛看向眼前的女孩，许梦梦皱着眉头。

"不好意思，不好意思。"我莫名地道着歉，"以前她在的时候，总是让我睡沙发，所以……"

"别说那些没用的，我饿了。"

许梦梦没有接我的话，我连忙跑进厨房，却发现冰箱里只有过期的食物。

"我们出去吃吧。"

"嗯。"许梦梦早已换好衣服，"师父说他下午才会到，昨天忙完出殡他就去了省里。"

"那你几点去上班？"

许梦梦狡黠地笑了笑，开心道："我已经在上班啦，师父说我现在的任务就是保护你。"

我比画了下她只到我下巴的个子："你……保护我？"

许梦梦打掉我的手，仰起脖子傲视我："别瞧不起女孩子，我可是空手道黑带，警告你，别对我有什么想法，不然我单手就可以打得你满地找牙！"

"厉害厉害。"

我拍拍手笑着，额头流出了冷汗，我丝毫不怀疑她的手段，内心还有一丝窃喜，感觉家里充满了活气，不再是那个阴暗的老鼠窝，窗台上的月季发出了嫩芽。

到楼下才发现她昨晚是骑着粉色的摩托来到家里的，许梦梦本意是想在楼下随便吃点东西，但我却强烈要求去市里吃，吃什么不重要，只是不要在这个噩梦缠绕的地方，我害怕世人的冷眼，更怕那藏在暗处的杀人凶手。

"他们为什么那么慌乱？"

许梦梦看着周围故意疏远我们的人群问道。

我叹息着摇摇头，许梦梦若有所思："怪不得。"

"怪不得什么？"

"怪不得你那么颓废，不爱出门。"

"呵呵。"

我坐在摩托后，许梦梦拧动油门，马力很足，摩托车快速蹿了出去，隐约可以看到一些人在暗处指指点点。

说不定明天在他们的口中，许梦梦成了我杀人的同伙，那可就有意思了。

我们在市里找到了一家小饭馆，为了避开众人的眼，我买了一顶鸭舌帽戴在头上，两个人各点了一碗炒饭。自古玉死后，我的食欲日趋下降，稍稍吃些东西便足以饱腹。

埋头吃饭间，不自觉想起昨晚追逐我的男人，不知道为什么，总感觉他并不是杀害古玉的凶手。

许梦梦好似与我心有灵犀，再次询问昨晚的事情，我一一回答，毫不隐瞒。

"我觉得他可能是古玉丈夫派来的。"

"为什么？"

"外面都传是你杀了古玉，以古玉丈夫在牡市的人脉不可能查不到你，可出殡时他见你并未有什么异样的举动，这不是很奇怪吗？"

"呃。"

"事若反常必有妖。"

许梦梦话未说完，她的手机突然响了起来。许梦梦拿出手机看了眼来电显示，对我做了个噤声的手势。

与此同时，我的手机竟也不约而同地响起，拿出一瞧，是于鸿。

我站起身走到门口。

"赵安，你在哪儿？"

"我在市里跟警察吃饭，北三街这边，昨晚给你打电话怎么没接？"

"别吃了，来我家。"

“现在？”

“对，我查到线索了。”

“好！好！”

挂断电话我不禁欣喜地跳跃起来，回到座位上，看着许梦梦娇柔的面庞，突然不知道该如何和她解释。于鸿并未表明他查到什么消息，也没告诉我是否应该带警察去。

“走吧，不吃了。”许梦梦抽出一张纸擦了擦嘴，似笑非笑对我道。

“去哪儿？”

“于鸿家，刚才不是他给你打电话吗？”

我瞠目结舌地望着她一脸笑意，许梦梦两只小手拉起我的胳膊，将我拽出饭馆。路上我才知道，许梦梦接到的电话是秦石打来的，于鸿和秦石之间也有着联系。

秦石下午才能到，许梦梦等于代替他记录，虽然我成了配角，但一想到有线索能够摆脱嫌疑还是难以抑制心中的喜悦。

牡市分为东西南北四个城区，于鸿的家很偏，属于牡市的北郊区。他在自家的楼下租了一个小门市，当作办公接待场所，门脸不大，好似那种小型的皮包公司，一般人倒是真的很难找到。

我倒是曾经跟他讲过，让他换一个热闹点的地方，于鸿并不缺那些钱。但于鸿每次都是摇摇头，对我道：“如果一个人不能用心找到我的门脸，那说明他诚意不足，单子我接与不接，钱赚与不赚，可有可无。”

他的道理我总是无法反驳。

我给许梦梦指着路，虽然偏远，但好在不会堵车。直到破旧的门市前，许梦梦将车停好后望着那破小的门面，嫌弃道：“听说迷途者的大名很久了，真是没想到他竟然将侦探所开在这种地方，真是店如其人，阴险狡诈。”

"小隐隐于山，大隐隐于市。要那么高档的店面有什么用，生怕别人不知道我是走夜路的？"于鸿不知何时出现在了我们的身后，笑道。

许梦梦回过头，瞥了他一眼，没好气道："你走路没声的吗？"

"轻功，不行吗？"于鸿显然今天很开心，竟与许梦梦开起了玩笑。

许梦梦鼓了鼓腮帮子，不知如何回驳，狠狠地白了他一眼。

我看着两人的模样，晃了晃脖颈，连忙凑到于鸿的身边，直奔主题问道："你查到了什么线索？"

于鸿故作神秘地摇摇头，微微弯腰伸手："里面请，等我沏壶茶慢慢聊。"

看着他胸有成竹的样子，我没有再急于询问，每次他办成一件工作，都会如此跟我打哑谜。好似人们越好奇他才越有成就之感，他的行为就像是一只小猫藏在我的身体内，抓挠着心脏，痒痒的。

进入店面里，干净整洁的大厅内只有一张长桌和几把黑色的皮椅，桌子上摆着电脑和其他的仪器，井井有条，秩序井然。两侧的墙上挂着各种各样的照片，贴着文件，几块白色的写字板立在角落中，其中一块写字板上的字刺中我的眼睛——古玉凶杀案！

（三）

于鸿请我们落座，随后拿起烧开的水泡茶，不急不躁，待得两三分钟后，瘦弱的手端着茶壶为我们沏上碧螺春，眉角一弯，嘴唇勾起弧度，坐在椅子上喃喃道来。

"古玉的丈夫上次你们都见过吧。关于他的信息我查到了一些线索，不过我想这位许警官要比我了解得多，不如由你先来为赵安介绍介绍？"

　　"凭什么？"许梦梦闻声即刻反驳。

　　于鸿抿茶："如果你不知道，那就由我来说。"

　　许梦梦瞥了他一眼，赌气似的快速道："王图强，现年43岁，牡市人，龙宇集团老总，早年间是牡市政法大学的教授，改革开放时期下海经商，在南方倒卖碟盘，赔得一无所有。后得贵人相助，东山再起，一步登天，成了南方有名的富豪。

　　"2001年回到牡市，创建了龙宇集团，主要经营第三产业，近些年开始涉及房地产，与很多高官联系紧密，2008年汶川地震，捐款数百万元，被评为省杰出慈善企业家。

　　"妻子古玉，也是本案的受害人，曾是牡市最杰出的律师，五年前放弃工作，自己开了一家餐馆。同样，她也毕业于牡市政法大学，传闻两人在大学期间便开始了师生恋……"

　　于鸿伸手阻住了许梦梦下面的话。

　　"够了。"

　　于鸿微微一笑："你说得很全面，不过至于那些传言，你作为公务人员可不能听风就是雨，否则以王老板在牡市的地位，小心你这份工作保不住！"

　　许梦梦瞪着眼睛刚要出口骂人，我连忙悄悄碰了下她的手，让她不要激动。

　　"哼。"许梦梦端起茶水一饮而尽，也不知她嫌不嫌烫。

　　于鸿打开桌子下的抽屉，拿出了一个褐色的文件袋，按在手下，神秘道："据我了解，王图强对你们警察说他在古玉出殡前一天刚刚从国外回到牡市，可对？"

许梦梦未理他，我对着于鸿点点头，出殡那一天，王图强和秦石交谈时确实如此说的。

"他在撒谎。"于鸿说，"我这里查到了一些信息，出殡的时间是前天，6月21日，而我这里有6月18日王图强在南方某市消费的信息，包括照片。"

说着于鸿打开文件袋掏出两张照片，一张上面是消费单，显示某某国际酒店的消费金额为8200元，下面有王图强的签字。

第二张照片上是一男一女街头相拥，女子穿着暴露，虽然男人只是侧影，但从身材上看，和那王图强真的有几分相似！

我呆呆地拿起两张照片，许梦梦的眼睛也转了过来，道："这么说来，王图强根本没有出国！或者说，他早就已经回来了！"

于鸿点头："不能抛开这两种可能，照片上的女人是王图强的情人，叫作燕雨，是南方某知名企业家。据我了解，两人的情人关系已经维系超过两年，且王图强出国或者去南方时，这个女人都会陪在他的身边。可以说是王图强的商场伴侣，亦是王图强的第二个家，比起古玉安安稳稳的性格，这女人倒是更适合王图强。"

"适合个屁，为了情人杀害妻子？！浑蛋！"许梦梦咒骂道。

我抬起头看着于鸿平静的脸，问："除了查到他21日在南方外，还有什么证据吗？"

"没有，这还是我托人费了好大的劲才拿到的！王图强在南方虽然是知名人物，但平时为人低调，阴狠，做事圆滑从来不留话柄。这还是某个狗仔偶然拍到的。"

"那这可以定他的罪吗？"我有些激动地看向许梦梦。

许梦梦从愤怒中清醒过来，攥着拳头道："不能，但是可以审问他！"

"好吧。"

我咬了咬牙，于鸿拿出的线索虽然打破了僵局，但并不能定他的罪。以王图强的势力，律师怕是一大堆，而我的嫌疑仍然没有摆脱。

许梦梦将于鸿手中的文件收起，对于鸿道："既然你拿出了线索，等到了警局，也许还需要你帮忙做个笔录。"

于鸿摇头："这就不需要了，我既然给你们秦队打电话选择让你跟来，他就会帮我处理好一切。我约了你们秦队晚上一起吃饭，咱们四个可以好好聊聊。"

许梦梦皱眉："都说迷途者不参与任何刑事案件，只是提供线索和照片，怎么如今这么主动？难不成是黄鼠狼给鸡拜年，想要扰乱我们的视线？您和王图强的关系恐怕不是那么简单吧？"

我感觉两人的言语中开始冒出了火星，许梦梦温婉的一面消失无踪。

"非也非也，赵安是我朋友，我虽然很在乎利益，但偶尔，也会小小地讲一下义气。"

说着于鸿伸出了自己的小拇指，哈哈大笑起来。

"许警官，你不用对我这么大怨气，我知道当初的事情你还怀恨在心，可我那时不也是为了帮你们？你师父都没说什么，你有什么可生气的？"

许梦梦的牙摩擦出了响声，柳眉倒竖，杏眼圆睁。

"哼！"

许梦梦嗔怨一声，拿起文件起身便向门外走去，我愣愣地看着两人，不知所措。

"赵安！你走不走？"

许梦梦在门口怒吼，于鸿微微一笑，我回以微笑透着无奈转身跟了出去。坐上摩托未等我反应过来，许梦梦便骑着摩托开始在街道上狂飙，狂风如刀般刮着我的脸颊，幸好于鸿所住的地方是郊区，不然我还真的怕她会撞伤人。

许梦梦带着我到了市里的一家咖啡厅前，我被风吹得晕晕乎乎，浑浑噩噩地跟着她走进去坐了下来，服务员来到桌前。许梦梦点了一个汉堡，两根鸡腿，一杯奶茶，而我，只要了一杯咖啡。

从前一直听说化悲愤为食欲，这次是真的见识到了，中午刚刚吃完东西，现在许梦梦仍可以大口大口地咬着汉堡，只是眼神中除了怨恨，还是怨恨！

起初两人见面时，我本以为许梦梦跟其他的警员一样，对于私家侦探不太相信，毕竟他们不属于正规的调查组织。可现在看来，两人之间的渊源怕不是我想的那么简单，不禁开始好奇地询问。

在我的追问下，她边塞着东西边说出了缘由。

三年前在牡市发生了一起凶残的案件——蓝雨碎尸案。

死者是一个女孩，起初只是失踪，后尸体在河中被渔民打捞出来，因为尸体的碎块是在河中捞起的，尸体被鱼虾啃咬得厉害，时间一久，追查难度相当大。而负责案子的人正是许梦梦他们组，因为许梦梦是秦石的徒弟，所以在警局的地位以及名声都要比同期的警员高得多。

不过也正是因为她是秦石的徒弟，高处不胜寒，免不得遭人妒恨，暗地里人们都说她是花瓶，她也正想借着蓝雨碎尸案来证明自己的能力，成自己的名声！

经过一系列的调查，最后将嫌疑人锁定在蓝雨继父的身上，很多疑点和线索都可以证明这个案子是蓝雨继父所为，而且蓝雨继父得知消息后竟仓皇出逃了。

辗转多省，许梦梦将蓝雨继父缉拿归案，但是他却死不认罪，无论警方拿出什么样的证据，什么样的线索，蓝雨继父一口咬定不是自己做的！

根据我国《刑事诉讼法》，没有被告人供述，证据确凿、充分的，可以认定被告人有罪和处以刑罚。

所以许梦梦当时可谓是成竹在胸，夜以继日地忙案子，很快便可以定罪。可就在千钧一发之际，案件发生了重大的转折，于鸿来到了警局，并且拿出了各种各样的证据和线索给秦石，证明另一个人是蓝雨碎尸案的凶手。

秦石派人去查，果然抓到了那个人，而且他慌乱下连续招供了两起案件，蓝雨碎尸案便是其中之一，证据吻合，时间线索吻合。

而蓝雨继父不过是巧合下的替死鬼罢了。

蓝雨继父被释放，而这件案子在秦石的宣传下，在外界流传是师徒二人努力的成果。不过警局内部都知道，许梦梦抓错人了，差点就酿成了一桩冤案，那些本就妒忌许梦梦的人更是添油加醋，气得许梦梦差点一怒辞职。

迷途者的称号更加响亮，后才知，是蓝雨的母亲跪求于鸿帮忙调查，才挽救了自己的男人。

蓝雨碎尸案结束时，许梦梦收到了一条短信。

"一位母亲已经失去了爱女，我不能眼看着一位妻子再失去丈夫，学艺不精就别献丑，名利可图，人命无价！"

至此，许梦梦对于鸿的恨便在心里扎了根。

我听完她的讲述方才恍然大悟，怪不得秦石和于鸿认识，平时温柔贤惠的许梦梦会对于鸿有那么大的意见。

可惜今天，许梦梦又败了一场，不因案件，言语同样。

我喝着咖啡欣赏着她往嘴里塞食物时的可爱样子，出言安慰了许久。

许梦梦刀子嘴豆腐心,蓝雨案件结束后她其实知道是自己的不对,后来也多次拜访过蓝雨的母亲和继父,道歉送礼。

两位老人也没有跟她计较,毕竟人在世才最重要。

但在许梦梦的心里,那条短信永远是一抹挥之不去的阴影,笼罩着她的职业生涯。

在我的安慰下,许梦梦才算从与于鸿的气愤中缓了过来。

许梦梦给都书言打了电话,让他带人前往王图强的家中进行审问。

我突然想起刚刚于鸿的话,问道:"对了,于鸿说晚上是四个人吃饭,为什么没有提到带都书言呢?"

许梦梦将手机揣入兜里:"你能想象于鸿和都书言坐在一张桌子上吃饭的场景吗?"

"额。"我微微沉思,摇头道,"两个人怕是要打起来。"

许梦梦站起身:"那不就得了!我吃饱了,你去付账。"

"哦。"

我乖乖地把账结了,许梦梦的心情不好,我还是不要惹她,免得她把对于鸿没有发泄出的火气再转移到我的身上。

空手道黑带,不得打死我?

因为秦石要下午才能到达牡市,许梦梦和我商量后决定回到家中等待,审问王图强有都书言便够了。对于许梦梦来说,我的安全才是她工作的第一位,虽然我感觉她有点为了偷懒才留在我身边的嫌疑。

许梦梦果然是急性子,气火来得快,消得也快,没一会儿就开始跟我说起他们在警局的趣事来,哪个警官追求她被她臭骂,哪个警察天天睡懒觉被秦石批评……

当我们到达小区时,她还在喋喋不休地说着,脸上挂满了笑意,可我却开心不起来,因为我发现家门口的单元下停着一辆熟悉的宝马。

我皱了下眉头，脑海中突然闪过一个人，还未等许梦梦停稳摩托车便慌忙地跳了下去，跟跄几步稳住身形，狂奔上楼！

"哎，我还没说完呢！你等等我！"

许梦梦在身后呼喊，我的大脑一片空白，阿明！阿明的车在下面，那，那林茹一定回来了！

当我爬上楼后，站在家门口时却停住了脚步，放进兜内准备掏钥匙的手迟迟没有掏出。

额头的汗滴滴答答落在地面上，我挪着脚步靠在家门口的墙边，战栗不已。

"你跑那么快干吗！"

许梦梦呼哧带喘地追上来，到达门前时猛地怔住身体，呼吸抑制，目瞪口呆地看着我。

只见门口处一摊摊的血迹如同红墨，已经有些干涸，墙壁上斑斑点点的血红刺得眼睛生疼，触目惊心。

许梦梦急忙掏出枪上膛，打开保险，严肃道：

"赵安，开门！"

许梦梦将枪口指向门，眼神凌厉，我颤颤巍巍地掏出钥匙，手一抖，钥匙掉入了血迹之中。我惊慌失措地叫了一声，手忙脚乱地将钥匙捡起，缓缓插入锁内拧动。

许梦梦走到我身边屏住了我呼吸，她的额头上也透出了汗珠，面色紧张。

咔！

门锁发出了声响，我按下把柄轻轻一拉，许梦梦透过缝隙看去，突然将枪扔到了地上！

"啊！"

随着她惊恐不已的模样，门已经完全打开。我们两人瞠目结舌地望着屋内的景象，一具尸体横倒在地上，头冲着门口，僵硬的手向前伸展着想要打开房门，浑身全是血迹。

抬头间，只见床上还躺着两具赤裸的血红色尸体，我发疯般地踩着门口的尸体冲了进去……

林茹和阿明两个人死在了我的床上，光溜溜的两具尸体脖子上都被割开，林茹瞪着眼睛，死不瞑目，而阿明的手还捂在自己的喉咙处！

可笑的是，阿明的下体还是坚挺着的。

我跌坐在地上，许梦梦从门外走进来，显然她已经缓过了神，不停地拨打着电话。

我看着林茹已经逐渐冰冷的面孔，眼泪哗哗地流淌着。

悲痛欲绝。

虽然她背叛了我，虽然她在我的床上与别人通奸，但我想，我对她还是有感情的，曾经我们恩爱的回忆好似蔓藤一般缠绕在我的脑海中。

许梦梦将我扶起，说道："警察和法医一会儿就到了，不要破坏现场，我们先离开。"

我狠狠地挣脱开她，脚下一滑跪在了地上，膝盖上的疼痛使我的脑袋清醒了几分。我恍恍惚惚地站起身，在许梦梦的搀扶下向门外走去。

到门口时，我突然停住脚步，眼睛盯着地上的尸体。

"他……他是昨晚跟踪我的人！"

"什么？"许梦梦惊讶道，"你怎么确定？"

"鸭舌帽……皮衣……昨晚就是这个人，他们的穿着一模一样！"我的声音有些大，接近嘶吼。

许梦梦蹲下身，伸出手在他的衣服兜摸了摸，掏出了一部手机，打开通信录，只有一个人，备注是"老板"。

我坐在家门口上方的台阶上，一根接着一根不停地抽着烟，许梦梦坐在我的身边，掏出纸巾擦了擦我的眼泪，我麻木地没有拦阻。

脑子里乱成一团。

警笛声在楼下响起，一队队人走上来封锁现场，而我仍旧呆呆地坐在台阶上，看着他们处理尸体，将林茹、阿明以及跟踪我的人抬走。

整个过程折腾了一下午，我就这样坐了一下午。

脑海中回荡着阿明和林茹赤裸躺在床上的样子，爱渐渐化成了恨。

这是我第一次恨一个人。

因为，在林茹的包里，许梦梦找到了我的存折，那是我唯一的积蓄。林茹当初离开时并没有拿走，她这一次回来，是来找它的。

我不明白林茹和阿明为什么会选择在我的床上做爱，想必是阿明那个鬼点子多成筛子般的人追寻刺激吧。

呵呵，把自己刺激死了。

真的死了。

秦石从人群中走出坐到了我的身边，伸手轻轻拍了拍我的肩膀，喃喃道了一句"节哀顺变"。

我没有任何嫌疑，虽然我的家中有三具尸体。

那个跟踪我的人是王图强的手下，亲信。他手机内的老板是王图强，在这边调查现场时，那边王图强也正在接受审讯。

秦石告诉我没有找到凶器，怀疑可能是王图强的手下杀害了阿明和林茹，但也涉及一个问题，王图强的手下又是被谁所杀？

小区内的监控早已不过是装饰品，而目击者还未找到，案件扑朔迷离。

秦石怀疑此案与古玉被杀一案有着关联，请我到他家中先寄宿一晚，想跟我聊聊。

于鸿的晚宴因为突发的事情也只好取消，我被秦石带到了家中，他便匆匆忙忙赶回了警局。秦石的妻子没有工作，属于家庭主妇，个子不高，长相普通，不过笑起来倒是很温婉，至于孩子，因为还未放学我没有见到。

我以秦石朋友的身份受到了他妻子热情招待，坐在沙发上，看着六十多平方米的小房子，沉思了下来。

时钟滴滴答答地走着，不知不觉中我竟在沙发上睡了过去。

再次清醒时身上盖着一条毛毯，客厅的另一端，秦石的妻子正在辅导孩子写作业。

我掏出手机看了眼时间，还有一条未读短信，是于鸿发来的，只有简简单单六个字。

"兄弟，节哀顺变。"

我苦笑了下，不知道自己有什么可节哀的，女朋友和别人躺在了自家的床上被杀，想想就觉得自己可悲。

好端端的一间屋子成了三个人的死亡之处，是我的不幸，还是他们三个人的不幸？

晚间 20：00。

秦石回到家中时，妻子已经准备好了丰盛的晚餐，帮他脱去衣服，端上了茶水。随后秦石妻子挑拣了一些菜带着孩子去卧室中吃，给我和秦石让出了地方。

我不想这样，可秦石妻子却很随和地告诉我："你们男人的事情我和孩子不参与"。

我想，秦石一定很幸福，不管他工作中如何，回到家里有爱人关心，有孩子的笑容，这是无数男人梦寐以求的生活。

秦石端起碗大口大口地吃着饭，我想询问案件的进展，却被他一句"吃饭时不谈工作"给推了回来，耐着心情简单地吃了几口，有些反胃。

秦石妻子的手艺很好，只是今天见到了那样血腥残忍的场景，食欲大大地下降。

秦石吃得很香，吃完后并没有收拾碗筷，带着我坐到了客厅的沙发上。

"没有证据可以表明是王图强杀死的古玉，他也说了，派人跟踪你是想查查杀害古玉的凶手是不是你而已。死的那个亲信是他的侄子，得知此事他愤怒得很，扬言抓到凶手会碎尸万段……哧，他要是真的碎尸万段凶手，那他离监狱也就不远了。"

我抽出一支烟刚要点燃，却被秦石伸手拦阻下。

"我妻子和孩子不能闻烟味，别抽。"

我点点头将烟塞回到烟盒之中，秦石继续道："至于于鸿拿出的证据我们给王图强看了，他没有什么过激的表现，只是说普通朋友。我们也不可能因为他在外有女人就将古玉的案子栽在他的身上。"

我听着秦石的话沉默半晌，疑问道"古玉被杀时王图强在哪儿？"

"在牡市，我们查到了他的机票，6月10日他便回到了牡市，但一直在公司，没有和古玉联系。"

"有没有可能是他做的？"

"当然有。"秦石随后接着说道，"不过法律是讲究证据的。"

我点点头心情异常沉闷，这两件案子如同千斤巨石般压在我的心头，压得我呼吸困难，大脑混乱。

"王图强近些日子是不可能离开牡市了，我们会随时对他进行传唤，你回家收拾收拾东西，来我家住一段时间吧。"

"不用了，我去于鸿那儿吧，你这妻儿都在，不方便。"

"也好。"秦石象征性地笑了笑。

"上次你说在古玉家中找到了我的照片，是真的假的？"我突然问道。

"是真的。古玉手机内有她和于鸿的聊天记录，上面有你的照片。我之所以那么说，只不过想试探试探你罢了，虽然我相信你不是凶手，但难免也有意外发生的时候。"

"你为什么相信我？"

"直觉，办案多年的直觉。当都书言他们审问你时，我就在外面看着，你很害怕，但并没有说假话。"

"你知道我说的是真是假？"

"我查过你，没有犯罪前科，也没有受过专业的训练。像你这样的人，说假话时会有很多的小动作出卖你，我不可能看不到的。"

秦石嘴角扬起："人在说谎时一般都会正襟危坐，因为本能在思考时就会减少自己的动作，当你想要圆一个完全的谎言，你的动作更会少之又少。至于行为学中的摸鼻子、掩嘴、搓耳朵、拉衣领的各种小动作，那就数不胜数了，你还不是我的对手。"

我深呼吸一口气，突然感觉秦石有些可怕，环绕双臂，看着他道："幸亏你的直觉，不然那天我就被都书言给打了。"

秦石笑了笑："你看，你现在抱着臂膀，完全就是一副防备的样子，这就是下意识的举动，说明你对我有所提防。"

我被他一说，连忙松开了手臂，只听他继续道："放心，都书言不会打你的，顶多就是吓唬吓唬。虽然那孩子不太会说话，但很正直！至少在我看来，他是一名好警察！"

"好警察就不该吓唬人。"

我嘟囔着站起身，秦石将我送出门口，许梦梦出现在了楼下。

"你怎么来了？"秦石诧异地问道。

许梦梦低头娇羞道："师父，你不是让我看着他吗？我……我怕他逃跑！"

秦石望望许梦梦，望望我，突然声音提高了几度："案件分析整理完了吗？尸检报告出来了吗？现场痕迹勘察好了吗？尸体的个人信息都列出来了吗？平时都说你是工作狂，怎么现在这么懒惰！"

许梦梦眼中突然精光一闪，道："师父，您说的都弄完了！"

秦石愣了一下，咳嗽两声掩饰自己的尴尬，道："好了好了，那你把赵安送到于鸿那边去吧！"

"是，师父！"

许梦梦拉起我的胳膊向摩托的方向走去，我急忙道："你等一下。"

说罢我跑到秦石的身边，附耳问道："当初那个电话究竟是谁给古玉打的？"

秦石眯起眼睛，同样附耳轻声回答："你已经知道了。"

我呆滞了一下，秦石转身头也不回地走上楼，如同在警局门口一般，剩我一人凌乱风中。

是林茹。

坐在摩托后，夜晚的寒风如刽子手吹割着我的身体，许梦梦穿着我的外套一脸笑意。

"你怎么会来？"

"我怕你被别人打劫。"

"撒谎。"

"在警局太没意思了，都书言跟傻子一样就知道忙，剩我一个人呆坐着，反正你也算是一份工作，总比在警局跟石头一样无聊强。"

"呃，为什么感觉你要比别人轻松得多，好像大小姐一样？"

"因为我本来就是大小姐！哈哈。"

听着她可爱的笑声，我的心里涌起一丝暖意，很久很久没有体会过被人照顾的感觉了，虽然许梦梦是为了忙里偷闲，我也心满意足。

于鸿早已在单元门口等着我，这次我们没有进入侦探所，而是上楼去了他的家里。

许梦梦仍然没有给他好脸色，于鸿却是丝毫不介意，按例给我们两人沏茶。于鸿的家很大，三室一厅，装饰也算奢华，但整栋房子内却只有他一个人。

其实于鸿完全可以称得上是高富帅，并且由于职业的神秘，很多女孩子对他趋之若鹜，但于鸿却未同意任何一个，甚至我们认识这么久，都没见他谈过恋爱。

我曾经问过他为什么不找个女朋友，他回答的也是遮遮掩掩，逃避话题。

于鸿向许梦梦询问案件的进展，许梦梦虽然对于鸿心里有芥蒂，但也没有公报私仇，将信息告诉了我们二人。

"三个人分别是刘伟明、王远，还有……林茹。"许梦梦说的时候看了我一眼，我点点头，示意自己没事，让她继续。

许梦梦喘了口气："三个人颈部都有刀痕，皆是一刀毙命，力道很大，割破喉管，窒息而死。在现场没有发现任何指纹，显然凶手有足够的作案经验，地上可见的脚印有四人，分别是我和赵安，以及刘伟明和林茹。

"王远应是被人杀害后拖进了家里，这也证明为什么门口会有大摊的血迹。而王远被杀后应该当场没有死亡，从他尸体的动作来看，他想要逃生，却没有力气打开门，最终死亡。

"我询问了都书言，以他对枪械和刀具的了解，作案时使用的应是十五到二十公分左右的尖刀。经调查发现，赵安家里少了他所存留的剔骨尖刀，想来凶器应该就是它！"

我目瞪口呆地看着许梦梦。

"现场打斗的痕迹很少，几乎都是死者挣扎所造成，床单和死者尸体内的精液经过对比都是刘伟明的，不存在奸尸行为。"

许梦梦说到这时，我的拳头紧紧地攥了起来，眼神发狠。

"我想应该是死者潜入家中时，刘伟明和林茹正在睡觉，凶手趁着两人熟睡之际，两刀直接毙命！随后凶手出门离开，偶然遇到了楼梯间的王远，乘其不备将他杀死拖入家中。由于凶手没有料到会撞到王远，出手时有些慌张，所以没用全力，才使得王远被割喉后没有当场死亡。"

许梦梦分析得头头是道，于鸿在旁边不时地点点头。

"根据死者三人生前的关系来看，最有可能做此案的人……就是赵安！"

许梦梦突然望向我，我待在沙发上不知所措，随后许梦梦一笑："不过赵安没有嫌疑，从昨天起我们两人几乎是寸步不离，案件发生时我们正在下面的侦探所中谈话。"

我长吁一口气，道："你别吓唬人行不行？"

许梦梦温柔地冲着我笑了笑。

于鸿道："若按你的猜想，搜索凶手的范围不应该在王远身上，而是刘伟明和林茹。"

"是这样的。"许梦梦答道。

"那有没有另外一种可能？"于鸿摸着下巴，"林茹已经跟赵安分开了，很多天都没有住在家里，这次只不过是巧合。凶手的目的还是赵安，林茹和刘伟明只是碰巧出现在案发现场，凶手一时无法，才将他们杀害，随后出门遇到刘伟明再将其杀害！"

"这……"许梦梦语塞。

"如果这样，那调查的方向应该从赵安的人际关系开始入手。"

许梦梦皱眉："你的意思是凶手杀了三个不该杀的人，却让赵安逃过一劫？"

"是的。"于鸿严肃道。

"胡扯！哪个杀人犯会放弃自己的目标，胡乱杀别人？"

于鸿见许梦梦生气，沉声道："败军之将，何以言勇？"

嘭！

许梦梦拍桌而起，颤抖的手指着于鸿："你……你给我等着！"

于鸿笑着往后一仰，胳膊搭在椅子上："我等着，若是你真的说中了，迷途者的名号，包括这侦探所，我拱手相送。"

许梦梦怒哼一声，气冲冲地摔门而出，我有心去追赶，却被于鸿拉住了胳膊。

"别追，让她去。"

"你这么气她干吗？好歹人家也是为了我好，这案子一天不破，我往后的日子还怎么过？原先都传我是杀人犯，这次更好，家里直接死了三个！"

于鸿平静地倒上茶水，随后自己喝了一杯："我若不激她，她怎能用心调查？"

"你是激将法？"我皱眉道。

于鸿点头："我知道当年的事情在她心里一直有阴影，若是这次她真的赢了，倒是一件美事！一朝被蛇咬十年怕井绳，正因为当年的案子，许梦梦至今都跟随在秦石的身边。你们来之前秦石给我打了电话，我不过是按他说的做罢了。

"第一个提出我刚才所说想法的人不是我，而是大名鼎鼎的秦队长。她许梦梦也不是在跟我斗，真正的对手，是她师父！"

我看着于鸿的表情，若有所思地点点头。

"不过我觉得你说得很有道理，许梦梦的想法有些太片面。当年她输给了你，这次，怕是她要输给自己的师父。"

于鸿再饮一杯，抿了抿嘴唇回味茶香，道："她没有那么傻的。我既然想法都告诉她了，她肯定会在乎我的话。这个案子，她如果能够破开，其实就已经赢了。"

"那你这……跟她打赌……"

"我无所谓啊。"于鸿笑道，"这个案子结束，秦石答应可以给我在省律师所谋一份差事，这么多年早就累了，以我的名声，相信到了省里做律师也不会缺客人的。"

茶水很苦，但在于鸿的口中，很甜。

我躺在床上，于鸿在我身边的电脑桌前噼里啪啦打着字，辗转反侧却怎么也睡不着。

"于鸿，上次在出殡仪式上，看你跟古玉丈夫的关系很不一般啊。"我试探性地问道。

"嗯。"于鸿点点头，"我跟他们夫妻都是朋友，古玉丈夫是我的老客户，曾经帮他办过很多次商场上的事情，他给我的报酬也是最多的。"

"那为什么你还会把对他不利的资料给警察？"

于鸿快速打字的手停顿了下来，沉默半晌转头望向我，一字一顿说道："他，是我客人。你，是我兄弟。"

我浑身一颤，一股暖流涌进心里，呆呆地望着他。于鸿微笑，随后继续打着键盘，我将双手放在头下，望着天花板思索了很久很久，刹那间又觉得自己是那么幸福。

深夜惊醒在床。

梦中我被关在一个幽暗的屋子里，坐在审问室的椅子上，对面却是血淋淋的阿明和林茹，两个人赤裸着身体，脖子翻着烂肉，血哗啦啦地流淌到我的脚下。

身侧王远戴着鸭舌帽，穿着皮衣，手中持着那把剔骨尖刀在我的脖子前比量着……

我晃了晃脑袋，不再去想梦中的场景，房间的灯早已关闭，只剩下电脑微弱的光芒。

于鸿并未在屋内，隐约能够听到流水声，想必他应该在浴室洗澡。

我深呼吸几口气，困意再次席卷而来，准备躺下换一个香甜的梦，脑海中不禁映出了许梦梦的脸。

就在我向后倒身时，桌子上的手机突然亮起！

那是于鸿的手机。

我好奇地拿起，只见一条信息出现在屏幕上，陌生的号码下一行五个字。

"我会杀了你！"

看到短信我心中一惊，下意识地喊了声"于鸿"，但是没有收到回应，洗澡时的水声使得他根本不可能听到我的话。

我滑开屏幕，有密码。

皱了皱眉头，我随意地按下四个0，锁竟然被解开了！

我点开信息看到了长长的记录。

陌生号码："你做的？"

于鸿："是。"

"知道后果是什么吗？"

"无所谓。"

"值得吗？"

"值。"

"那个人不是我，也不是你，何必呢？你到底想要什么？"

"无愧于心。"

"我会杀了你！"

我手微微颤抖，于鸿到底做了什么事？后果……后果难道是被杀？

我突然有些恐惧，连忙将手机锁上放到了桌子上，装作睡觉的样子静静地躺在床上，被褥下的身体已经冒出了汗。

如果于鸿是凶手的话……那实在是太可怕了！

不可能，绝对不可能！

不知自己胡思乱想了多久，卧室内传出了开门的声音，随着脚步声越来越近，我开始胆战心惊。

于鸿走到我的身边，我能够清楚地听到他拿起手机按键的声音。

"嗒嗒嗒！"敲打手机屏幕的声响传入耳中，我猛地意识到一个问题。手机上的未读信息是会显示的，而他回来看到对方发来信息变成已读，定然就知道我起床了。

我越来越害怕，悄悄地眯起眼睛，只见于鸿穿着浴袍坐在椅子上摆弄着手机，脸上露出似有似无的笑容。

随后他将手机放到刚才的位置，开始晃动鼠标，猛然间他再次望向手机，我连忙闭起眼睛，因为手机的位置与我睡觉的床仅仅不到一米之远。

过了一会儿，正在我手足无措间，电脑传来了声音，是熟悉的电影开头曲目。

我深深地喘了一口气，再次悄悄睁开眼睛，一张硕大的人脸出现在我的面前，他的眼睛死死地盯着我！

"啊！"我惊叫着滚到床的里侧。

于鸿坐在床边笑道："你这么激动干吗？吓我一跳！"

我瞪着眼睛，若是平时定然骂他，可是看完短信后，我感觉自己犹如瓮中之鳖一般，哪里有逃生的余地，只能装傻下去。

"我……是你啊，一睁眼看到大半夜有张人脸，谁不害怕？"

"嘿嘿，你接着睡吧。"

"我睡不着……"

"那就一起看电影吧。"

于鸿说着坐回到椅子上，我仍旧坐在床的里侧，但眼神还是瞄向了电脑。

刚刚开始我便知道，是一部名字叫作《黑社会》的港片，由古天乐、任达华等人主演的，当初看过很多次。

于鸿笑着转过头："你知道我最喜欢其中的哪一幕吗？"

我看着他没有说话。

"我最喜欢第二部里，古天乐碎尸的片段，然后放进绞肉机弄成肉泥喂狗吃，击破任达华手下的心理防线，让他们叛变！"

看着他满面笑容地说出如此恶心的场景，我不禁打了个寒战。

"古天乐饰演的 Jimmy 仔，本意只是为了赚钱，却被逼去竞选话事人，不得已才做出如此残忍的事情，这种情节让我觉得很现实。"

"你不这么认为吗？"

我摇摇头，随后又点点头，也不知道自己到底想要表达什么。

于鸿看着我慌乱的样子，拿起手机边摆弄着边道。

"我们每个人由生到死是一条直线，可总有人在这条线上逼着我们，逼着我们在人生的线条中偶尔打破界限去绕个弯。虽然目的地相同,但放着宽阔的大路不走,去绕弯会遭受多少的荆棘丛林,凶怪野兽。

"所以，我们要将大路上的绊脚石一个个清理掉，并非为了自己，而是为了生存。

即使牺牲再多，哪怕是死，也要死在大路上，绝不会因为他人改变自己的志向，改变自己的目的地！"

于鸿说着眼神泛起凶狠的光芒，好似一头近乎癫狂的野兽，我从未见过他如此样子，不禁怕他下一秒就会冲过来杀死我！

空气慢慢地凝固起来，只有电脑的声响还在放着听不大懂的粤语对话，我的心好似不会跳动，身体渐渐麻木，神经紧绷，双眼都好似要爆裂开来！

于鸿久久之后身体突然放松下来，长长地叹了口气，眼神缓和许多，道："睡觉吧……不想看了……我今晚在另一间屋子睡，你要是害怕我家里会进来人，可以把卧室的门锁上，我不会来打扰你。你也好久没有睡个安稳觉了，今天就在我这里睡个自然醒。"

说罢于鸿揉了揉自己的太阳穴，站起身走了出去，正在我准备下地关门时，他的身影又突然出现在门口，我吓得一缩。

于鸿走到电脑桌前将手机拿起，对着我笑了笑示意手机落在这里。

我麻木地点点头。

于鸿离开卧室，我等了两三分钟，听到另一间卧室关门的声音后连忙将门反锁起来。

回想起刚刚他说的话，那个充满杀意的眼神，我就不禁脊背发凉，自己应该答应秦石今晚睡在那里，非要来什么于鸿家。

于鸿现在肯定知道我看过他的手机，谁知道他会不会半夜破门而入将我杀死在床上！

卷二：残 夜

（一）

一夜未眠。

我不敢走出房门，哪怕是凌晨三四点最困倦的时候，神经变得极其敏感。

哪怕是房间内的任何一点声音都会刺激我的大脑，身体狂烈地抖动，在忐忑中熬到了天明。

高度紧张下我的心态渐渐发生变化，从最初的恐惧一点点化为淡然。

当时针指向八点，凄凉的日光洒进屋子内时，我打开了房门。

于鸿坐在客厅的沙发上，手中拿着一份报纸凝神看着，旁边还有半杯牛奶。

"醒了啊，来，吃早饭。"

于鸿放下报纸转眼看向我，微微皱眉，道："你这神情，不会是一夜没睡吧？"

"你到底是谁？"我沉声问道。

于鸿微微一愣，犹豫一闪而过，笑道："我是于鸿啊，赵九儿，你怎么了？"

我用力眨了眨眼睛，依然站在卧室门口，手扶着把柄，如果于鸿冲上来我能够以最快的速度回到卧室之内。

"昨晚我看到短信了。"

于鸿脸色抽动，低下头缓缓地"哦"了一声。

我本以为他会激动地与我反驳，或者疯狂地攻击我，却没料到他竟然如此平静。

"给你发短信的人是谁？你做了什么……"

"你相信我吗？"

未等我说完，于鸿打断了我的话，音低沉闷，重重敲击着我的心脏。

我没有回答。

于鸿苦笑："我都没有去提，你又为什么说出来？"

"我……"

"好奇心害死猫。相信我，你是我兄弟，我不会做任何对你不利的事情。"

"可是已经死了那么多人！"

"那只是意外！"于鸿突然吼出一句，惊得我不禁后退一步。

于鸿抿着嘴唇，声音降了下去："我的事情你不要管，我会替你洗脱罪名的。"

我看着他消失在我的眼前，剩我一人独自愣在房间中不知所措。

我的下巴不自主地颤抖，屋外的阳光那么刺眼，可这空荡的客厅内却是如此寒冷，冰凉的心无处躲藏，暴露在狂风背后。

于鸿一整天都没有回来，我无数次地想着他说的话，是不是自己太过刻薄，连最亲的朋友都不愿意去相信。

想我和于鸿认识这么多年，他从未害过我，哪怕是我们在一起吃饭几乎都是他请客。他知道我生活困窘，却从未说过什么，在我伤心难过时也是他一次次陪在我的身边，与我举杯共饮，同醉天明。

啪!

我狠狠地扇了自己一巴掌。

走下楼进入侦探所，于鸿正在将"古玉凶杀案"的白板挂到墙上，听到开门声转头望来，看到是我没有说话。

"这是什么？"

我走到他的身边，指着白板上的一张纸条问道，纸条上是五个数字：5、7、8、10、12。

"这是一张彩票的号码，我在古玉家中发现的。"

"你也去过现场？"我惊讶道。

"当然，古玉是我的朋友，我当时是受王图强的委托调查。"

我待在原地，于鸿眯起眼眸望着白板上的照片、信息，对我道："我与王图强和古玉，很早之前就认识，比我们的相识还要早。"

"什么？"

"我也是政法大学的毕业生，古玉是我的同学，而王图强……是我们的导师。"

于鸿抬手用记号笔在一张王图强和古玉的合照下写了几个字：

——嫌疑人!

侦探所的夜晚孤独而寂静，我望着杂乱的房间呆若木鸡，鼻青脸肿地倚靠在角落里，衣服上尽是血迹，不时咳嗽两声，浑身疼痛，嘴角裂开血液渗进嗓子内腥味冲鼻。

半个小时前一群人冲进了侦探所，我还未等看清他们的样子，铁棒便将我砸倒在地。只记得自己拼命地向倒地不起的于鸿爬去，抱住他的身体，任凭铁棒重重击打在我的后背，于鸿的脑袋不停地向下流着血……血掩盖了他的眼睛、鼻子……

他们带走了于鸿，将我丢在侦探所内，而我当时却连爬起都做不到，眼睁睁看着那群人拎着沾着血迹的铁棒将于鸿拖拽出侦探所。

许梦梦到达侦探所的时候，我斜倚在墙边浑噩地叼着烟，眼前一片红色。

"赵安！"

许梦梦的呼喊声在耳畔响起，眼前的血被擦开，我紧紧咬着烟嘴，狠狠地吸了一口，沙哑道："快……咳咳……快去救……救于鸿。"

许梦梦用力想要将我扶起，我身上的血染红了她的手和胳膊，都书言也从门外冲了进来，二话不说就将我的胳膊搭在他肩膀上。

"求求你们……别管我……救……救于鸿……"

"梦梦，你把他送到医院去。"都书言将我放到副驾驶，对许梦梦吩咐后，转头问我："于鸿被谁带走了？"

"不……不知道。"

"妈的！走了多久了？"

"二……二十分钟。"

"梦梦，我叫人搜索，你快送他去医院，千万别让……"

听到都书言说搜索，我的心里好似有一块石头放下了，眼前一黑，便没了知觉。

我醒来的时候是在医院之中，许梦梦和秦石站在病床旁边，感觉自己的胸口有些发闷，不住地咳嗽起来。

"赵安！"

许梦梦听到咳嗽的声音转头看来，眼中尽是欣喜，正在她准备凑到我的身边时，秦石先她一步到了我的身边。

许梦梦一愣，尴尬地望着我笑了笑。

"你感觉怎么样？"秦石沉声发问，眉头尽是恼意。

"我没事……"我想起身，但浑身使不出力气，"于鸿……于鸿怎么样了？"

秦石摇摇头，正欲说话间手机响了起来，他掏出手机看了一眼，随后隔着被子拍了拍我的腿，接起电话走出了病房。

许梦梦望着秦石离开，一吐舌头，小步跑到了我的身边。

"哎，赵安，你怎么样啦？"

我眨了眨眼睛："于鸿找到了吗？"

许梦梦抿了抿嘴唇，望了眼门口，悄悄道："还没有，不过师父说了这件事肯定与王图强有关系，现在都书言正在审问，师父不让我告诉你，怕你做出冲动的事情。现在又死了三个人，大家都忙得焦头烂额的，你可千万不要火上添油哦。"

我望着她俏皮的样子，心中一股火气陡然升起，于鸿刚刚把王图强说谎的消息通知给警方，于鸿就被袭击劫走，这哪是好人能够做出的事情？

于鸿虽然有事情瞒着我，但他是我的兄弟，古玉案件发生后其他的亲人朋友都疏远我，工作也丢了，恋人也出轨了，我唯一剩下的就是在我身边不离不弃的这个好兄弟，好哥们儿。无论发生什么事情，我绝对不能让他因为我受到伤害！

"许梦梦，林茹他们被杀的案子有线索了吗？"

许梦梦看着我，叹气道："我调查了刘伟明和林茹周边人物的一些信息，有一个人的嫌疑很大。"

"谁？"我激动地问道。

"刘伟明在离职后与林茹到达了牡市旁的海市，刘伟明离开牡市的原因也并非全是因为林茹和你。经过我们的走访调查，他这个人嗜赌成瘾，表面看似风光，其实在外欠下了几十万的外债。近几个月追债的人频频找上过他的家门，所以刘伟明离开牡市的大部分原因，我相信跟他在外欠债应该有着密不可分的关系。

"这次他与林茹回来是为了拿到你和林茹共有的那部分存款，想必追债的人应该找到了海市，不得已他才这么做。

而这个追债的人外号叫作光二，是一家小额贷款公司的老板，在我们警局有案底，目前失踪找不到人。他多年前曾因抢劫、故意伤人入狱，出狱后开了这家贷款公司，暗地里实质还是放高利贷，我觉得他与刘伟明的死逃脱不了关系。"

我一想到林茹回到家里是为了那仅剩的存款，胸口便压制不住地发痛，许梦梦替我抚摸着胸口，喃喃道：

"你现在不要想那么多了，住院的手续费都是师父掏的，他觉得对不起你，没有保护好你的安全。我也因为这件事被师父大骂了一顿，刚才你应该也能看出来，师父对我头一次这么严厉。"

"现在时局紧张，事情一件接着一件，大家都在拼命地想办法，目前找到于鸿才是最重要的，同时我们也在追踪光二的踪迹。你今天应该就能够出院，我想跟你商量一下，去我家待几天吧。"

许梦梦的话着实让我吃了一惊，虽然她的身份是警察，但男女有别，即使知道对方是一片好意，我还是不能够接受。

知道自己的手续费是从秦石的腰包中掏出时，我对这位警察的感激之心更胜了几分。虽然秦石现在的名声不比往前，但他对人的态度以及对我的帮助，都让我感觉到了无比的温暖。人民警察为人民，这话说得不错。

许梦梦见我拒绝也没有多说什么，秦石接完电话回到病房后站在我的病床边询问我的身体状况，我却喃喃吐出两个字："谢谢。"

秦石拍拍我的手，让我好好休息，随后他叫许梦梦出门，两个人不知交谈了些什么，秦石就离开了。

许梦梦留下照顾我，细微入至让我很感动。并且从许梦梦的口中我得知，我和于鸿被袭击后的第二天，有人到过于鸿的侦探所中不知在寻找些什么。幸好于鸿的侦探所内尽是监控，那个人很快便被抓到，不过得到的结果却是一个想要找于鸿帮忙调查信息的客人。

许梦梦说感觉那个人并不简单，但又没有什么证据，最后只能录下口供放人离开。

我躺在病床上满脑子都是对于鸿的担忧，他被拖走前那满是血迹的脸依然历历在目，王图强手下人的凶狠程度也让我这生活在社会底层的普通草民惊战不已，是谁给了他们如此大的胆子？还是王图强和于鸿之间有着什么你死我活的仇恨？

仅仅是因为一张照片，一张消费单，王图强就敢违法做出如此举动，真的是让我感受到恐惧与怨恨。虽然总觉得都书言不近人情，每天都板着一副面孔，对谁也没有好模样，可是此时我却将希望全部寄托在了他的身上。或许，只有他这样的警察才能够制伏在牡市权势通天的王图强！

许梦梦和我有一句没一句地聊着，不知道为什么，他对我和林茹曾经的恋情很好奇，我也不曾隐瞒地将我们的故事讲给她。许梦梦听得津津有味，我却是心如刀绞。

最后许梦梦对我的评价仅仅是一句话。

"犯贱的好男人注定不会适合高傲的女人。"

这句话听到我的耳朵内，便被翻译成"屌丝再努力也配不上女神"！

平时的生活中打发无聊我喜欢看电视剧，无数屌丝逆袭的场景自小便在心中扎根，我相信女人需要的是爱情，是照顾，是宠溺。可当步入社会，在金钱名利的驱使下，在柴米油盐的压力下，爱情、宠溺、照顾，一切付出都显得那么脆弱。

好似初冬浮在水面的薄冰，看似结实，实则一碰就碎……变成小冰珠随着江水流向远方，不再复返。

好男人？

每个女孩子都希望自己能够遇到白马王子，可大多数的人没有白马，更不是王子……电视剧中那令人神往的爱情故事令人羡慕，可故事往往只是故事。

我不知和林茹在一起，究竟是过错，还是错过？

人们往往对那些痴心不改、低眉顺眼的男生给予一个"好男人"的称呼，可转身却又扑到了花花公子的怀中，阿明有宝马，在林茹的眼中他更适合她。

而我注定只能睡沙发。

在病房中躺着有些发闷，自己晕过去一天了，夜晚我坚持要起床出去走走、起初许梦梦并不赞同，但在我的一再要求之下她还是同意陪我压压马路。

晚风些许微凉，拂过街道上的我们，霓虹灯璀璨，映照着冰冷的城市。

街道上车马如龙，我记不清自己多久没有深夜离开家门走进热闹的人群之中，生活的压力使我每天回到家中唯一期盼的事情便是能够早些入睡。

每一天的奔波都是为了金钱，从小因为父母都是在农村，被灌输的思想就是平平淡淡地生活，这么多年我也是一直按照着父母的期望在做。但现在我想告诉自己的父母，在这个城市中，平淡的生活并不是那么容易，你的同事、朋友，甚至于你不认识的人都可能改变你的生活，不知不觉中就有可能被推进万丈深渊。

如果再给我一次机会，我想我会用更多的时间来打理人际关系，用更多的时间来成就自己的人生，不求大富大贵，只求问心无愧。

我不会怪我的父母，每个人都有自己的生活方式，但我不会再这么畏畏缩缩地活着，我有自己的梦想。在我小的时候我就希望能够成为一名作家，当时也在本子上写过不少的东西，后被父母发现，还大吵了一架，他们认为这是没有用的东西，浪费时间，胡作非为。

现在想起来觉得自己挺可悲的，宁愿选择一个月两千块钱杯水车薪的收入，也不愿意坚持自己的梦想，我已经走到了今天的地步，还能再惨到哪里？

我是棋盘上的卒，过了河，没退路。

许梦梦一路跟我说话，我都是"嗯""啊"地答应，她不知道我在想什么，而我却觉得她在是那么令人心暖。或许除了于鸿外，太久太久没有人愿意跟我说说话了，林茹在的时候每天除了吵架就是生活琐事，家里的亲人也是无事不登门。

孤独，这俩字来形容我的生活有些不大贴切，如果让我自己选择，我觉得是——寂灭。

活在这个世界上如同一个透明人般，谎言对着父母，报喜不报忧。戴着面具去结识每一个人，你不知道他们的话是真是假，也不知他们对你面带笑容而背后会怎么说你。生活在一起的女朋友，对你不冷不热，当你用尽一切力气去爱她时，得到的却是背叛，是她在别人的床上呻吟。

亲情、友情、爱情，当都无法去触碰时，活着的意义变得缥缈，寂灭圆空，无形无相。

可是此刻看到身边女孩蹦蹦跳跳地说着街边的小吃，又觉得阴暗的土壤中冒出一点绿芽，那是生机，还是回光返照？

我摇了摇脑袋，脖子发出咔咔的清脆响声，许梦梦拉着我走到一家关东煮小吃旁坐了下来。四周坐着满满泱泱的人，我没有胃口，只是要了一瓶啤酒，简单地吃了几口。

正当我将啤酒打开时，许梦梦突然间将它抢了过去，娇怒道："身上的伤还没好，喝什么啤酒，要不要身体了！"

我看着她训斥我的样子，不由得笑了起来，夹起一块鱼豆腐放到了她的嘴前。

许梦梦微微一愣，皱着鼻子将啤酒放到一旁，将鱼豆腐吞到口中，含糊不清道："可别说我没告诉你，就算你用鱼豆腐贿赂我，也不许喝酒。"

"不喝，不喝。"我微笑着说道。

热气飘荡在夜市之中，许梦梦夹着关东煮送进口中，微风吹过她的秀发，不时用纤细的手指将鬓角拢到耳后，小巧的嘴旁沾着调料，额头流下点点露珠，恰似天人。

突然希望时间能够停留在这一刻，就这么平静地看着她，逃离无情如棺材般的牡市，结束他人的冷眼与钩心斗角的社会，望着她清秀可爱的面庞，直到天荒地老。

人意改变不了天命。

时间依然滴滴答答地流逝着，正因为如此，美好的瞬间才那么值得人留恋。

我结完账后许梦梦心满意足地擦着嘴角，笑嘻嘻地与我一起向医院走去，今晚我还需要住在病房，但我自己清楚，明天我必定要离开那里。虽然我没有钱，但我不能这么耗费秦石的工资，他不贪，也不受贿，工资有限，妻儿都需要他一人去养活。

我还未结婚，未有子嗣，都已经在社会上苟延残喘，又怎能去耗费秦石的金钱？他善良，我不能无耻。

"站住！"

正在我和许梦梦离开小吃街时，突然背后传来一声大喝，我们下意识向路边凑了凑，转头望去，只见一个穿着破衣烂裤的乞丐怀中抱着一个黑色的皮包正在急速奔逃。他身后不远处，四五个文龙画虎，满面横肉的大汉在后面紧追不舍，看样子像是这个乞丐偷了他们的东西。

对于这种事情我是见怪不怪，城市中总会有那么一个阴暗的角落，发生着不为人知的事情。我虽不混社会，但也知道有些事情不是自己能够参与的，多一事不如少一事。

可我没有想到，乞丐刚刚路过我们身边时，一个曼妙的身影突然蹿了出去，脚下使绊，乞丐便扑向前飞了出去，黑色的皮包也甩出了老远。

许梦梦嘴角一扬，两步跑去便捡起了皮包，瞟了一眼乞丐，道："小样，看你能跑哪儿去？"

我连忙跑到她的身边，说话间那几名黑衣大汉追到了我们身边，最前的一位是光头，个子一米八左右，比我高出一个鼻梁，横眉竖目，右侧脸颊挂着一道刀疤。

"把包给我！"

许梦梦抬头看了他一眼，笑呵呵道："这个包是你们的？"

男子点头，面色凶狠，我拉了一下许梦梦的衣角，许梦梦与我眼神交汇，有些不情愿地将皮包交到了男子的手里。

男子接过皮包打开了拉锁，许梦梦在我身边嘟囔着："我还想着看看呢，说不定还能得个锦旗什么的。"

"瞎想，社会混混还能给你锦旗？"

我们两个低声交谈时，男子从皮包中抽出了一张 A4 纸，我眼角瞥到地上的乞丐已经站起，竟然没有逃走，而是到达了我们的身后。

"这是你吧？"

男子将 A4 纸掉转过来，我和许梦梦顿时惊呆在原地，只见纸上是一幅图片，是位身着警服的女孩照片，那个人便是许梦梦……

"小心！"

我猛地将许梦梦推到一边，身后的乞丐从衣服内抽出一把尖刀奔着我们就刺了过来，刹那间便感觉胳膊处一阵凉意，竟然未感觉到疼。可是没等我反应过来，脑袋"嗡"地一下栽倒在地上，几个彪形大汉手中都拎着铁棒。

"叫你偷东西！"几人边打边喊叫着，我才明白这完完全全就是一场阴谋，那乞丐也倒在我的身边做出翻滚状，但其实根本没有一下打在他的身上。

"住手！"

许梦梦的娇喝声在人群的喧闹中传来，显得那么苍白无力，铁棍暴风骤雨般的击打仍然在持续着，毫不理会她的话语。

我抱着头缩在地上，本能地护住自己的要害，许梦梦嘶吼着从人群中挤了进来，恍然间我看到那乞丐快速地翻起身，再次拔出刀向许梦梦刺去！

许梦梦只是为了救我，哪里会想到乞丐竟然再次翻身而起，眼中充满了惊愕，千钧一发之际，许梦梦猛地一个侧身抓住了乞丐的手，随后膝盖顶起重重击打到了乞丐的肋骨。

"啊！"

乞丐哀号着跪在地上，刀也被许梦梦轻松地卸了下来。

我突然感觉自己身上的攻击减弱，两名大汉挥舞着铁棍砸向许梦梦，许梦梦急忙后撤，却不知从哪儿走过一个路人，胆大地推了她一下。

嘭！

铁棒砸在许梦梦的头上流出了鲜血，我发疯一般地从地上爬起，不管周围人的攻击，猛地冲到许梦梦身前，一头撞到了其中一位黑衣大汉的怀中！

我能感受到自己身上那未好伤口的崩裂，但此刻也顾不得那么多，将大汉撞开后，随后见另一人铁棒再次挥下，我下意识地冲到许梦梦上方，脑袋瞬间被铁棒砸得直响，眼前被鲜血遮挡，倒在许梦梦的身体上……

"赵安！"

许梦梦喊叫着，感觉她的声音离我越来越遥远，眼皮垂耷着，身体上的伤痛变得麻木，突然有种感觉，自己好像就快要死了。死亡却没有想象中那么可怕，那么痛苦，反而有一种解脱的感觉。

正在我沉沉睡意涌上脑海时，看到了许梦梦在我身上那嘶吼着的脸庞，她的头上流着鲜血，焦急地望着我，嘴不停地张着，我却听不到任何一个字。

不，我不能将她丢下不管！

一股强烈的意识从心底升起，我陡然睁大眼睛，双手支撑着地面想要站起，却没有感觉到后背再传来疼痛。

待我站起身后，只见许梦梦掏出了枪，几名大汉举着铁棒瞬间愣住，面面相觑。

"走！"

只听见人群中传来一阵声音，随后几名大汉转身便跑出了人群，逃之夭夭。

在我和许梦梦的身边，只剩下远处黑压压的路人，他们都在观望着，见到许梦梦掏出枪来立刻向后退了几步。许梦梦自始至终没有打出子弹，身下的她双眼凝视着我，眼神中带着焦急，悲伤，难以描述。

"快来帮忙啊！"

我用力向旁边一翻栽倒，用尽最后的力气喊叫着，可是，那些指指点点、低声耳语的围观者却没有一人上前来帮助我们。那一副副冷漠、惊惧、鄙视的面孔映在我的眼中，远远比我身上的伤口更加痛。

许梦梦翻身跪在我的身边，流着眼泪喊着我的名字，我却不禁苦笑了出来。

"看……看看，这……这就是我的下场……没有人……帮助我……"

我的嘴里一股股血腥味泛起，眼前尽是那些路人的表情，不知过了多久，方才有人到我们身边将我和许梦梦扶起，并且报警。

直到今天我依然记得，那将我扶起的人是一对老人，老太太满面皱纹，白发苍苍，瘦弱夹杂着老人斑的胳膊，在那一刻却仿佛拥有无尽的力量，让我想起了自己远在千里之外的母亲。

我仍记得她当时说的那句话："哎哟，这是什么人干的啊，老头子，快打120。"

许梦梦抱着我的腰哭泣着，老太太架着我的胳膊，旁边的老爷爷用着一百余块的手机，按着电话号码……

我又被送回了病房，这次头上两处伤口缝了12针，胳膊缝了8针，整个人如同木乃伊般躺在床上。许梦梦没有理会自己的伤，不停地在我身边哭泣，我不知道她在伤心什么，但她的眼泪融化了我那干涸已久的心。

秦石收到消息后马不停蹄地赶到了医院，许梦梦将事情的经过说给他后，秦石的脸阴沉了下去，隐隐地让人觉得害怕。

他只是简单地在医生那里询问了病情，随后在病房内闷声不吭地抽了一根烟，转身离开了医院。

许梦梦在我的劝说下去清理了伤口，当时我将她护在身下，所以她并未受到什么太重的伤，她没有对我说一声谢谢。不过，我的身体却一直由她来照顾，护士想要帮忙处理，她也没有同意。

许梦梦突然变得爱哭了起来，尤其是在晚上，望着我默默流泪。

如今的情况非常不好，古玉被杀的案子还未破，紧接着就又死了三人，于鸿失踪，我和许梦梦被袭击，一切的一切都仿佛是一场阴谋，蓄谋已久。

许梦梦日夜不离地陪伴在我的身边，她不时会打电话给都书言询问情况，不过结果却没有什么进展。那几个袭击我们的大汉没有被抓到，当时我们所在的地方也没有录到他们的相貌，只是知道他们离开后坐车沿着国道前往旁边的一个小村子内。

车被找到，人却消失无踪。

都书言告诉许梦梦，这几个人肯定跑不了，虽然他们现在逃离了警方的视线，那也只是暂时的。警方若是真的想抓一个人，就算是天涯海角他也躲藏不了。任何人想与强大的国家法律机器做斗争，结果只能是死路一条！

过了三天，许梦梦在秦石的要求下回到了警局，临别前她再三嘱咐护士照顾我的一些细节，宛如妻子放心不下丈夫。我看着她与护士喋喋不休，心里暖洋洋的。

秦石也派人来对我进行保护，我却没有什么太大的感觉，上次的事情明摆着对方根本就不是冲我来的，他们的目标是许梦梦！从这群人掐算我们的时间，以及袭击我们的方式和逃跑路线来看，完完全全就是有组织、有计划的一次行动。

可我实在是想不出他们袭击许梦梦的原因，于鸿被劫持是因为他告密，调查王图强。但许梦梦不过是个警员，如果真的是因为古玉凶杀案，那他们袭击的人也应该是秦石，跟许梦梦有什么关系？

我觉得自己陷入了一个旋涡之中，完全没有思路，只能兜兜转转，不停地在迷宫之中游荡。

一个星期后我离开了医院。

我唯一想去的地方便是回家，在与秦石商量后，他也同意了我的想法。并且让我劝劝许梦梦,自从上次的事情后,许梦梦完全不顾身体,日夜兼并地调查。目前的突破口只有王图强一人，但他却是什么都不说，而且根据法律规定，只能对他实行限制活动，却不能将其关押。

这一个星期许梦梦每天都会给我打电话，有时中午自己不吃饭也会给我送一些过来,看着她日渐消瘦,强行坚持的憔悴模样,我很心疼。

回到家里后,秦石以让她保护我的理由再次将她派到了我的身边,她需要休息。

许梦梦坐在床上，双眼深情地望着我，我刚刚收拾完家中的物品，累得满头大汗。虽然身上有伤，但是看到许梦梦总是有一种家的感觉，虽然这个家中死过三个人。

"赵安，你过来，我有话跟你说。"许梦梦坐在床上，明显可以看出她的疲惫。

我走到她的面前，许梦梦坐在床上环住了我的腰，将头靠在我的身上，仿佛一只小猫般，喃喃道:"抱着我，我想在你的怀里睡一会儿。"

我木讷地望着她，在她渴求的眼神下终究屈服，与她同躺在新换的被单上，将她搂在怀里，轻轻地拍着后背。

许梦梦很快就睡了过去，蜷缩着身子，不时睫毛抖动，面色纠结，不知她是做了什么样的梦。

夜已深。

回到家中后我已经将能够置换的东西全部找人换了一遍，这也代表着我的钱包空了。

悄悄地走下床来到柜子前，我打开了柜子最底部的一层，那里面有一个大盒子，是我平时放东西的地方，有我从小到大写的日记，还有一些值得纪念的物品。我相信很多人都会和我有一样的习惯，在家中的某个不为人知的角落，储存着自己最珍贵的回忆，以及其他的小秘密。

费了好大力气我才将盒子拿出，由于一直在柜子里面，灰尘并没有落上很多，我轻轻地吹了下将其打开。

本意是想寻找自己攒下钱的银行卡，却看到了一样几乎消失在脑海中的物品——一个蓝色的蝴蝶结。

我伸出手将蝴蝶结拿起，很普通的发卡，但此时却让我心有余悸，这是我和古玉第一次见面后，她留在咖啡馆内的。

那天回来林茹和我吵架，为了哄她我没怎么想就将包内的银行卡和蝴蝶结一起扔到了盒子里，后来竟然将此事忘到了脑后。

我是不是应该给秦石打电话汇报一下？

思索了半天，还是放弃了这个想法，只是一个蝴蝶结而已，并不能改变什么。而且我的嫌疑并没有摆脱，如果让秦石知道我还在私藏古玉留下的东西，说不定还会徒生是非。而且秦石那么忙，我也希望他可以集中注意力破案，完全没有必要因为一个蝴蝶结让他分心，现在的情况很紧张，一步走错，怕是要满盘皆输。

我将蝴蝶结拿在手中把玩了下，忽然感觉里面有些硬邦邦的东西，要知道发卡内正常都是棉花，突然心生疑虑，想要打开蝴蝶结看一看。

"咳咳。"

正在我想着打开蝴蝶结时，背后突然传来一阵咳嗽的声音，吓得我立马将蝴蝶结扔到了盒子内。

许梦梦躺在床上翻了个身，依然闭着眼睛，眉头紧皱，脸色煞白。

我观她面色萎靡，连忙关上抽屉到她的身边，轻轻探手感受了下她的温度，很烫！

"许警官，醒醒，醒醒。"

我轻轻拍打着许梦梦的脸，她咳嗽着迷糊说道："赵……赵安，我好难受。"

"你发烧了，这么晚，我去叫车，咱们去医院。"

说着我要起身，却被许梦梦死死拉住袖子。许梦梦蒙眬睁眼，望着我，有气无力道："不，不用，我得保护你，外面危险……明天再说吧。"

我犹豫的望着她，咬了咬牙，后悔今天收拾时将药物都送到了垃圾箱内，只好将毛巾投湿敷在了许梦梦的额头上。

看着她朱唇紧抿、柳眉抖动的样子，我突然有些心疼，将衣服脱下盖在她的身上，又用被子将她裹起来。幸好家中还有些酒精，分别给她擦了手心和脚心。

许梦梦睡梦中嚷嚷着热，我却隔着被子死死地将她抱在怀里，无论她怎么挣扎都不放手。

我们两人就这么折腾着，不知道是什么时间，怎么样睡着的，第二天醒来时，许梦梦还在怀中，浑身大汗淋漓，再次探手抚摸她的额头，温度已经降了下来。

我戴上帽子和口罩，走下楼去菜市场买了两颗西红柿，回到家中焖了米饭，做了西红柿炒鸡蛋等她醒来。

恍然间觉得这就是我想要的生活。

饭菜做好后，恰逢许梦梦也从睡梦中醒来，我拉着她去洗漱，吃饭。

"你昨晚发烧了，自己知道吗？"我夹起一块煎蛋放到她的碗中。

许梦梦揉了揉太阳穴，娇弱道："可能是最近太累了。"

"我知道你想查出凶手，可你不能不要自己的身体啊。你这样把自己搞垮了，那些犯人才是最开心的。你师父很担心你，这次名义上是让你来保护我，其实我想，他是希望我能够照顾你。所以我希望你这几天能够把手中的事情放一放，好好休息。路要一步步走，风雨再大，总会有晴天的。"

许梦梦微微一笑，虽然脸色仍有些病态的白，不过气神看起来要好了很多。

"好啦，别讲你那些大道理了。我不是因为这个案子，而是这个案子所牵扯的事情，我必须要查下去。"

"什么事情？"

许梦梦摇摇头："我现在也不知道，不过我可以确定，古玉被杀，和你家中几人的死亡都不会是那么简单的。"

我满头雾水根本不明白许梦梦在说些什么，不过有一点我对她的想法非常赞同，林茹他们三人被杀，背后一定有着其他的原因，不会只是阿明的仇人那么简单。

其实我自己也没有证据，只是一种直觉。

许梦梦跟我说了一些都书言那边的情况，王图强前些日子还说要着急出国，但是现在却安分了下来，每天就在家中喝茶会客，也不着急出国，也不和都书言交流，只是正常休息。

都书言虽然脾气暴，人比较死板，但是手段还是很高明的，他在王图强的家中放了一只窃听器，每天隔着墙壁监听王图强的举动，并且获得了一些消息。

王图强近一个星期，多次会见了一个叫作"柳洋"的人，他是王图强在牡市公司的代理人，并不算是什么大人物，每天来见王图强也只是汇报工作。

但最近几天，都书言听到两人的对话中有一些不对劲，比如说，王图强问的是公司的财政收入，但柳洋却回答的是公司的人事分配，好似在对暗号一般。

在两人的交谈过程中，频繁地提到了一个地点，在他们口中称之为"老地方"。

但是目前还不知道这个地点的具体位置在哪里，秦石知道此消息后让都书言继续盯梢，他决定从柳洋处打开一个突破口。

袭击许梦梦的人至今还没有抓到，在都书言看来，他觉得那些人跟王图强应该是有联系的，或许也就是劫走于鸿的人。如果能够打开王图强的话，其他问题应该能够迎刃而解。

现在，所有人的目光都聚集到了王图强的身上。

（二）

吃过饭后，我将碗筷洗刷完毕，下楼给许梦梦买了一些药物，回家时上楼，在准备打开门时忽然注意到在楼梯拐角处有一个人。

我望着他，他戴着帽子，但我能够感觉到他也在注视着我。

他的双手插在裤兜内，我看不清他的脸，钥匙已经拧动，只要我想进入家中，只需要一秒钟的时间，他完全没有机会能够伤害我。

我轻轻地打开房门，那人的脚步一动，开始向下走来。

我心中一紧，开门就蹿入了房间之中，连忙将门关上，锁死。

许梦梦还在沙发上躺着摆弄手机，见我回来急匆匆的样子，询问发生了什么。

我将在门外遇到人的事情讲述给她听，许梦梦连忙起身抽出枪来打开门巡视，却发现走廊已经变得空荡荡的，刚刚那个人消失在了楼梯间内。

"可能是我太敏感了。"我对许梦梦说道。

她关上门将枪放到桌子上，皱着眉头来回踱步："要不要跟师父说一声？"

"算了吧，秦队现在那么忙，我们还是不要一惊一乍的好。总不能因为这里曾经发生过命案，就不允许任何人来往吧。"

许梦梦犹豫后点了点头。

话虽如此，但晚上躺在沙发上时，却辗转反侧，无论如何也睡不过去，脑子里想的都是今天楼梯口上方的那个人。甚至每当我看向门口时，都感觉他仍然在那里站立着，一动不动地看着我。

那种感觉很强烈，惹得我不时真的走到门口透过猫眼向外去看，即使我知道自己看不到楼梯口的上方，但不敢打开门。

生怕冲进来一个人举着尖刀，残忍地杀害我们。

第二天我对许梦梦说出了心里的想法。

"我想见王图强。"

许梦梦停住正在拿筷子的手，惊愕地望向我。

"于鸿已经失踪一个多星期了，虽然我知道自己可能什么也得不到，但我必须试一试。"

许梦梦的眼神闪动，随后点了点头。

王图强的家在市里的别墅区，也是牡市东南西北四区的正中央，市中心的位置。

虽然王图强近些年介入房地产，不过这片别墅区的开发商却不是王图强能够惹得起的。据许梦梦说，这片别墅区的主人是省里一位手眼通天的人物，即使是王图强也没有任何资本能够和他斗争，所以，在这别墅区内，王图强即使胆子再大也不敢造次。

别墅区的安保系统异常严格，从我们进入后，每一层都会有人进行登记，许梦梦的证件在此刻成了一张通行证明。

别墅区内的风景宛如人间仙境，常年不断地喷泉，郁郁葱葱的树林，百花争艳，绿草茵茵，行走的路人牵着宠物，一条狗的价格怕是比我一年的生活费还要高上不少。金碧辉煌的装饰，鲜红似血的地毯铺在每一家的门前，高大的别墅外围着白色的栅栏，里面豪车名宠，珠宝玉石，让人眼花缭乱。

相比之下，一种自卑的感觉由心底涌上脑中。

曾几何时，阿明的月收入过万使我羡慕不已。

曾几何时，街上的高档名牌令我垂涎三尺。

曾几何时，在牡市有辆车成了我的梦想。

如今看来，我不过是井底之蛙，一辈子的努力怕都买不起有钱人家的一栋房子。

这让我很难过。

令我惊讶的是，许梦梦却没有任何表情，完全不理会奢华的景象，而是置若罔闻般在给都书言打着电话。

王图强的别墅在整个别墅区的中间地段，价格并不是这里最高的，但装饰却丝毫不比其他的人家差。

都书言早已在门口等候多时，见到我们二人后，只是冷冷地对我说了句："听说你受伤了。"

我点了点头。

"没死就行。"

我愣了下，随即反应过来，虽然说话仍然是那么不讨人喜欢，但他好似在关心我。

许梦梦习惯性地挎着我的胳膊，都书言注意到后只是撇了撇嘴，却出奇地没有说话。

王图强家一共两层，刚刚进门便看到几个人坐在客厅内玩着扑克，一个个凶神恶煞，不用想便可以猜到，这些人应该都是王图强的保镖。

"在二楼。"

都书言引领着我们走向楼梯，那几位大汉看向我们的眼神很不友好，让我不禁想起了那晚袭击我和许梦梦的几个人，说不定他们就是一伙的。

二楼有四个房间，而王图强正在书房中会客，我和都书言以及许梦梦只能在二楼的沙发上等候。

"师父那边有什么进展？"都书言跷着二郎腿问道。

许梦梦坐在我的身边，轻轻摇头，咳嗽了两下，我关切地问道："今天的药按时吃了吗？"

"吃了。"

"你生病了？"都书言微微皱起眉头。

许梦梦摆摆手，示意自己没事，都书言也未再继续问下去。

其实我很不理解都书言这个人，很明显他对秦石和许梦梦应该是有感情的，毕竟是同门。但他平时的所作所为完全是一副不近人情的样子，即使此刻他很想要关心许梦梦，却要故做出一副不理会的样子，真不知道他这么高冷给谁看。

半个小时后，一位戴着黑框眼镜，穿着西服，看起来异常斯文的中年男子从书房中走了出来，路过我们身边时，用手指微微提了下眼镜，嘴角露出一种莫名其妙的笑容。

那种笑容让我不禁打了个冷战，邪恶的感觉。

都书言对我使了个眼色，随后我跟许梦梦起身走进书房。

说实话，当时我的心里极其忐忑，但我知道，为了于鸿我必须拼一拼。

王图强坐在书房内的办公桌前，桌上摆放着各种各样的文件与草纸，他的左右是呈扇形的书柜，将办公桌拱卫在其中。

"坐。"

他正在埋头看着一份文件，头也不抬地吐出一个字，充满威压，与上次出殡时见到他的那种圆滑感相距甚大。

我和许梦梦对视一眼，坐到了旁边靠墙的椅子上，王图强身后是一扇硕大的落地窗，窗外花草树木尽入眼底，又有风帘遮挡阳光，与书房内的金卷古书映成一幅极为韬略的上位者画卷。

过了几分钟，我和许梦梦都没有说话，只见王图强拿起旁边笔筒内的一支钢笔在一份文件上圈圈点点，不知道写了些什么后，才如释重负地伸了个懒腰，同时也将头望向我们二人。

在我们对视的那一刹那，我能够清楚地感觉到，他眼神中的疲惫在看到我的瞬间消弭殆尽，换之是野兽闻到猎物气息的兴奋。

"哟，许警官，好久不见，你们师兄妹两个人是来交班了？"王图强打开抽屉叼起一根烟点燃，吞吐着淡蓝色的烟雾说，"秦队长是真看得起我王某，手下一共就这么两位高徒，全都送到我这里来了。怎么？案子不查了，还是认定我是凶手了？"

王图强将椅子稍稍向后挪了些，跷起二郎腿，一只手指掐着烟，另一只手轻轻地在椅子把手上敲打着。

许梦梦闻听着他的讥讽，脸色变得很不好看，柳眉倒竖便要开口，我连忙拉住她的胳膊，抢先道："王总，这次是我托许警官带我来的，希望您能给个机会跟我聊聊。"

王图强扬起嘴角，掌心冲上向前一伸，示意我继续说下去。

我抿了抿唇角，对许梦梦道："梦梦，你先出去，让我跟他单独说会儿话行吗？"

许梦梦眉头轻皱，显然是想拒绝我，我悄悄用手按压着她的掌心，希望她能够明白我的意思。许梦梦虽然有时感性大于理性，但却是个极其聪明的人，微微沉思后点头起身离开。

在许梦梦离开后，我大胆地将椅子挪到王图强的对面，他眯着眼睛望向我，喃喃道："不简单，不简单。"

"您说什么？"我略有些没听清。

"我说，你和这位许警官之间不简单呀。"王图强和蔼地笑道，却让我浑身冒起一层鸡皮疙瘩。

"你叫赵安是吧。"

"嗯。"

"说吧，找我有什么事？"

"我……我想请您放了于鸿。"

王图强咧开了嘴："哈哈，你倒是够直接，可是……你找错人了啊。我已经跟都警官重复无数遍了，于鸿不在我这里，我也在找他。"

王图强说着话的时候，面目表情却是挤眉弄眼，好似故意在炫耀着，意思很明显，你能拿我怎么样？

难不成他知道都书言在他书房安装窃听器的事情？

刚刚我让许梦梦出去时便想着在我和王图强单独接触的过程中，他能够对我说实话，这样都书言就可以拿到证据，来摆平他。

我深呼吸一口气，突然全身无力，就好似小时候淘气撒谎时被妈妈发现一般，完全没有隐藏的余地。

"算我求您，放了他吧，您想要什么我都可以给您。"我近乎哀求道。

王图强眼神凌厉，气场完全压制住我，面无表情地说："我什么都不要，他也没在我这儿。"

"……"

一瞬间心如死灰，此刻我才明白过来什么是差距，对于他这种将人心早已玩了半透的商场大亨来说，我连只小菜鸟都算不上。

他蔑视的眼神击打在我的心上，就好似抱着希望等待一个对手，却发现这个对手完全没有挑战性的失望感。

"古玉的死和你有没有关系？"

就在我完全不知所措，已经准备退却之时，王图强却突然开口问了一个让我惊骇的问题。

"没有。"我毫不犹豫地回答道。

"听说她死前见到的最后一个人是你？"

我不知所措，难道他现在是想戏弄于我？

王图强见我没有回答，收起二郎腿，拿起旁边的一方草纸，快速地写下几个字，举起让我看了眼。

纸上潦草地写着："她有没有给你留下什么东西？"

我惊愕地望着他，不知道该说些什么，脑子里闪现着家中抽屉后盒子内的那个蓝色蝴蝶结。

王图强自顾自地点点头："看来是有的，我自己的妻子我了解，她不会这么平白无故地离去。如果你能够把东西交给我，我想，我们还能够谈一谈。"

我咬着牙没有回答，这一刻我认为王图强一定是杀害古玉的凶手无疑。

王图强撕下一条纸，快速地写了些东西，随后向前轻轻一推，我忐忑地起身接过。

上面是一个电话号码，下面有一行字："想通打给我，尽快，毕竟我的狗已经三天没吃东西了。"

我心中一惊，抬起头看去时，王图强却是淡然地笑着，轻轻挥了挥手，好似在摆弄自己的玩具一般。

我离开书房后，许梦梦连忙迎了上来，只见都书言左耳戴着耳机，一副凝重的表情。

三人坐在沙发上沉默许久，都书言当先开口道："他说了解自己的妻子，什么是有的？"

我摇摇头。

许梦梦焦急地望着我，我挠了挠头，刘海散乱地飘荡在发间。

"我累了，梦梦，我们回去吧。"

"别走。"都书言即刻呵止道。

我回头望了他一眼，苦笑道："都警官，你斗不过他的。"

都书言愣在原地，我和许梦梦下楼离开，下面的四位大汉仍然还在玩着扑克，他们的桌子上也没有钱，不知道有什么意思。

一路无话，我的心情异常沉重，自我走进王图强书房后，完全就是被戏耍了一通，不但什么都没有套出来，反倒是将了自己一军。唯一能够确定的是于鸿真的在他的手中，可是这个消息又没有半点作用，连他给我的纸条上都没有任何信息显示这一事实，老江湖对小菜鸡，我只是一颗棋子。

回到家中，许梦梦并没有多说什么，给我倒了一杯茶水，自己也吃了药。

许梦梦和我都不愿意做饭，只好订了外卖，随后她无聊地摆弄着手机，而我……闭上眼睛在思考。

我坐在沙发上想着王图强的话，那个蓝色蝴蝶结对于我来说没有任何作用，我可以将它交出去。但是在这个关键的时候，蓝色蝴蝶结却又显得那么重要，王图强说他了解自己的妻子，也有可能是在说，他知道自己杀死妻子时，古玉一定留下了什么线索，他想销毁这个线索。

这也充分地解释了，为什么当初他会派人监视我，跟踪我。

可惜，他没料到的是，除了他以外，还有一批藏在暗处的人，杀了林茹和阿明，顺手也杀死了他的侄子。

目前就古玉杀人案来看,假想的情况下最多有五拨人马参与在内,都书言、许梦梦、秦石是一拨,王图强及其掳劫于鸿的手下是一拨,我是一拨,于鸿是一拨,还有便是那个杀死了林茹等人的暗处杀手,他或者他们又是一拨。

其实这其中有两个地方与我起初想的不太一样,例如我本想将我和于鸿分在一起,但就上次在他家中看到的短信而言,他也有着自己的目的,我倒是显得形单影只。其二便是我本意想将袭击我和许梦梦的人单独再分出来一拨,可是犹豫过后放弃了,那帮人定然是这五拨人马其中的一拨,只不过现在还没有确定他们的身份罢了。

我的脑海中出现了五个分支,随后我开始逐个来确定他们的目的,以及他们的身份。

1. 秦石、许梦梦、都书言。他们的身份是警察,目的也就简单一些,为了破案,不只是古玉凶杀案,还有林茹等三人被割喉的案件,许梦梦被袭击的案件等。

2. 王图强及其手下。身份是商人,隐约带着黑社会性质,目的之一是搜索古玉留下的物品,其二将于鸿劫走,应该是报复他将王图强的近况及谎言汇报给警方。

3. 于鸿,身份是私家侦探,但他跟我们其中几人都有着不寻常的关系,跟秦石相熟,又和许梦梦有过交集。王图强既是他上学时的导师,又是他的客人。同理,古玉既是他的同学,也是他的客人,而他和我又是挚友。

目的:不详。

4. 暗处的杀人犯,杀害林茹等人的凶手,身份不详,目的之一,我可以肯定,是想要找到古玉留给我的东西,或者是想杀死我。

相对比下,我认为他误杀林茹的概率要大一些,毕竟在许梦梦保护我之前,如果他想杀死我,机会有很多,因为杀害林茹时,他是用钥匙打开的门。

虽然现在我换了锁，可每晚仍然提心吊胆，好在许梦梦在我的身边，两个人最少可以搭个伴。

5. 我自己，身份无业游民，目的，从最开始的为了摆脱嫌疑，到现在却是陷入泥潭不得翻身。

我也是第一次冷静地思考发现自己参与这个案件的目的，竟然要比其他四拨人还要多。我要救于鸿，还要洗脱自己的嫌疑，蝴蝶结在我手里，案件不破，我无法保证自己的安全，因为这个案子我失去了一切。如果最后抓不到凶手，我想我一辈子都会被这个阴影缠绕着，俗话说光脚的不怕穿鞋的，既然无路可退那么就勇往直前，拼他一拼！

理清了思路后，我冷静地分析了下自己的优势和劣势，目前最主要的事情便是救出王图强，而这一切都要从蓝色蝴蝶结入手。昨晚我感受到蓝色蝴蝶结内有东西，也许那就是破案的关键，我应该看一看。

思索着我猛地睁开眼睛，快速走到柜子前，将盒子从阴暗的角落中翻找出来，将蓝色蝴蝶结拿出，手指捏着，细细地感受着其中的物品。

那是一个圆柱形的物体，还有些软软的。

我轻轻地从中间的缝隙将里面的棉花掏出，很快一个白色的小东西就掉到了地上，发出"咚咚"的滚落声。

许梦梦坐在床边看着我，此刻我也不避讳她，将那白色的物体捡起，发现是一个缠绕在两头圆饼，中间竖棍上的纸条，我找到头尾，轻轻地拉开，只见上面是电脑印制的各种乱码，看不明白。

这让我想起了许多的侦探电影和小说，我相信这其中一定有着信息，是古玉特意留给我的，或许在她买人身意外险的时候就已经感觉到了危险，她希望我能够在她死后帮她抓住凶手。

"这是什么？"

许梦梦的声音在身后传来，我轻轻摇头，并未多言。如果说上一次犹豫是不想给自己增加嫌疑的话，那么现在就不得已而为之，王图强的意思很明显，我不能拿于鸿的生命开玩笑。

"你能看懂吗？"我大胆地寄希望于她，如果她能够解开其中的谜团，那么即使这张纸条给王图强也无所谓。

"不行，不明白。"许梦梦说道，"可是，又觉得有那么一些似曾相识，这个很重要吗？要不要找师父问问？"

我装作镇定将纸条塞进兜里，起身笑道，"这是我在保险公司同事送的，一直不明白其中的意思，跟咱们的案子又没有关系，可别麻烦秦石了，最近这么多事情，想必他也是焦头烂额。"

许梦梦若有所思地点点头，我将抽屉收拾好后门外传来了敲门声，是外卖到了。

我和许梦梦共进晚餐后，两个人面面相觑，她终还是先忍不住开口，问我跟王图强都聊了些什么。

我点起一支烟，叹气道："还能有什么，他把我当傻子耍，根本就不承认于鸿是被他抓走的。"

"当然不会承认了。"许梦梦端过来两杯水放到我们各自的面前，"如果真的查到是他派人绑架于鸿的话，牢狱之灾肯定免不了，现在古玉的案子闹得这么大，谁在这风口浪尖上横生是非，下场都会很惨。"

"牢狱之灾？"我愣了下，以我见到王图强所留下的印象，他那副云淡风轻的样子，怎么看也不像是知道自己会进监狱啊，难不成……他认为我们永远都不会找到于鸿？

"王图强知道这种后果吗？"我有些怀疑地问道。

许梦梦瞟了我一眼，像看傻瓜一样看着我："王图强曾经可是牡市政法大学的老师，你觉得呢？"

"哦……"

就在我应声时，忽然感觉脑海中有一道闪电划过，好像有什么事情联系了起来，仅仅一瞬间又消失掉了。

我猛拍自己的脑门，瞪着眼睛看向许梦梦，她为之一愣，不明白我的意思。

"王图强……于鸿……古玉……我知道了！"我几乎跳起来，兴奋地看着许梦梦，这种感觉就像是你想到一句歌词，却无论怎么努力也想不起歌名，最后猛地知道歌名的感觉。

"你想到什么了？"许梦梦含羞带笑地问道。

正在我要说出口时，连忙咬紧了自己的嘴唇，现在还不能够跟许梦梦坦诚相告，毕竟她和于鸿之间有过隔阂，而且她定会告诉秦石和都书言。

"我想起来家里还有两瓶啤酒没有喝，不如我们整几杯吧。"

许梦梦略显期待的眼神瞬间低落成失望，缓缓地点了点头，我没有办法和她解释。我并未想明白蓝色蝴蝶结中那串乱码到底是什么意思，可我明白的是，那串乱码并不是留给我的，而是留给另一个人，等着他来破开案件的谜团。

这个人就是于鸿！

王图强曾是古玉和于鸿的老师，而古玉又是于鸿介绍给我的，我想古玉当时在我这里买保险的时候应该并不确定自己会不会死，所以她才选择将蓝色蝴蝶结通过咖啡厅的吧台交给我。如果她没有事，那么我一辈子也不可能破开其中的含义；反之，她若是真的死了，我和于鸿必然会参与到这个案件中，蓝色蝴蝶结也将成为她给予我们的最后一条线索。

不知道是不是与许梦梦、秦石这些警察的交道打多了，还是跟于鸿往时经常讨论案件的原因，我竟然开始学会分析和寻找每一件事的含义。

这种感觉很奇妙,仿佛是一位美女裹着厚厚的衣物站在你的面前,凭借着点点滴滴的线索,慢慢褪去她的外套,极为诱人,充满成就感。

或许,这就是于鸿喜欢做私家侦探的原因吗。

我从冰箱里拿出两瓶啤酒,炸了点花生米,和许梦梦对饮起来,她的神情很焦虑,不知道是不是感冒还没有好的原因。

几杯黄汤下肚,脑子也开始渐渐迷糊起来,我和许梦梦两个人的位置也是越来越近,直到她依偎在我的身上。

"赵安,你谈过几段恋爱?"许梦梦望着黑漆漆的窗外,喃喃问道。

我苦笑着回答:"就林茹一个。"

"这么惨?"

"惨吗?我以为可以过一辈子的。我羡慕父母那种牵了手就是一生的感情,并不将滥情作为炫耀。"

许梦梦眯着眼睛,笑道:"你这句话有深意哟。"

我摇摇头:"没什么深意,我出生低微,从村子里走出来时,以为大城市有我的梦想,有人生的真谛,怀揣着一千块钱我就远离了家乡。但是几年过来,除了失望依然是失望,这里有着灯红酒绿,有着车马如龙,有着权力金钱,可是唯独缺少的,是我想要的那份真挚。

"友情也好,爱情也罢,我就是一个普普通通的农村孩子,我不奢求别人给我带来什么,只求不要离开,可是渐渐我发现,无论我怎么付出,还是走着走着,许多人就走丢了。"

许梦梦静静地望着我,眼神晃动,我微笑注视着她,心中尽是坦然。

"给我唱首歌吧。"许梦梦抱着我的胳膊道。

"我不会唱歌,五音不全的。"

"唱一首嘛,我喜欢听有故事的人唱歌。"许梦梦撒娇道。

在她的威逼利诱下,我只好清了清嗓子,望着窗外荧光闪闪的夜,唱道。

"想得却不可得，你奈人生何？该舍得舍不得，只顾着跟往事瞎扯……"

那夜，一个女孩静静地听，一个傻子唱得泪流满面。

（三）

"喂？"

"我是赵安。"

"哦，东西拿到了吗？"

"在我这里。"

"送到广厦小区，到了给我打电话。"

"等等，我要听我兄弟说话。"

"他没在我这里，如果你想让他快点回家，就别犹豫。"

"……"

嘟……嘟……

许梦梦在床上睡得正香，看着她如同猫咪一样可爱的脸庞，我想低头在她的脸颊轻吻，却忍住了。

轻轻地打开门走出去，凌晨的走廊安静诡异，为了不吵醒许梦梦，我关上门后在黑夜中穿行出了楼门。

剑未佩妥，出门已是江湖。

小区内树影摇晃，仿佛黑夜中的小鬼摇晃着招魂幡，路灯早已熄灭，凉意逼人，我裹了裹外套匆匆离开。

　　街道上了无人迹，醉酒高歌的诗人回归了现实，红烛摇曳的情人们沉坠进梦乡，剩我孤零零快步在空无一人的旅途上。

　　半个小时后我才见到一辆停在马路边的出租车，司机躺在驾驶位置盖着毛毯，等待着下一单生意。我轻轻敲了敲窗户，司机如同夜鹰般猛地睁开双眼，疲惫中还带着期望，习惯性地打开车门，挂好挡，问我去哪儿。

　　"广厦小区。"

　　"加钱。"

　　"好。"

　　我们两人如同两具僵尸般互相说着生硬的话语，每个人都为着自己的目的奔波，就像他并不会在意我去干什么，我也不会在意他究竟有多么累。

　　泥菩萨过江，怎能普度世人？

　　下车付完钱后，司机师傅并没有急着离开，而是将车停到道边，熄了火再次躺了下去。

　　寒风凛冽，我下车后他并没有再开空调。

　　我掏出手机找到那个电话再次拨打了过去，这次却没有人接，我心底忽然有一种不安的感觉。

　　可是到了这里，我不得不等待下去。

　　果然，大约十多分钟后，前面一个单元的灯亮了起来，随后有两个人奔着我走了过来，黑夜中看不清他们的身影。

　　随着脚步声越来越大，借着依稀的月光，我见到了两张熟悉的脸庞，是他们！

　　那晚袭击我和许梦梦的乞丐以及掏出画像的那名文身大汉。

　　"是你们？"我往后退了一步，做出防御的姿态。

"东西呢？"乞丐双手插在兜里，阴森的声音在黑夜中传进了我的耳朵。

"我要见于鸿，王图强可是答应我的。"

"东西给我，你就能见到他了，老板说了，还会给你三百万。"

我自动忽略了钱的事情，像我这样有自知之明的人根本不会去奢求不属于自己的东西，我唯一想要的，便是于鸿能够安安稳稳地回到我身边，能够像从前一样和我对酒谈笑，讲述千奇百怪的他人的人生。

我犹豫了下，阴暗中可以看到文身大汉的手背在身后……

"好，给你。"

我从兜里掏出了蓝色蝴蝶结内发现的转筒，递到了"乞丐"的手中，他接过后放在眼前看了看，皱眉道："就这个东西？"

"嗯。"我淡淡地回应，脚步已经不自主地开始远离他们。

"可以了，我给你个地址，你去见他吧。"乞丐将圆筒装进衣服里兜，随后道，"鑫源小区内有个福源宾馆，他就在那里。"

我没有回应他的话，缓缓退步，乞丐皱眉望着我的举动，好似猛地想起什么，喊道："抓住他！"

文身大汉一愣，我转身便开始奔逃，司机听到我的脚步声，猛地发动车辆，我的速度还是很快的，飞奔上出租车后扬长而去！

我们刚刚离开，便听到后方的警笛声响起。

"师傅，鑫源小区！"

司机师傅点头，完全没有理会后方的警察，狠狠地踩着油门……

半个小时前。

车辆马上快到达广厦小区时。

四周的环境明显已经不是市区，这种地方一辆出租车也不会有，如果这位司机将我拉到那里就离开，那么我将孤独无援。若是真的被人抓起来，连个知信的人都不会有，想逃也逃不掉，那才是真的瓮中之鳖。

王图强的算计很周密，我相信此刻就会有人在监视着我，一旦我下车，就等于羊入虎口，一切都在人家的操控下，我该怎么办？

司机师傅抽着烟未理我，我心生一计，到了这个时候只能赌一把！

我用手机打了几个字，但是并没有发出，因为我相信王图强的人也有能力监控我的手机，现在，我根本无法信任电子仪器。

当司机师傅将车辆停下时，我递过去了几百元，司机师傅微微一愣，随后我将手机对着他的眼前比画了下。

"我下车后请给这个号码打电话，他姓都，告诉他广厦小区有前几天袭击许警官的凶手，他若是问你是谁，不要告诉他。"

司机的眼睛在手机上的字体和钱中间来回摆动，只见他一咬牙将钱接到了自己的手中，我深呼吸一口气，将手机上的字删除，下车。

寒风凛冽，司机师傅熄了火，没有开空调。

鑫源小区是市中心少数几个没有顺应时代发展拆迁的地方，因此装修和环境也是非常之差，可是这里如老鼠洞般却是往来之人不绝。

妓女、打工仔、赌徒、罪犯，许多的九流人物在此居住。这里的房租与环境一样，极为低廉，不夸张地说，这种地方，只有你想不到的，没有见不到的。

也许是世界终需要黑白两面，相互依存，如同太极一样。

光明繁华热闹的市中心也会有这样的贫穷窟，而那"乞丐"所告诉我的地方，正是在这阴暗角落里的一间小旅馆。

小旅馆闪着粉红色的灯，小区内尽是垃圾堆，散发着腐臭的味道。阳台上挂着各式各样的脏内衣、被单，甚至在这个时候还能听到吵架声、呻吟声、嘶吼声，真是庙小妖风大。

每个单元门口都贴着无数的小广告，还有轮椅、自行车停在各种地方，上面为了防止别人偷取锁着大大的铁链。

我在这藏污纳垢的老鼠窝内搜寻了好久，终于在一户底层人家的窗户上看到了"福源宾馆"四个字，此刻我才明白，这根本就不是旅店，而是正常的居住房，只不过每个房间摆的是床罢了。

旁边还写着"月租400，不定时热水"的字样，我在门口足足抽了一根烟，才鼓起勇气走进这恍如隔世的地方。

打开门走进去，只有几平方米的小地方靠墙摆着一案石桌，里面有一张单人小矮床，上面睡着一个四十多岁的男人，皮肤黝黑，被子散乱地掉在地上，胳膊上还文着已经褪色的图腾，很丑。

他的呼噜声震耳欲聋，手还伸在内裤里不时地挠着，头发乱糟糟的，嘴角还有着未擦净的黄色黏液，使我不禁作呕。

咚、咚、咚！

我敲了敲石桌，可他却根本没有任何反应，我环顾四周，直接走向里面的房间，百十平方米的房间一共五个房间，五个房间中间有一个小客厅，我不知道于鸿被关在哪一间。

我相信都书言在抓那两个人的同时，一定很好地控制住了王图强，不然前台的黑汉子还能那么安稳地熟睡？

客厅的灯是开着的，但五扇房门紧紧地关闭着，我仔细地观察着五扇门前的景象，忽然想起了于鸿曾经在酒后跟我说过的一番话。

无论是放贷者关押欠债的人，还是抢劫犯关押人质的地方都会有几个特点，首先门前一定是干净的，因为他们不会清扫屋子内的垃圾，还有屎尿，这也是一种逼迫的方法。其外，因为人被关押时，很有可能是封住口，绑住手脚的，那么房间门口的墙壁一定有挣扎留下的痕迹。其实这个很好理解，无论被绑的人是否蒙眼，当进入一个陌生的地方，首先第一件事都是反抗和逃避，打晕的另算。

再加上那天于鸿被带走时浑身都有血迹，门外也一定会留下线索，我相信王图强的人手之所以将地方选在此处，也是因为这里都是生活在社会最底层的人，即使他们真的发现问题，也不会选择报警。

我凑到每个房间的门口仔细地观察，闻着气味，虽然这地方比较脏乱，但最里侧的房间内骚臭味最重，而且门上的灰尘明显比其他的房间要少，很明显是被擦过的，至于为什么会被擦，那就不言而喻了。

我尝试着按下把手向里推，只听到咔、咔的声音，从门缝一看，黑漆漆的。

我转身回到石桌前，黑汉子还在梦中打着呼噜，而钥匙就在石桌里侧的一颗钉子上挂着，我伸出手轻轻一挑，一串钥匙快速地被我抓到了手中！

同样，钥匙的抨击声在这安静的凌晨显得格外响亮。

我吓得顿时缩在石桌下，喘息着，大概几秒后，呼噜声仍然震耳欲聋。

站起身发现那黑汉子竟然连姿势都没有变，他们可能真的是太有信心了，觉得警察永远都不会找到这个地方。

我此刻也来不及再想那么多，拿着钥匙回到里面的客厅，挨着尝试，第三把钥匙插入后，完全吻合。

钥匙向右转了两圈，随着我按压门把手，应声而开。

一股股腥臭味扑面而来，我借着客厅的灯光看到了墙上的开关，将灯打开后，整个人呆在了地上。

房间内竖立着高大的木桩，于鸿只剩下一条内裤，双手被绑在木桩上方，整个人吊了起来，脸上黑色、红色的各种污秽交相辉映，地上散落着水、垃圾，屎尿流淌在他的大腿上，一道道伤痕将他的胳膊和腿变成黑紫色。

我双手颤抖地冲上去，想要将上面的绳结解开，于鸿耷拉着的头缓缓抬起，眼中闪过一丝惶恐，当他看清我的样子后，突然哈哈地笑了起来。

"哈哈哈哈，王图强竟然败在了你的手里。"

我看着他神经病一样的笑容，眼泪喷涌而出，疯狂地撕扯着绳子，将于鸿从木桩上放了下来，一把将他拥入怀中！

"走，我们回家。"我在他耳边轻轻地说道。

我将于鸿送到医院后，许梦梦和秦石竟然很快就赶到了这里，于鸿还在检查，许梦梦冲过来对着我的脸就是一巴掌！

"王八蛋！"

我看着她焦急的样子竟然想笑，她是在关心我，果然，许梦梦随后扑到了我的怀里，捶打着我的胸口。

秦石严肃地看着我，道："都书言的电话，是你让那个司机打的吧。你以为他会替你保守秘密，当我回过去电话的时候，他什么都交代了。"

我搂着怀中的许梦梦淡淡笑道："无所谓了，于鸿活着回来就行。"

"嗯。"秦石扬起嘴角，"也多亏你，抓到了上次袭击许梦梦的那两个人，不过他们并没有指控王图强，我们也没有任何证据，光凭借你的口供也没有用。"

"于鸿的指控呢？这可是绑架！"

"王图强可不是普通人，你应该懂我的意思吧。"

我微微一滞，秦石转身拿出手机对我道："许梦梦在这儿陪着你吧，我还得回去连夜突击审讯，孩子今天还开家长会，本来答应他要去的，愁死了。"

说着秦石拍了拍自己的脑门，离开了医院，我望着他离去的背影突然有一种说不出来的滋味。如果秦石说的是真的，那么他们应该知道我去了哪里，可是他们并没有去帮我，而是在我到达医院后才出现，他想干什么？

许梦梦一阵娇怨，我哄了好久她才消气，还让我发誓以后没有她的允许不可以擅自离开她。

"是一辈子吗？"

许梦梦被我问得一愣，轻轻打了我一下，不置可否。

我笑着搂过她的肩膀，她却嫌弃我身上沾染的于鸿的臭味，明明刚才还在我怀里紧紧拥抱。

女人啊，奇怪的动物。

我去医院的洗手间简单地冲洗了下，脑海中还回荡着刚刚见到于鸿被吊起的样子，真的很吓人。现在想起还有一点点惊恐，也许是我生活的世界太过安逸，这种残忍的酷刑或许只有在传闻或者电视上才能见到一二。

洗了脸清醒一些，虽然有些后怕，但丝毫没有后悔，不由得对着镜子也笑了起来，或许于鸿看到我的时候笑的意思和我现在相同吧，谁也想不到我这么懦弱的人，竟然也会做出如此豪赌。

整个过程没有那些谍战片中的惊心动魄，可我整个人体会过后却觉得那些电影中的情节，也只能够在电影中发生。

这就是现实。

于鸿的身体情况不太妙，身体已经虚弱到了边缘，庆幸的是那些人并没有将他一直吊在木桩上，否则他的胳膊怕是早就废掉了。

于鸿需要好好地休息一段时间，身上的伤口有些已经感染，但是并不威胁生命，在我离开后不久，福源宾馆的前台和老板都被带到了警局，不过却没有什么特别的消息，他们不过是被利用罢了，并不知道于鸿的事情。

在那种地方放高利贷关押欠债者的事情实在是太多了，他们无非为了收些租金，又不参与案件，最后审问一番后也就放了。

都是下九流的人，谁又能为难得了谁？

王图强还是放回了家中，不过听说他非常开心，刚开始所有人都不明白，直到秦石告诉我们，那晚"乞丐"和文身大汉被抓时，乞丐将什么东西吞入了肚子里。

秦石还问我那是什么，我只是说不知道，不过从秦石的眼中我可以看得出来，他并不相信我。

于鸿的身体一天天好起来，"乞丐"和文身大汉都被关进了拘留所内，等待他们的是法律的审判，虽然他们没有供出王图强，但是绑架和蓄意谋杀两项罪名就够他们未来几十年在监狱中度过的了。

王图强现在也是没有能力保住他们。

在我的要求下，我再次见到了王图强，还是在他家里的书房中，我可以明显地感觉到他的兴奋。

"哟，你怎么又来了？这次还找我放了于鸿吗？"王图强手中捧着一本《堂吉诃德》满面笑意地看着我。

"王老板，你到底和于鸿有什么仇？竟然那么对待他！"我握紧拳头，怒视着他。

"这你不应该问我啊，我什么都不知道，怎么能说我虐待他呢？"王图强笑道，"不过你可以去问问你的朋友，为什么凶手要那么对待他，或许你能从他的嘴里得到答案。"

"你不用得意，虽然被那个人吞掉了一些东西，可你觉得我会没有备份吗？"

王图强听到我的话脸色骤然一变，笑意全无，恶狼般的眼睛怒视着我，从牙根里蹦出几个字："你—在—玩—火！"

看着他生气的样子，我突然有一种成就感，学着他的样子笑道：

“你那么对我兄弟，我一定会把你送进监狱的。”

“你错了，送客！”

离开王图强家中后，我的心情突然好了很多，带着许梦梦去吃了一顿大餐，虽然现在没有工作，但是曾经的存款还能够支撑一阵。

我也想好了，等这件事情结束，我就离开这个城市，到另一个地方去应聘个文职，每天下班后就窝在家里写书，追回那儿时走失的梦想。

于鸿的身体渐渐康复了起来，但是他却拒绝和别人沟通，只是偶尔说出几个字告诉我他需要什么，我也常常看到夜晚时他一个人坐在床边吹风，不知道他在想些什么。

现在我们需要的只是能够给王图强定罪的证据，秦石对那几个人的审问一直没有停下，因为我多半时间都在医院照顾于鸿，所以许梦梦偶尔也会回到警局帮忙。

直到那个下午。

一位护士走进病房给沉睡的于鸿换完药后，他突然睁开眼叫了我一声。

我正在窗户边跟许梦梦发着短信，听到他的呼喊转头，只见他眼神散着光芒，对我道：“赵安，我们都错了。”

“嗯？”我有些迷茫地看着他。

于鸿道：“王图强并不是凶手，至少，他不是杀害古玉的凶手！”

我被他说得一愣，连忙搬着凳子坐到他的身边：“为什么这么说？”

于鸿凝视着我的眼睛：“王图强将我抓起来，虽然偶尔对我进行折磨，但是他无非是在报复我对他做过的事情，却根本没有想过要杀死我。反之，在我被抓后他却想要杀死许梦梦，这是为什么？”

我挠了挠头："我怎么可能知道为什么？"

"那是他觉得许梦梦威胁到了他！以前我总是觉得王图强是凶手，所以先入为主地将所有事情开始向他身上靠拢，然后寻找突破口。可是刚刚我想到一件事，如果王图强真的是凶手，他完全可以让绑架我的那两个人杀死古玉，然后认罪也就是了，几十年的牢狱之灾和死刑有着什么区别？

"王图强不是凶手，杀害古玉的人一定另有其他人，古玉的手指被切断，那只手指上有一个小文身，在食指和中指的中间，而王图强和古玉生活了这么多年，不可能杀害她还要切断手指，因为王图强不需要自己动手，何必要在意那些事情？"

我被于鸿说得有些迷糊，他的思维跳跃太快，但还是可以依稀明白，他在排除王图强是凶手的线索。

我看着他思索不出来答案的样子，尝试着将王图强让我将古玉留给我的东西交给他的事情告诉于鸿，他听完后整个人显得为之一振，叫嚷着让我将那照片给他看。

"等等，你先别激动。"我安慰着他的情绪，缓缓道，"照片在我的手机里，你想看可以，不过你要告诉我，到底为什么王图强要将你抓起来？"

于鸿眼神中闪过一丝犹豫，突然沉默了下去，我想起了那晚的短信，还有最后一次见王图强，他所说的话。

于鸿和王图强之间的事情一定不简单。

那天，于鸿并未告诉我他和王图强的事情，我也同样未给他看那串乱码。

于鸿是我的朋友，我救他是情谊，但我不希望他把我当傻子一样瞒着，要知道我可是付出一切在维护他。

同样，于鸿的话也提醒到了我，王图强为什么要派人袭击许梦梦，许梦梦和他又有着什么样的仇怨？

晚上许梦梦来到医院找我，于鸿自从下午我问出口后，也一直没有说话，闭着眼睛不知道睡没睡觉。我和许梦梦回到家里，吃饭时我还是没有忍住心中的疑问，询问王图强袭击她的原因。

许梦梦却是一副无辜的表情，表示她根本不知道，或许是因为她在保护着我吧，毕竟许梦梦若是真的被杀了，那么杀害林茹的那个人，也就对我好下手了。

可以确定的是，袭击许梦梦的人是王图强的手下，但杀害林茹三人的凶手并非是王图强的亲信。

我觉得自己应该再次跟王图强谈谈，事情只是解决了一点点，于鸿被救，王图强的手下被抓根本没有推进整件案子的进展，我需要关键的线索。

晚上睡觉前，我给于鸿发了一条短信：

"古玉既然将线索给我，说明她知道自己有可能遇害，为什么她给我，而不是给别人，我想你应该明白的。"

等待了大约两分钟，对面仍然没有回复我的信息，我躺在沙发上沉沉地睡了过去。

第二天一大早便被吵闹的铃声叫醒，迷糊中接听手机，于鸿沙哑的声音从电话内传来：

"赵安，来医院，我们聊聊。"

我猛地睁开眼睛，快速地道了一个"好"字，随后摔倒在地上，许梦梦坐在床上傻笑地看着我。

"什么事啊，弄得你这么着急？"

我连忙从地上爬起，伸出一根食指放到自己的嘴边，故作神秘道："或许今天能够给你一个超大的惊喜哦。"

我和许梦梦洗漱完，我骑着她的摩托先是到达医院，随后许梦梦自己骑着摩托奔向警察局，这段日子每一天我们两个人都是这么度过的。渐渐地，好似两个人不再是保护与被保护的关系，而是生活的习惯。

不过，每晚我睡的依然是沙发，床依然被许梦梦霸占着，连被罩也换成了粉色。

进入于鸿的病房时，他如往常一般坐在窗户边向外看着，不知道在想着什么。

"你来了。"他没有回头。

我走到他的身边，双手搭在他的肩膀上，喃喃道："想通了？"

"也许吧。"于鸿伸出手指指向窗外的一棵小树苗，屹立在草地之中，应该是刚刚种上不久，叶子一半绿一半黄。

"你说那个小树会活还是会死？"

于鸿的问题让我不知所措，我对植物不甚了解，只得凭感觉回答道："活着吧。"

于鸿笑了。

"我给你讲个故事吧。"

"好。"

曾经有一个男孩，他儿时的梦想便是成为一名法官，能够断黑白，分是非，于是他考入了政法大学，那时所有政法大学的学生都崇拜一位老师，叫作王图强，牡市知名的法学院教授。

可他却非常厌恶那位老师，因为，他是他的情敌。

虽然两个人都没有对他们喜欢的人表达心意，可是无论从任何方面，这个男孩儿都比不过那位老师，他能做的，不过是做那个女孩儿最好的朋友。

同时，男人的自尊让他的梦想发生扭曲，不再是成为一名法官，他知道自己如果在法学的旅途上，追赶几十年也不会超越王图强的地位。

偶然间，他在图书馆遇到了一位老者，这位老者叫作万文江，一个普通的图书馆管理员，愿意偶尔喝上两口小酒。而那时的男孩儿也喜欢借酒消愁，一来二去，两个人便成为了忘年之交。

交往中他才知道，老者曾经是 H 省风云顶尖的警探，后来退休才来到这里，散发着余热。

他成为了老者有实无名的徒弟，在漫长的大学生涯中，他越来越忍受不了老师对他的欺压，看不惯老师和女孩儿在一起时的身影，最终选择了弃学。

而同时，那位老师也辞职离开了政法大学。

一位普通的学生离开了学校，反之，在牡市多了一家小型的侦探所，从最开始的默默无名，变成了冉冉升起的新星。

后来听说那位老师辞职下海经商，男孩儿觉得自己的机会来了，开始疯狂追求那个女孩儿，却得到了无情的拒绝。男孩儿不明白，以前老师和他都在学校的时候，偶尔他也会透出一些心意，但是女孩儿并未很直率地拒绝过，反之老师离开后，她却成了只可远观的寒梅。

男孩儿思索了很久，最后想出了原因，女孩儿一定是觉得他已经退学了，和他在一起没有未来。于是他开始万分努力，并且在老者的帮助下，声名鹊起。

可是他发现女孩儿和他的距离仍然只是朋友，多一步，哪怕是暧昧，女孩儿都不愿意和他玩。

几年后，女孩儿毕业了，而曾经的那位老师再次回到了牡市，成为了富甲一方的豪人，而他只是小小的私家侦探，甚至有的时候见不得光。

他听说女孩儿被安排进了律师事务所，还是那位老师帮的忙，而自己能做的，只是祝贺。

他开始脱离轨道，不顾老者的劝说，再也没有了任何韬光养晦的意思，突破底线接手所有值钱的单子，他需要钱，他要向她求婚！

刚开始做得还很隐蔽，直到一个单子出现问题才被老者发现，两个人大吵了一架，最后气得老者卧病在床。虽然男孩儿每天端屎端尿，如伺候自己父亲一般伺候老人，但老者仍然坚决反对他的做法，还给他立下了三条规矩。

那时的男孩儿已经被名利和爱情冲昏了头脑，直到某一天他醉酒回到家中时，老者在家中被活活地打死，而老者手中还捏着手机，短信上只有三个字——"别回家"，收件人是他。

他跪在地上疯狂地哭，凶手很快便被抓到，是他当初办单子惹到的一位仇家，而老者被棍棒打在身上时，他正在外面对酒笙歌。

从那天开始，他再也没有违背过老者的三条规定。

有一天女孩儿找到他，告诉他要结婚了。男孩儿只是淡淡笑着祝福她，女孩儿哭着离开，他开始明白，自己给不了女孩儿幸福，至少，那个时候给不了。

那晚男孩儿醉宿街头，吐血进了医院，无人知道。

婚礼当天，男孩儿亲手送给自己曾经的老师和同学一副手表，并附上祝词，敬着酒，只是没有人看到，在男孩儿的手腕下，也有着一只和女孩儿一模一样的手表……

女孩儿结婚后，男孩对她的感情却依然没有改变，拒绝了许多人的追求，用他自己的话来说，一个人凭借着一颗心脏活着，唯一的心只能爱唯一的人。两个人的感情一直保持在朋友的尺度上，无论女孩儿有什么要求找到他，他都会尽力而为。

五年前，女孩儿给他打过一通电话，问了一个问题。

爱情和事业哪个重要？

他毫不犹豫回答爱情。

女孩儿失踪了一年。

等她再次出现在他的面前时，已经成为了一家花店的老板，再也不是那个叱咤风云的律师。

前些日子，女孩儿再次找到他，依然是一个问题。

只不过，这次换作，爱情和生命哪个重要？

他没有回答。

他怕女孩儿会再次不留痕迹地消失。

可他没说，女孩依然是走了，离开了人世。

"你为什么不说那个女孩儿是古玉呢？"我站在他的身后，轻轻道。

于鸿伸手掠过自己的刘海，阳光抚摸着他的脸颊，映射着那眼角滑过的泪水。

"我也没有说，那个男孩儿是我。"

一段故事，讲述了青春，我相信现在于鸿仍然深爱着古玉，而古玉最后找他所问的话，好像知道自己将要死去。

我越来越确定古玉留给我的那串乱码有着非同一般的含义，而我现在，要将它交给于鸿，我相信古玉也是这么想的。

我掏出手机用微信发送给于鸿，拍拍他的肩膀，道："这就是古玉留给我的……不对，是她留给你的东西。"

于鸿眨了眨眼睛，让泪水回流，打开图片。

他整个人呆滞在床边，从于鸿惊愕的面孔上我能察觉得到，自己的猜测是对的。

"这是什么？"我试探性地问道。

于鸿皱着眉头，瞪着眼睛盯住手机上面的图片，喃喃道："很熟悉，很熟悉，就差那么一点点。我见过它，一定见过它！"

"你别着急，慢慢想。"

"到底是什么，到底是什么？"于鸿突然挥出拳头砸在阳台上。

我一看他的情况有些不对劲，连忙从身后抱住他，将他拽回病床上，幸好于鸿没有过度挣扎，否则我真的怕会撕扯开他身上的伤口。

于鸿躺在床上眼睛如死鱼般盯着天花板，一言不发。

自从我将于鸿从王图强的手下那里救出来后，他的精神状态一直都不稳定，我把手机从他的手中抽出放到床头柜上，坐在他的身边轻轻道："兄弟，你冷静冷静，我相信古玉留线索给你，是因为她相信你能够替她报仇，所以你不能这样，冷静一些……"

无论我怎么劝，于鸿的表情丝毫没有变化。

正在我准备找医生询问办法时，手机突然响了起来，是许梦梦。

"梦梦。"

"赵安，王图强无罪释放了！"

许梦梦焦急的声音从电话内传出，听到这个消息后，我脑袋嗡的一下，差点摔倒在地，幸好倚靠住了病房门口的墙壁。

"怎么回事？"

"我现在往医院去，王图强离开警局前曾放过话，于鸿必死无疑！你一定要看好他，千万别出什么差错！"

"我知道了。"

说罢我挂断电话，回头看了眼依然望着天花板的于鸿，如同热锅上的蚂蚁，王图强的手段我们都深有体会，这次他放出来，对我们来说将会是最大的噩梦。

我将病房门反锁住，心里紧张得很。

不知道是不是巧合，怕什么来什么，刚刚坐回到床边便传来了敲门声。

咚、咚、咚。

于鸿根本没有半点理会的样子，我站起身，离门仅仅隔着一张床和一个卫生间。

"谁呀？"

"医生，来检查病情。"外面传来女子的声音。

我一时间不知所措，这些天确实每天都会有医生来对于鸿进行检查，可许梦梦的电话让我不敢打开那扇唯一阻隔着我们的门。

"那个……等一会儿吧，病人上厕所呢。"

"你先开门让我进去，怎么还把门反锁上了呢？！"女子的声音有些急促，令我更加惶恐。

她摇晃着门把手。

"等一会儿！"我喊道。

"于鸿，于鸿你快清醒一点，外面来人了！"

我在床边摇晃着于鸿的手臂，他却仍然愣愣地望着天花板，惹得我恨不得给他一巴掌。

"再不开门我就冲进去了。"外面本来的女子声音突然变成了厚重的男声，吓得我浑身发麻。

我不敢再回话，哆嗦着拿起手机，手忙脚乱地给许梦梦拨打过去。

"嘟……嘟……"

电话无人接听。

外面的砸门声越来越响，隐约能够听到一男一女在低声交谈，正在我不知所措时，声音却戛然而止，隔着门上的玻璃可以看到两道身影匆匆离开。

"赵安，开门。"

许梦梦熟悉的声音从门外传来，悬在嗓子眼上的心也随之落了下来，汗从额头流下，我快速地冲上前打开病房门。

许梦梦一袭制服，英姿飒爽，身后跟着两名我没有见过的警察，从三人的脸上皆能够看出微微喘息，想必他们刚刚是跑着上楼的。

"呼……"我喘了口气："刚刚吓死我了，有两个人装作医生要进来，后来还要砸门。"

许梦梦一惊："看到他们的样子了吗？"

"没，不过是一男一女。"

"黄哥，你去查一下监控，没想到王图强的动作这么快。"许梦梦转头对其中一名警察道。

"好。"

那人应了一声，快速地消失在走廊内，健步如飞。

我将许梦梦和剩下的一名警察让进病房内，许梦梦很快便注意到了于鸿的奇怪举动，正在走向他身边时被我拦了下来。

许梦梦疑问地看向我，我轻轻摇了摇头，目前于鸿的状态不稳定，我也不敢刺激他。

"发生了什么？"

我和许梦梦坐到另一张病床上，她望了一眼那名警察，只见那人点点头，倚在墙边缓缓道：

"王图强本是一直在都书言的监视之下，毕竟虽然我们毫无头绪，但无论是古玉的死，还是在你家中发生的凶杀案，以及于鸿被劫持的人都与他脱不开关系，他是我们的第一号嫌疑人。"

"但今天早间，在王图强的家中发生了争执，且是王图强亲自动手打了都书言，具体的经过很简单，王图强将都书言叫进屋内，随后便用言语讥讽，好似提到了都书言的一些过往。可都书言那种人，怎么会被他的言语惹怒，结果王图强越说越激动，动手打了都书言。之后很自然地我们便将王图强带到了警局。

"事情也从这里开始了转折，在我们审问王图强时，上面突然下达了命令，撤销了对王图强的一切举动，无罪释放，并且让都书言进行道歉。

"都书言根本什么都没有做，但王图强就一口咬定是都书言先辱骂他，迫于上面的压力，秦队和都书言对王图强赔礼、当时我们都站在旁边，好几个同事都想动手了，若不是秦队将他们压制住，那这件事情就闹大了。"

那名警察说着用拳头砸了下身后的墙，恨恨道："这明显就是上面有人保他，包括在他家中发生的事情，估计也是王图强一手策划的。现在再也没有人能拘束他，上面给的原因也很简单，我们的行动阻碍了王图强的正常生活，并对他的生命安全造成威胁。

"我真的不理解他们是怎么想的，许梦梦被袭击时没人出来说话，于鸿被劫持没人说话，现在倒好，倒打一耙说我们威胁王图强的人身安全。我们可是人民警察，我们的义务和责任是保护人民的生命财产，难道说我们还不如他一个混混？！"

"好了好了。"许梦梦制止住他的话语，"隔墙有耳，现在的情况很复杂，说话注意一些，别再让人抓了把柄。"

那警察咬了咬牙，不再言语。

许梦梦望向我道："他刚才说的都是真的，我们不知道王图强背后的人是谁，不过以他在 M 市曾经法学上的地位，哪怕是他教过的学生，都已成龙成凤，在我们没有确凿证据的前提下保住他很简单。

"秦队说了，这种情况在他的预料之内，即使我们不能监视他，他也不可能离开这座城市，当务之急还是找到证据。古玉的案子和家里的凶杀案都不是简单能破开的，要做就于鸿被绑架的案子入手，只要那些人能够开口一个，就够王图强喝一壶的了！"

"有可能吗？"

许梦梦纤细的手盖在我那粗糙的大手上，眼中透着坚定。

"只要我们相信自己，坏人就一定会被绳之以法。"

在社会底层生活多年的我，其实并没有多少信心，可当我看到许梦梦眼神的那一刹那，心底好似有什么发了芽，随着她点了点头。

我沉思了下道："现在王图强出来，他的第一目标肯定是我和于鸿，病房的人流量太大，我想还是带着于鸿先回到家里比较好，由我照顾他。"

"好，那就先回家。"许梦梦毫不犹豫地答道。

"可是……没有秦队的命令于鸿现在不能离开这里，万一出现意外我们担不起责任的。"

那警察向前一步劝道，许梦梦微微一笑："秦队那边由我来说，出事了我负责。"

我可以清晰地观察到，在有外人的时候许梦梦对秦石的称呼是"秦队"，而和我在一起时她都叫"师父"，这算不算一种信任呢？

令我庆幸的是，在我们生拉硬拽将于鸿挪下床后他竟然知道走路和我们一起回家，这也证明了于鸿还是明白事理的，只是他陷入了自己的旋涡之中，无法抽身罢了。

回到家中后，许梦梦留了下来，原因也是冠冕堂皇，保护我和于鸿。

那名警察回到医院去了，而我就和每天在家一样，给许梦梦做饭，陪她看电视，偶尔还会和她一起无聊地在沙发上泡泡脚看电影。

于鸿就仿佛一个透明人般，躺在床上想着他心里的事情，如同一个自我的世界，外人进不去，他也出不来……不对，或许他是不愿意出来。

许梦梦告诉我，秦石现在准备双方面对王图强下手，一是从上次抓获的绑架于鸿的人，他们自从被关押后，很随意地就承认了两件案子，一是许梦梦被刺杀，二是于鸿被绑架。而给出的理由也是让人摸不着头脑，说是喝多了。

傻子都知道他们在骗人，可你偏偏就是拿他们没办法，人家就是认坐牢，你还能怎么样？

另一方面，秦石准备从王图强身边的人开始，比如他最亲信的秘书、各级高层主管，以及他的律师和那些跟他有密切联系的人。

虽然并不确定这些人对王图强操控案件的信息知道多少，但也必须要试一试，现在三件案子都与王图强有关系，秦石相信打开王图强这一道门，剩下的便可迎刃而解！

我对秦石的能力丝毫不怀疑，当初监视王图强抽走了他手下的都书言，使得秦石在办事的时候能够信任的人手不够。而且不得不说，虽然都书言平时不爱与人沟通，说话也是讽刺多过聊天，但他办事的能力在警局内算得上数一数二，更何况他还是秦石培养出来的接班人。

关于接班人这件事是许梦梦告诉我的，她说秦石从五年前那个案件后就一直退居幕后。但是每逢案件都书言都会找到他，他也是尽心尽力地去教，甚至有的时候像父亲一样呵斥都书言，那种恨铁不成钢的样子别人不知，许梦梦却是最了解的。

现在都书言回到秦石身边，我想王图强未来的日子一定不会太好过，也希望有秦石这个劲敌在，他能够放弃对我和于鸿的算计。

卷三：**刑 罚**

（一）

晚间，我和许梦梦依偎在沙发上聊天时，她说古玉被杀前在我这买的保险受益人找到了，是个三十多岁的女人，叫作廖晓花，在伦敦生活。

他们找到了那个人的联系方式，对方也愿意近些日子回来接受调查，并且可以拿出事发那段时间自己的生活信息来证明清白。

其实秦石在国内也查找了一些关于这个廖晓花的信息，有趣的是，这个人曾经是古玉的闺密，古玉临死前没有将财产留给自己的父母，而是留给自己的闺密，这倒是很耐人寻味。

"廖晓花！廖晓花！"

正在我和许梦梦聊天时，身后的床上突然传来于鸿的嘶吼声。

转头看去，不知何时于鸿已经坐起，眼睛内布满血丝，如同一只受伤的老虎般望着我们。

"赵安！我知道了！"

"你知道什么了？"许梦梦好奇地问道。

我连脚都没有擦，起身便走到床边，搂住于鸿的肩，轻声道："你想起什么了？是不是认识那个廖晓花？"

于鸿狰狞道："我认识她，我知道那张纸条的线索了！我要回家，我要回家！"

说着他从床上跳起，却重心不稳栽倒在地，我连忙将他扶起，于鸿的额头磕碰出了鲜血，却还在挣扎着想要脱离我的臂膀。许梦梦也冲上来，我们两个人合力将他按倒在床上，此刻于鸿的脸上布满了鲜血，极其骇人。

"我去给他拿毛巾。"许梦梦转身进入卫生间。

我只好一个人按压着他的胸膛和胳膊，急促道："于鸿你别这样，现在外面很危险。"

于鸿突然眨了眨眼睛，一把拽住我的衣领，将嘴靠在我的耳边道："赵安，去我家，卧室左手边抽屉下有一本日记，帮我拿过来，别让警察知道。"

他说话的语气很轻，如同我们平时交谈，丝毫没有刚刚激动的样子，但随着许梦梦从卫生间走出，于鸿便开始再次挣扎起来。

许梦梦用毛巾擦拭着他脸上的血，于鸿象征性地挣扎了一会儿，便再次呆呆地望向一侧，任凭许梦梦给他贴上邦迪，毫无反应。

十分钟后。

"累死我了。"许梦梦栽倒在沙发上，哀怨道，"本以为逃到家里来能够轻松些，怎么还摊上这个废物，早知道就让王图强把他劫走得了！"

看着许梦梦的满头香汗，我知道她是在说气话，温柔地坐在沙发旁，将她的脚放在自己腿上。

"好啦，你也歇会儿吧，今晚你睡沙发，我在地板上将就一下就好。"

"哼，那床明明就是我的。"

许梦梦娇人的样貌配上她甜甜倔强的嗓音让我心神荡漾，但我脑海中更多想的还是刚才于鸿说的话。

我不知道他是什么时候开始清醒的，他的所作所为竟然只是为了瞒过许梦梦，这也太不可思议了，刚刚他那满面鲜血的样子如同魔鬼般缠绕着我的心，而此时他又背对着我们好似进入了梦乡。

这瞬间的反转弄得我恍惚不定，甚至我在考虑刚刚按压于鸿时自己是不是出现了幻觉。

"我去洗把脸。"

对许梦梦说罢我起身进入卫生间，毛巾上的血还残留着点滴，我放了些水，将自己整个头沉浸在其中，冰凉的水使我的脑袋清醒了许多，窒息的感觉一点点弥漫上心头。

我将头从水中拔出，水珠顺着脖颈流淌到前胸上，望着镜子里略显苍老的面孔，什么时候我开始变成了这个样子，整日惶惶不安？

想起了那个白色连衣裙如同百合般的女子，如果没有遇上她，我的生活又会是什么样子？

既来之则安之。

我相信老天在我平淡的生活中炸响一颗惊雷，是有它的用意。

想起贝多芬的一句话：我要扼住命运的喉咙，绝对不向命运低头。

当我走出卫生间时，许梦梦已经开始帮我打地铺，看着她家庭主妇般的模样，心中感动不已，是从什么时候开始，我们的关系渐渐产生变化，我已经记不得了。

好似柳树发芽，白雪融化，潜移默化地进行着，寻不到踪迹。

"睡觉吧。"

许梦梦对我甜甜地笑。

我点头迎合。

灯光熄灭，月亮带着皎洁的光芒偷偷闯进屋内，生硬的褥子下是冰冷的地板，望着月光我睁大眼睛，想象着能够看到嫦娥的媚容。

呆呆地，静静地，享受着无尽的夜。

不知过了多久，许梦梦轻轻的呼吸声在屋内游荡，我从被褥中悄悄爬起，走到床边碰了碰于鸿，他没有回应。

掏出钥匙将门反锁，走下了寂静的楼梯。

楼下许梦梦的摩托车成了此时我最好的交通工具，记得上一次去于鸿家也是骑着它，这一次，希望不要再出现什么意外。

近乎凌晨的街道上依然霓虹璀璨，我骑着摩托在夜色中奔驰，偶尔可以看到街边醉酒的男人和浓妆艳抹的女子。这个世界总是有那么一群人，在深夜中发泄着自己内心的压抑与邪恶，若是在古代或许会被抓走，而到了如今的社会，见怪不怪。

其实当我走出房门的刹那，我也很担心王图强的人会守在家门口，跟踪并且伤害我，所以每过一两个街口我都会回头看一看，心中想着若是真的被跟踪我就直接奔向警局，我不相信到了那里王图强的人还能够撒野？

可是离于鸿家越近，街道上的人越少，到了最后只剩下我一辆摩托车在广阔的道路上飞驰，身后根本没有任何车辆，我想或许王图强没有想到我们已经转移回家了吧。

前行的路没有回头的选择。

很快，我便到达了于鸿家的小区，但当我停下摩托走进去时，却发现于鸿家下面的侦探所里面竟然亮着灯！

要知道自从于鸿被劫走后再也没有回过这个地方，时隔这么久警察也早就调查完毕，谁会在这深更半夜来到这里呢？

我的心开始疯狂地跳动，嘴唇发干咽了口唾沫，悄悄地向于鸿的侦探所走去，随着距离的越来越近，隐约可以听到里面传来熟悉的声音。

"对，王图强已经被释放了，我们不能坐以待毙。"

"案子还没有调查清楚，不过只要让他们开口，绑架罪名成立，到时候进了警局王图强也就别想再出来了。"

"什么？"

"为什么要找他？"

"好吧，我考虑考虑。"

"好！是！"

透过玻璃我看到秦石狠狠地挂断电话，骂道："他妈的！"

我惊愕地躲在门口边的墙根下，秦石好似有些焦躁，不停地在房间内踱步，随后又拿起于鸿那块"古玉凶杀案"的白板，在上面涂画。

我深呼吸一口气，不知道秦石为什么会选择在这个时候来到于鸿的侦探所内，他刚刚打电话的人是谁？好像在汇报工作一样，不过可以确定的是，他的目标仍然是王图强。

我不再犹豫，挪动着身体钻进了侦探所旁的单元门内，轻轻地迈动着脚步上楼，连声控灯都没有亮。

不管秦石的目的何在，我现在最好不要打扰到他，毕竟我回于鸿家拿他所说的日记本，也不能够让秦石知道。

看来王图强的事情有些棘手，不然秦石也不会挂断电话后发那么大的火，一个是五年前风光不已的警局神探，一个是曾经牡市势力滔天的法学老师，两个人无论从任何地方相比，都是棋逢对手将遇良才。若是把他们的斗争比作一盘棋，定是一场好杀！

深邃的楼梯上我一步步地攀爬着，窗外的月光很亮，可以不用借助灯便能够看清楼梯的各层，很快我便到达了于鸿的家。

当我掏出钥匙想要打开门时才惊讶地发现，于鸿家的门竟然没锁，而是半虚掩着！

我心惊胆战地靠在门口，侧耳倾听了许久，里面并没有什么声音，深呼吸一口气轻轻地打开门，按下了电源开关，整个客厅瞬间变得明亮无比。

我抬步冲向卧室，推开门走进去，床上的被子还是我离开时的模样，电脑是关闭着的，我打开灯连忙蹲下身凑到抽屉旁，拉动抽屉便看到里面只有一个蓝色的旧本子，很厚。

翻开第一页，洁白的页面上只有简单的三个字——赠于鸿。

字体很清秀，显然是练过的，有种小桥流水的感觉，再联想到于鸿这些年所接触的女孩，我相信这个日记本应是古玉送给他的。

大概地扫了一眼后面，确定是于鸿想要的东西后，匆匆将他塞入衣服内，关灯离去。

可是我刚走出于鸿家，楼下便传来了脚步声，惊得我心脏都快停止，转头爬上楼梯往更高的层去。

我躲在于鸿家上一层的楼梯间内，竖起耳朵听着下面的声音，脚步声越来越近，果然，到了我的下一层他停住了。

嘭！

随后便是房门被关闭的声音，我等待了一分钟，确定没有其他声音后偷偷下楼，路过于鸿家时我特意看了一眼，门缝里闪着灯光，想必那个人已经进入了于鸿家内。

而这个人，百分之九十是秦石。

楼下侦探所的灯已经熄灭了，我无心理会秦石的目的，赶忙离开小区找到摩托车，便飞奔回家。

到了家门口后我本应该直接上楼，可是想到怀中的日记本又开始犹豫了起来，思量再三，躲到了一间小区的凉亭内，我要知道于鸿到底记载了什么。

月光的亮度在此刻显得有些不够，我将手机屏幕打开，借着亮光翻动着于鸿的日记本。

前几页都是他记录的心得，比如《如何确定犯人的心理防线等级》《破案线索的大同小异》《知名国外犯罪学家演讲要义》……

到了后来，便是一些个人想法的记录，并且我看到了一篇关于蓝雨碎尸案的记录，给大家分享一下。

2008年5月2日

今天蓝雨的案件终于有了结果，一如既往地成功。

但由此案件我看到了一些难以理解的事情，接手此案的警察是曾经大名鼎鼎的"秦包拯"的徒弟，一个二十余岁的小女孩，从她给出的证据，我能够看得出她很用心在调查这件案子，包括细节、线索，都是有理有据，极其吻合。

如果是我，也会将嫌疑人锁定在死者的继父身上。

可嫌疑人终究是嫌疑人，在他未接受法院判决前，谁也不能够确定他有罪。

这个女孩儿太过感性，当她发现线索和她的猜想，她的嫌疑人相互联系后，之后调查的线索她便会自动地向死者继父身上靠拢。

那些能够反驳她观点的线索却视而不见。

死者继父作为父亲来说也许真的是很不合格，酗酒、赌博、打架，无恶不作，但我们不能凭借一个人的人品就断定他的行为，这是不公平的。

当死者的母亲跪在我的面前求我救她的丈夫时，我很难过，一位母亲失去了女儿，难道我还要忍心去看着她再失去丈夫？

我相信如果许警官真的将死者继父送入牢狱，跪在我面前的女人也将自杀。

一件案子，将会变成灭门惨案。

凶手是谁？是我，还是那位二十多岁的许警官？

案件后我给许警官发了短信，我希望她能够做出选择，要么放弃这份职业，要么在以后的查案中不要再感性下去。

即使一个人杀人无数，在没有证据的前提下，你都不能判定他偷盗的小罪。

这就是法律，也是我们应该维护的意识。

愿天下不再有冤假错案。

于鸿记于《蓝雨碎尸案》。

无论我有多么喜欢许梦梦，在于鸿的观点下我必须承认他是对的，如果许梦梦真的将死者继父绳之以法，死的将不只是死者一人，而是三个人。

许梦梦的感性从我们刚开始接触时便可以感觉得到，仍记得当时参加古玉的葬礼，她便由于王图强的表情说他是凶手。

还有那次在于鸿的侦探所内两个人就林茹等人被杀的案子发生争辩，结果仍是于鸿完胜。

虽然我只是一介平民百姓，但我觉得于鸿说的是对的，办案讲究的是证据，即使我再不好，在没有证据的前提下你也不能想方设法地给我定罪。

警察是保护人民的，不是决断者，不是你说谁有罪，谁就有罪。

如果这次的案件过去，我和许梦梦成为情侣的话，我想劝她换一份职业，当然，只是一个想法罢了，毕竟我们两人的关系才刚刚开始发展。

到了最后几页，我终于发现了自己想要看到的东西。

6.12

她今天来到了我的家里，这是我始料未及的，这是我第一次见到她醉醺醺的样子，满嘴说着胡话。

我给她脱去衣服，洗过脚，倒了温水哄她入睡。

她因酒意而潮红的脸颊是那么美，这是我无数个孤独的夜晚所期盼的场景，她睡在我的怀里，我却丝毫没有欲望，只是想静静地看着她。

现在，她就在我旁边的床上，我什么也不会做，我会静静地陪着她一整晚，说出这么多年来的心酸。

她会听得到吗？

6.13

她离开了，我给她做的早饭也没有吃。

她起床后问我："爱情和生命哪个更重要？"

我想了很久很久，她就那么静静地看着我，我不敢回答，好怕她会像当年一样离开。

现在她走了，我想告诉她，对我来说，爱她比生命重要得多。

话语终究还是咽到了肚子里。

6.14

她又找到我，问我有没有卖保险的朋友，她要买保险吗？

不知道赵安最近怎么样，该给他打个电话了。

6.15

她走了。

我的心死了。

最后一页上面还残留着泪渍，我能够想象得到于鸿写下最后几个字时号啕大哭的样子。

轻轻地合上日记本，心里有些难受，深呼吸几口气走回到家中，打开门的一刹那我惊呆了。

房间内亮着灯，许梦梦坐在沙发上一动不动地看着我，眼神中满是怨恨。

于鸿仍躺在床上，冲着窗户背对着我们。

我尴尬地关上门，笑嘻嘻地走到许梦梦身边坐了下来，她转动头部眼睛一直盯在我的身上，看得我好不自在。

"你——去——哪儿——了？"她压抑着自己的愤怒。

我挠了挠头，勉强笑道："我……出去走走。"

"赵安！"

许梦梦突然吼了出来，随后一把将我按倒在沙发上骑了过来，双拳狠狠地砸在我的胸口上，眼泪簌簌地落下。

"你疯了吗？明明知道王图强放出来，深更半夜还要跑出去！"

我被她砸得喘不上来气，突然有些心疼，扯住她的胳膊将她抱到了怀里，那一刻时间仿佛凝固，只剩下怀中温热的娇躯以及我那炽热燃烧的心。

半个小时后。

我和许梦梦对坐在沙发上，她的脸色潮红，微微害羞，跟我讲述了家中发生的事情。

在我走后不久，秦石给她打来了电话，并且找的人并不是许梦梦，而是于鸿。

许梦梦不知道他们两个人在电话内交谈了些什么，于鸿只是嗯啊地发出一些拟声词，到了交谈的最后，于鸿才缓缓道出一句"仅此一次"，随后他便挂断了电话。

也是在他们二人通话时，许梦梦发现我不见了，可她又不能离开家里，只能焦急地等待着。

电话在于鸿手中，等于鸿挂断电话后，许梦梦正想给我拨打，却听到了开门的声音，知道是我回到了家中。

据我对在于鸿家中的过程回忆和时间的推测，于鸿接到秦石电话的时候应该是我回往家中的路程中，也就是说我去时发现秦石在侦探所内所打电话的对象并不是于鸿。

秦石找于鸿做什么？难道他去于鸿家里是经过于鸿同意的？

不可能，于鸿的手机一直在我这儿保管着，除非是在医院时，他与秦石有过沟通！

我安慰好许梦梦后走到床边，摇了摇于鸿的胳膊，他仍然一动不动，根本不理我。

我将嘴凑到他的耳边，轻声道："东西我已经给你拿回来了，秦石在你的家中，你知道吗？"

于鸿听到我的话身体颤抖了下，随后缓缓转头，望向我的眼神中充满了震惊，看来我所料不错，秦石去他家里的事情，他自己并不知道。

我将怀中的日记本递给于鸿，他好像在犹豫什么，最后接过日记本叹了口气。

"赵安，帮我转告秦队，做事情要有分寸，否则我是不会合作的。"

看着他如此无奈的模样，我转头对许梦梦示意了下，她愣愣地拿起手机给秦石拨打过去，而我则好奇地坐在于鸿身边，想知道那古玉留下的纸条乱码到底有什么秘密。

于鸿将蓝色日记本打开翻到了最后一页，随后将整个日记本倒过来，这时我才发现，在日记本倒数第一页和第二页之间，竟然有一堆拼音样式的字母。

说是拼音还不完全符合，因为有很多我看不懂的东西。

于鸿向我伸出手来，我立刻明白他的意思，将手机上的照片打开递到他的面前。

那照片上的乱码和于鸿日记本上的拼音乱码竟然在某些程度上相符，可能是因为于鸿日记本上的拼音是手写的，比较潦草，我才看着感觉有些地方不一样吧。

于鸿细细地比照着，嘴里喃喃道："古……家……村……"

我不解地疑问道："古家村？这是个地名吗？"

随着他继续看下去，眼睛突然瞪得溜圆，神情呆滞，好似发现了什么惊天秘闻。

我摇晃着他的胳膊："于鸿，怎么了？上面都写了些什么？"

于鸿猛然醒过神来，瞧向我，手紧紧地捏着日记本，笑道："只是写了'古家村内有线索'几个字，我想这应该是地名吧。"

我狐疑地看着他，于鸿几秒钟后便镇定自若地与我对视，丝毫没有避开我的目光。

我知道这样下去也套不出什么有用的东西，于鸿从进了医院后就一直在装疯卖傻。廖晓花这个人他认识，却就是不说跟他或者古玉有什么关系，现在得到了纸条上的秘密，却只有他自己能够看得懂，我们也只能按照他说的去做。

于鸿到底在隐藏着什么？

许梦梦将于鸿的话转达给了秦石，秦石的回复也非常简单——于鸿说的一切他都会答应。

不知道于鸿是不是觉得欺骗我心中有愧，他和秦石在电话中交流的内容并没有隐瞒，而是坦然地告诉了我和许梦梦。

在电话中，秦石求到于鸿，让他帮一个忙。

秦石希望于鸿能够让那个在袭击许梦梦时扮演"乞丐"的家伙供出王图强，因为有些事情警察是没有办法去做的，而于鸿对于这方面的研究要厉害得多。

我相信于鸿心底对于那几个人肯定是有怨恨的，毕竟这些天都在他们的控制之下被折磨，同样目的又是为了将王图强送进监狱，于鸿几乎没怎么犹豫就答应了下来。

不过于鸿也明白，他这么做是有违法律的，而且等于是被秦石利用，所以在电话的最后他才会说出"仅此一次"四个字。

我从于鸿的讲述还有他的日记中可以清晰地感受到他对古玉的那份爱，而他这么多年唯一的情敌便是王图强，很难说他们二人之间的关系。

我记得在古玉的葬礼上，王图强对于鸿勾肩搭背很热情，那时于鸿告诉我王图强是他的客人。但后来于鸿拿出了对王图强不利的证据，随之王图强的手下将他劫持，两个人的关系突然从朋友变成了仇敌，让人反应不及。

于鸿恨王图强这是肯定的。

在于鸿什么都没有的时候，是王图强的出现使得于鸿爱不了自己想爱的人，又是王图强在学校作梗，使得于鸿被迫离开校园。

后来王图强和古玉结婚，按理说两人应是老死不相往来，怎么又会牵扯到一起的？

于鸿这个人在我的眼中就好似海洋，有时如同岸边清澈见底，波澜不惊，而有时他又像是深渊，滔天巨浪，深不见底，根本不知道他在想些什么。

迷途者啊迷途者，或许他并不是找寻迷途出路的人，而是他本身就是一条没有出路的迷途。

"既然现在知道古家村有线索，我想我们应该去这个地方看看，古玉……古家村，那里应该是她的故乡吧。"我若有所思地说道。

许梦梦一头雾水地在旁边听着，于鸿沉思了下，道："那个地方最好不要去。"

我皱起眉头："你不是想为古玉报仇吗？现在线索已经出现，你竟然选择退缩？"

"不，我没有。"于鸿抬起头凝视着我，"我可以去，但是你们最好不要去。"

我懒得和他斗嘴，拉着许梦梦坐到一旁的椅子上，点起一支烟悠悠地吞吐着，于鸿将蓝色日记本放到了枕头下，再次躺了下去。

"你们在说些什么？我怎么一句也听不懂？"许梦梦眨着大眼睛，疑问地看着我。

"于鸿破译了古玉死前留下的线索，上面写着古家村。"我简短地回答道。

许梦梦不解道："古玉留下的线索？我怎么不知道？"

我不知该如何向她解释，难道说我一直在瞒着她？那肯定是要挨打的，索性我直接转移话题："梦梦，你给秦石打个电话，把这条消息告诉他。"

"啊？哦，好。"

许梦梦不知所措地蹦出三个字，随后不解地走到沙发旁拿起了电话。

我回头看向于鸿，他仍然背对着我，我不知道他到底在琢磨些什么。不过如今我们都是这局中的人，你不想让别人知道，总不能阻拦警察去探索吧！

他爱古玉，但我不能因此就放弃自己，古玉的案子一天不破，我身上的嫌疑就永远也洗不清，在那些无知的人眼中我就是变态杀人犯！

而且……不知从什么时候开始，我也好似着了魔，一步步走过来，对于这些案件的真相更加好奇，更加期待，就像是一盘没有下完的棋，很想很想知道结局到底是什么样子！

袭击许梦梦以及绑架于鸿的那个"乞丐"装扮的人名叫：董金海。

今年四十二岁，这个人的案底在警局能够堆起一厚摞，从十五岁开始混社会，偷盗、抢劫、吸毒、贩毒、聚众斗殴、袭警、强奸、故意伤害等等，可以说这是一个没有底线的人，"盗亦有道"这句话在他的身上如同放屁，奈何每一次他犯下的案件都不足以被枪毙，所以苟延残喘到如今。

他活到现在，有一大半的时间都是在监狱中度过的，最后一次被放出来是六年前，之后便消失在了牡市。

牡市的一些青少年团伙甚至将他奉为首领，但在他眼里，那些孩子不过是用来顶罪，逃避法律的炮灰而已。自从他上次失踪以后，这六年间，所有人都认为他死了，没想到他竟然会再次出现。类似这种犯罪次数比他做爱次数都多的人，牡市的混混闻之心皆胆寒，警局除了将他送进监狱也没有太好的办法。

更别提想要让他供出王图强了。

都书言将董金海押送到我家中的时候，我和许梦梦正在沙发上看电视，听到门铃响后我与许梦梦对视一眼，起身去打开门。

我永远忘记不了见到董金海时的样子，他蓬乱的刘海遮挡住了细小的眼睛，嘴角一抹邪魅的微笑，瘦弱的身体上、面容、脖子都是刀疤，双手被铐在身后，都书言用力地按下着他反弯曲的关节，董金海却没有感觉。

当他抬起头时，那双细小如针的眼睛中闪射着饥渴的光芒，嘴角甚至有口水流出，诡笑着突破着我的心理防线，让我产生的第一反应是，他不是人，他是恶魔！

从地狱深处爬出的恶魔！

都书言将他押到门口的暖气旁，又拿出两副手铐将他单手单脚铐在暖气上，这个姿势很折磨人，董金海丝毫用不上力，整个人处于一种半蹲的状态，而一只手脚被抬起，只能靠另外的一只手和脚支撑着地面，好似那些跳街舞的帅哥耍的动作，可是他却要一直这样保持着。

"嘿嘿嘿嘿，都警官，能不能换个姿势？"董金海的声音很邪，有种挑逗的感觉，说话间他舔了下嘴唇。

都书言瞥了他一眼没有理会，转头对我们说："秦队让我将他带过来，许梦梦一会儿会跟我一起离开。等你们办完事给秦队打电话后我再来把人接走，时间不是很充裕，所以你们的动作要快。"

"我为什么要走？"许梦梦坐在沙发上正拽着我的衣服准备站起，听都书言说话惊愕地反驳道。

都书言双手插在兜内，昂着头，傲气凌人，声音冰冷："秦队让你不要添乱，明白吗？有些事情大家心知肚明，你可以问问赵安的意见，我没工夫跟你解释。"

许梦梦不解地看向我，我轻轻点头，许梦梦一嘟嘴也不再好说些什么。

秦石这么做完全是没有办法，每个人心里都清楚，于鸿做这件事是违法的，但秦石要假装不知道，只要董金海一松口，秦石会以最快速度将他扔回到看守所中，神不知鬼不觉，瞒天过海。

我猜想这应该不是秦石本来的主意，因为在我去于鸿家时，清楚地听到侦探所内秦石与人的对话。

是电话那头的人命令秦石将人送到于鸿手中，而秦石挂断电话后还在咒骂，显然他对这个方法不是很满意。

于鸿翻身起来，坐在床上一动不动地看着董金海，令我诧异的是，我并没有在于鸿的眼中搜索到怨恨，而更多的是一种平静，如同万丈深渊，平静得让人冷汗淋漓……

（二）

我送都书言和许梦梦离开后，屋子里的气氛刹那间就寒冷起来，董金海诡异阴森的笑容，于鸿漠视平静的面庞，以及呆呆望着二人不知所措的我。

"迷途者，久仰久仰！"董金海保持着那奇怪的姿势，露出不屑的笑容，而钥匙就在我的手中，"没想到风水轮流转，如今却是我成了你的羔羊，现在，你这头傻兮兮的狼想要怎么吃我？"

于鸿仿佛没有听到他说话一般，双手按住膝盖借力站起身，眼神扫过家中的装饰，对我道："赵安，有绳子吗？"

"呃……有。"我先是一愣，随后反应过来连忙跑到厨房阳台处，角落里还有一段两米左右的麻绳，当我握住绳子时犹豫了一会儿，才匆匆拿回交给于鸿。

于鸿将绳子放在手中来回抻弄两下，点点头。董金海精神病一样地咬着自己的上嘴唇，冷笑道："迷途者，怎么，想用我当初对付你的招式来对付我？哈哈，你以为我是三岁小孩吗？有种你就杀了我好了，逼供那一套，对我来说没有用的。"

于鸿依然没有理会他，而是自己走进厨房拿出了一个盆，在里面装满了水放进冰箱之中。

董金海见于鸿不理他，突然笑了出来，类似于电影中反派那种猖狂的笑，加上他现在的姿势，怎么看都觉得瘆人。

于鸿将盆放入冰箱后走回到客厅，在被铐在暖气上的董金海面前坐了下来，相隔大概一米，我坐在沙发上看着二人的举动，有种暴风雨前的宁静之感。

于鸿微微思索，转头对我说："赵安，给我一支烟。"

"哦。"

"小哥，也能给我一支吗？"董金海也望向我，微笑着说道，我极不适应他这种疯子突然变得和蔼可亲，反倒觉得这样更可怕。

我犹豫了下，还是点起了两支烟，在嘴里猛吸几口后忐忑地走到董金海旁边，颤抖地将烟塞进他的嘴里随即脱兔一般逃开。董金海将烟叼进嘴里，望着我笑了笑，长长地吸了一口，做出一副享受的表情。

"爽！死前一支烟，做鬼也是仙。看守所那破地方真的是熬人，不如监狱舒服，这些警察办事效率太低，直接给我送进监狱多好，他们舒服我也舒服。"

此刻我才知道董金海的名声并不是白来的，想着早点进监狱的恐怕也只有他这种精神不正常、犯罪如同儿戏的人。

"交代出来王图强，你就可以去你想去的地方。听说你曾是监狱一霸，不管在哪个牢房所有人都会把头铺让给你对吗？"

董金海咧着嘴，挑了下眉毛，尖锐的嗓子内迸发出戏谑的声音："呵呵，都是道上混的，朋友们给面子罢了。怎么，要不要我在里面给你留个好位置？等着哪天强哥把你送进去，咱们也能来个夜半促膝，谈谈人生什么的，不枉咱俩互相折磨一番。"

"呵呵。"于鸿双指夹着烟吸了一口，嘴角轻轻上扬，淡蓝色的烟雾在两人间飘荡着，脆弱不堪，于鸿低下头揉了揉自己的脚踝，对董金海说，"你怕我对吗？"

"哈哈哈哈，你在逗我吗？"董金海猖狂地笑着，"都是牡市的人，你听说过我害怕过谁吗？"

"是吗？那你听说过一个叫作'无罪'的人吗？"

董金海的脸色骤然突变，眼神中闪过一丝惊恐，沉着下来："呵呵，没想到你还知道这号人物，没错！哪怕我这样的人都忌惮他，我董金海也认，你知道为什么吗？"

"为什么？"我不自主地插言。

董金海冷着脸，眯起眼睛望向我，寒冽的眼神压迫着我的心："因为那个人，不，那只恶鬼比我更冷血、更变态！犯人在他的手中如同玩具，肆意地去拆解、拼凑，以折磨为乐，以哀号为乐，以屠杀为业！"

我不禁打了个冷战，能让董金海如此评价的人，我实在想象不出他会是个多么可怕的人物。

于鸿点头微笑着说："谢谢你对我师父的赞赏，如果他老人家还活着，一定很乐意与你再次聊聊的。"

董金海的眼睛猛地突出来："你……"

"没错，我是他的徒弟。曾经我师父说过，他最喜欢的犯人就是你了，折磨你是让他最开心的，他还用你当作例子，教我如何去探究人体的极限。"

"妈的！"董金海突然挣扎，铁铐与暖气片摩擦出的响声令人想要捂住耳朵。

"你在害怕我，对吗？你怕我像我师父一样对你。"

董金海伸出的手与于鸿的脸仅仅差几公分，可就是那么短的距离，却是董金海遥不可及的远方，于鸿静静地看着他疯狂，如同在看待宰的羔羊。听到"无罪"是于鸿师父时我也吃了一惊，不过于鸿身上的秘密实在太多，以我们两人亲密的关系渐渐也便习惯了。

董金海折腾了半天累得气喘吁吁，沉默，又再次仰起头狂笑。

"我怕你？他是你师父又怎么样？我已经不是当初的那个孩子，你来啊！来啊！我不怕你！老子谁也不怕！"董金海嘶吼着，如同困兽。

于鸿摇摇头，平静地注视着他："正因为你怕我将会对你做出的举动，所以现在才会笑，你不是黑暗骑士里的小丑，你也不会享受伤痛的感觉，你只会害怕！他带给你的恐惧这么多年依然藏在你心底的某个角落，那些无眠的夜你会憎恨，会发狂，可你又痛恨自己不敢去报复他。你怕万一失手，将会得到更加残忍的对待，所以你选择逃避，选择不对任何人提起，选择将它藏在心里，慢慢地磨蚀。"

董金海眼睛一瞪，刚要说话，于鸿直接继续道："我知道你的过往，可在我看来并没有什么出众的地方。也许是我师父对你所做的事才会导致你偶尔精神不正常，但你的所作所为实在幼稚至极，若是师父在世，他会失望你没有一点进步。

"记得你将我绑架后，对我说过的那句话吗？你说让我好好尝尝虐待的味道，可惜我也失望了，在被关押的那些天里，我想象过无数种你折磨我的方法，却没料到会这么低级无趣。

"我叫作于鸿，你也可以称呼我迷途者，今天，我将教你怎么才是真正的虐待，我会让你浑身的每一根汗毛竖立，让你的每一寸皮肤战栗不已。如果你还侥幸活着，我会让你的后半生都铭记这一刻，铭记住现在坐在你对面的我——迷途者！

"比无罪更加残忍的我！"

于鸿在说这些话时的语气很平淡，丝毫没有威胁的感觉，但就是不知道为什么，让我浑身有一种痒痒的、极不舒适的感觉。就好似在三九暖阳里遇到一座冰山，那么格格不入。

董金海的眼神开始转变，他支撑着地面的手脚已经开始抖动，身体开始无力。

"来呀，哈哈哈，我看看你有什么办法！老子活了四十多年，什么大场面没见过，还怕你一个小小的私家侦探不成？你是无罪的徒弟又怎么样，你—能—奈—我—何？"

董金海的唾沫几乎都喷到了于鸿的脸上，可他却无动于衷地抽着烟，平静地望着董金海，如同在看一只已死的动物，那种眼神是怜悯，漠视？

于鸿嘴角的那一抹淡淡的笑容又代表着什么？

"啊！"

于鸿抽完烟后，很随意地将烟头按到了董金海支撑着地面的手背上，本来董金海被铐了许久，身体不支，只是在煎熬罢了，这一下过去，伴随着惨叫，董金海整个人腾空起来，手腕和脚踝被铐子勒出了血印。

于鸿掠起一丝笑容，董金海的手上烟疤乍现，我皱了下眉头，没想到于鸿这么可怕，竟然可以毫无表情做出这样的举动，我看着心都发抖。

"美国FBI中央情报局审讯犯人逼供的手法数不胜数，不过我觉得他们的刑罚过于残忍，伤害程度太高，而我本人是倾向于艺术性的折磨方法。曾经和师父，我们讨论过，我并不赞同他那些老套的方式，听说你们相遇时，他在你身上扎了三十针，每一针都正准穴位，痛不欲生。

"那种方法我也会，可我这个人喜欢攀比，对自己的师父也不例外，我始终相信自己的方法比他的要更加残忍。师父生前我们没有机会比试，幸好有你这个曾经被师父玩弄过的试验品，今天，我们就来看看，无罪和迷途者，哪个更厉害一些。

"唉……这么多年真的是学了太多却没有机会好好施展，也算你倒霉，成为我的第一个试验品。我一定会挑选出最好的办法，让你好好感受一下，争取打败我那死去的师父，希望他九泉之下能够看到青出于蓝而胜于蓝的我。

"今晚，如果你不是这个城市最恐惧的，那么也一定是最痛苦的。"

董金海听到于鸿的话，脸色陡然一变，不过几秒钟后他又开始笑，我很费解，他到底在笑些什么？

"来，赵安，帮帮忙。"

说着于鸿拿起绳子对我示意了下，我"嗯啊"地答应着，脚步却没有移动。于鸿刚刚的话着实吓到我了。虽然我对董金海没有好感，可如今却有些可怜他，如同垃圾一样被扔在那儿，还将要接受非人的虐待，若是我，恐怕于鸿在说出那些话时我就已经支撑不住了。

于鸿见我无动于衷，苦笑了下，用力扯起董金海的另一条腿，随后用麻绳沿着脚踝将两只脚捆在一起。

"赵安，正好今天有时间我给你讲讲人身体的构造，你看他之所以不挣扎，是因为另一条腿被吊起，血液流淌得慢，加上刚才支撑地面所耗费的体力，踏在地面上的这条腿在承受重力后短暂性地麻木，大腿内侧的神经……"

于鸿边绑着边向我解释，好似医学院的老师上解剖课一般，我却毫无心思听他的讲解，后背的冷汗刷刷流下。

两只脚都被吊起，董金海的面目表情变得异常狰狞，他按在地上被烫伤的手的疼痛使得他不敢用力，我看在眼里仿佛都能够感受到他的痛楚，心狠狠地揪着。

于鸿拍拍裤子走到我面前伸出手，我迷茫地抬起头望着他，不理解什么意思。

"钥匙。"

"啊！"

闻声我赶紧将钥匙递到了他的手中,于鸿再次蹲到董金海的面前,提着钥匙在他的眼前晃了晃说:"现在我给你个机会,只要你交代王图强和你们之间的关系,以及绑架我的过程,我就饶你一次！我不希望自己走上师父的道路,也不希望成为他那样的人。"

董金海咬着牙,狰狞地"哼"了一声。

于鸿微微一笑,用钥匙打开了他脚上的铐子,董金海被捆住的双腿掉落到了地上,与此同时可以看到董金海的面目表情瞬间缓和了许多。

我不明白于鸿在董金海誓死不言的情况下为什么将他放下来,难不成他刚刚说的都是虚无杜撰的?

不过马上我就发现自己的想法是那么可笑。

于鸿顺手也将董金海的手铐在暖气的那一头打开,然后对我招了招手,董金海闭着眼睛大口喘气,竟然丝毫没有反抗。

我犹豫着走上前,于鸿指着衣柜上面天棚的铁钩道:"来,把他铐在那上面！"

那铁钩是我们租下这间房子时就已经有的,据说是上一任住户喜欢玩 SM,所以在家中有很多类似调教用的铁钩、麻绳等物品,我和林茹刚刚搬进来时收拾了许久。

而现在,这用于 SM 的铁钩正好成为了于鸿的最佳工具。

我和于鸿先是将衣柜挪到一旁,下面尽是陈旧的灰尘,随着衣柜的挪动在空中飞扬,惹得我不禁咳嗽起来。

董金海的身体很轻盈,大概一米七的个子,瘦骨嶙峋,于鸿搬了凳子将铁钩的活扣打开,我抬着董金海把手铐送进铁钩的活扣内,随即董金海整个人就被吊在了屋子里。

董金海的眼睛仍然是闭着的，正琢磨他是不是认命了，随手拍了拍于鸿的肩膀指向董金海的脸。

于鸿观察后微微皱眉道："这是晕过去了，看来这些天在警局的日子不好受，刚刚又遭了那么多罪，放下身体时血液倒流，大脑短暂性充血，晕过去很正常。先不要管他，一会儿我有办法让他清醒，你去看看我冻在冰箱内的那盆水怎么样了。"

我愣愣地答应着走向厨房，心里想着难不成于鸿早就料到董金海会昏过去，特意准备的冰水？但回想起他刚才皱眉的样子又不像。

打开冰箱发现那盆冰水已经有渐渐结冰的现象，便喊道："快结冰了，要拿出来吗？"

"不用，让它结冰。"于鸿在客厅回应着。

我回到客厅，董金海此时的样子和我在福源宾馆见到的于鸿别无两样，不禁感叹："真是天道好轮回，三十年河东，三十年河西啊，才几天，位置就调换得这么彻底。"

于鸿咧了下嘴角："当他选择劫持我的时候，就应当料到有这样的结果！即使秦石没有把他送到我的手里，等他下一次被放出来我也会去找他。"

我抿着嘴唇尴尬地笑了下，坐回到沙发上点起一支烟，问道："现在我们要做些什么？"

"嗯……等等吧，让他晕会儿，好养足精神迎接高潮部分。"

说罢于鸿走到我身边，将钥匙扔到了我的怀中，他扫了一眼四周，将刚刚踩着抓铁钩的凳子搬到了我的面前坐下，微笑着望向我。

"赵安，我们聊聊？"

"呃，聊什么？"我有些慌乱。

"聊聊古玉被杀的案子，还有你前女友他们的死因。"

我没想到于鸿会再次提起这个事情，心底"咯噔"一下，其实我很不愿意提起这些事情，但又按捺不住好奇心，咬牙道："那就说说吧。"

于鸿伸手夺走我嘴里的烟，自顾自地吸了一口，长吐着烟雾说："古玉和我的关系你也知道了，这就是我为什么要参与进这个案子的一个原因；另一个当然就是因为你是我兄弟，是我将你介绍给古玉，发生这样的事情我有责任。"

"呵呵。"我不禁苦笑出来。

于鸿摇摇头："我知道瞒着你不对，不过也希望你能理解我，毕竟有些事情不让你知道是为了你好，这么讲话有些父母对孩子的感觉，你别介意。古玉被杀的案子目前为止对于凶手还没有好的方向，至少我可以确定你不是凶手，这段时间无论是被绑架，还是在病床上，我日日夜夜都在思索着，虽然没有想到明确的思路，不过偶然间我却发现这种无力的感觉让我很熟悉。"

"熟悉？"我愣了下，不知道他是什么意思。

"记得我跟你聊过秦石的过往吗？"

我点点头，恍然道："你是说五年前的案子？"

"嗯。"于鸿吸了一口烟，"当年的那个案子我也参与在其中。"

"什么？"我差点站起，"那件事怎么会和你有关系？"

于鸿见我激动，抬手向下做按压的手势，我忐忑地坐到沙发上，等待着他的话语。

"五年前我还是个名不见经传的小人物，师父去世后我虽然不再接那些违反规则的案件，但想成名的心依然没有改变，年轻气盛，总要奔赴在梦想的路途上。那时也是很巧，王图强和古玉结婚后不久，牡市就发生一场骇人听闻的案件，业内称之为'死亡轮回'。

"省里某位高官的妻子回到牡市老家，到达牡市的当晚就被害于她在牡市的一栋房子内，因为她所住的地方很偏僻。据说是她未出嫁时的老房子，案发时没有任何监控记录到凶手的模样，地点就在现在牡市南区的'新城家园'处，只不过那时还没有现在的高楼大厦，只是一栋普通的小楼罢了。

"因为年久失修，里面也没有什么住户，省里、市里组成了调查团进行侦破，结果却是一无所获，无指纹、无凶器、无脚印、无线索、无动机。

"随着案件的影响越来越大，我们的秦包拯自然不能坐以待毙，背负着省级的使命接替了'死亡轮回'。在秦石参与此案后，他开始寻找省内的一些私家侦探、退休的警察帮助分析，而我当时急于彰显自己，也随着大批的人参与进这个案件。

"说来你可能不信，那时的我对秦石可谓是钦佩得五体投地，巴不得能够与他攀上关系，进入警局工作。毕竟国家对于侦探这个行业没有明确的支持，我需要一个平台来证明自己，发挥我的光芒。

"秦石因为我那师父的原因，在了解彼此的关系后，对我也是格外照顾，听说是因为当年师父也曾照顾过他，有点薪火相传的意味。但他这个人很有原则，最多就是讨论案件、勘查现场时带上我，为我讲解，却丝毫不肯让我加入警局的内部调查之中。

"我也不是不识好歹之人，珍惜每一个机会虚心地向他请教，那段时间真的是跟着秦石学到了很多知识。

"我仍记得当时这个案子对秦石所造成的折磨，他日夜煎熬，几乎不怎么睡觉，甚至在夜晚借着酒精麻痹自己，许多同事都很关心他，每个人都可以感受到他的无助！其实我们都听到了一些传闻，那位高官妻子低调地回到牡市带回了一份文件，而随着被杀那份文件自然而然地失踪，但这件事没有任何人提起，包括省里的那位高官。

"至今想起，那个案件都是我心底的一个阴影，即使过了这么多年，也不得不称赞那个没有被抓到的凶手，完美到极致的密室杀人案，甚至可以比拟世界上的一些未破解案件。

"没有指纹、没有动机、没有线索，甚至都没有打斗的痕迹，最后甚至众人探讨得出的结论是自杀，可那死者明明是被人用刀割开的脖子，谁又能相信我们的推断？

"现在我们再看古玉凶杀案，林茹凶杀案，无一例外，几个人都是被抹脖杀死，手法快准狠，使用的武器应该是二十厘米到二十五厘米的尖刀，从力度上看应是男子所为，可分析他们的背景，交际圈，没有一丁点相同之处。

"钱也未少，文件的事情又从未被承认，她那种显赫地位的人却没有丢失一点钱财，我们根本不知道他们为什么被杀！

"最近这段时间，我越想越觉得这两个案子和五年前的案子有关联，可是又想不通，这么久之后，凶手再次杀人的原因是什么？而且这两次的案子要比五年前显得拙劣不少，没有那么缜密和细致，不过依然让人头疼。

"为什么杀死他们？动机、动机到底是什么？

"真的是想不通。"

我听完于鸿的话简直是目瞪口呆，起初这两个案件发生后，我对秦石并没有什么太大的感觉，只是从于鸿的话语中觉得这个人应该很厉害。

再加上这段时间的接触，我能看到的只是秦石宽厚待人，毫无傲意。虽然对他的人品评价很高，却又在某些时候感觉他并没有传说中那么厉害，毕竟案子过去了这么久，他仍然没有一个准确的方向，而是将目标放在了王图强的身上。

最开始我也觉得王图强是凶手，可听过于鸿上次在医院的分析，我对他的想法转变了一些。如于鸿所说，王图强若真的是凶手，他可以随便找个人顶罪，何必将事情闹得这么大？又是绑架，又是暗杀，根本没有任何价值。

最重要的，还是林茹被杀的案件中，的的确确受害者是王图强的侄子，王图强完全没有必要将他自己侄子也杀害。如果说王图强是为了撇清嫌疑故意如此，还是那句话，没有必要。

这些事情于鸿都想明白了，身为于鸿曾经偶像的秦石难道会不知道？

可他一直纠缠着王图强不放，我能想到的大概是因为于鸿被绑，还有许梦梦被暗杀的事情惹怒了他，使他开始清扫眼前的这个敌人。

现在于鸿拿到了古玉死前留下的线索，我想离真相应该不会很远了，也很好奇，古玉的家乡到底是什么样子，又藏着什么样的秘密？

最吸引我的，还是想知道，凶手究竟是谁？

不过这一切，都要先将吊在屋内的董金海解决掉，如果他这边不供出王图强，那么秦石等人不可能半途而废放下这边的事情，调转方向去查探古玉家乡的秘密。

"赵安，赵安。"

正在我沉浸于思索时，于鸿拍了拍我的大腿，笑道："怎么，你也开始学会分析了？"

我严肃地看着他："你的意思是五年前的案件和这次的案件是一个凶手所为，所以秦石才会重新出山，想要借着这次的案件一次性解决曾经破坏他名声的'死亡轮回'对吗？"

于鸿望着我的模样，笑道："干吗这么严肃，的确是有这种可能。无论是秦石还是王图强，他们现在的斗争不是我们能够参与的，秦石这个人已经不单单是当初破案能力极强的秦包拯了，他如今已然成为了可以闲庭信步掌控案件发展的脊柱，例如我能做的，也只是帮他审问个犯人罢了。

"虽然王图强和我之间的仇恨深似海，但我想秦石针对他也不会是无缘无故，或许他们之间还有什么不可告人的秘密。某些时刻，我甚至不太敢相信秦石，他温和的外表莫名会让我产生一种恐惧。"

于鸿此话一出，我的脑中闪过一道灵光，但仅仅是一瞬，却又想不起来是什么。

我们两人闲聊了半个夜晚，直到凌晨时于鸿才伸着懒腰站起身："来吧，别让咱们那位哥哥再等了，装了半天了都。"

我不解地转过头，只见于鸿走上前拍了拍董金海的脸，笑道："刚才听到的不少吧，早就注意到你醒了，还在这儿装。"

于鸿说完，董金海竟然真的睁开了眼睛，虽然满眼中透着疲惫，可他确确实实醒了过来。要不是于鸿说我还真的没有发现，他究竟是什么时候醒过来的？

"呵呵，看来你们内部也不是那么和谐嘛，强哥要是再在坚持一段时间，总会把你们搞垮的！"董金海嘲笑道，"你想要的也许我可以给你答案，不过我选择不告诉你，哈哈哈哈。"

于鸿扬起嘴角丝毫不在意，伸手拍拍他的脸颊："先别担心王图强了，还是管好你自己吧。我也有些困了，把你搞定后还得睡觉呢！"

董金海抬眉，眼神凌厉了许多，喘着粗气说："哈哈，你还真有信心，老子的身体已经缓过来了，你以为只有你会算计别人吗？秦石他们把我从警局带到这里，强哥肯定会知道的，明早之前强哥一定会来救我。不仅仅是他，包括他背后的人都会担心，到时候不只是你们，连同秦石和那个姓都的警察，都得吃不了兜着走，哈哈哈哈。"

我看着他的笑心头一凉，上次王图强从警局离开时就已经证明了他背后是有着保护伞的，如董金海的话，王图强应该很快就能够知道这件事情，他们是替王图强办事。若是招供受害的将是王图强，所以他一定会不惜一切代价将他从这里救走。

若是之后他们将这次违法的审问捅出去，秦石与我们谁也逃脱不开。

于鸿听到他的话却没有丝毫紧张，只是淡淡地笑了笑，声音变得低沉："你真的这么想？好，那我们就打个赌，现在是凌晨三点半，我赌你坚持不到四点一刻。我与师父不同，他喜欢长时间地去折磨一个人，哪怕耗费几天的时光，而我倾向用最短的时间来完成最有效率的工作。"

董金海讥讽地看着他，毫无惧意，我开始担心起来，早知道就不应该给他休息的时间，于鸿马失前蹄，若是真的被王图强找到这里，到时候秦石他们也根本解释不清。以王图强身后人的势力，秦石等人在警局能不能待下去都悬，而我作为帮凶，怕也是要被送进警察局。若是真的都在监狱内，董金海就变成了主导者。

"赵安，水应该冻成冰了，拿出来吧。"

我闻声只得咬牙走向厨房，现在所有的希望都在于鸿身上，只求他真的能够在半小时内让董金海开口，否则我们必败无疑！

我开始有些后悔被秦石拉上这条贼船，早知道在都书言将董金海送来时我就应该跟着许梦梦一同离开，哪至于现在，想脱身也脱不得。从小连鸡都不敢杀的我，对法律有着一种难以抗拒的服从感，仿佛高速行驶的火车，丝毫不敢偏移轨道。

盆内的冰已经冻得硬邦邦，我抬起拿到客厅，于鸿拿菜刀将冰的四周割开，将盆内的冰块倒扣在地上。

只见于鸿把整个冰块放到董金海的脚下，还高一些，董金海双脚踩在上面手腕的绳子也从绷直变成了弯弯曲曲，已经能够借上力。于鸿见董金海能够站立，摸着下巴点了点头，回头看向我道："还有多余的绳子吗？"

我思索了下，想起刚刚挪动衣柜时还看到一条筋绳，连忙取来交给于鸿。

于鸿将绳子放在手中来回抻了抻，满意地点点头，拿过凳子站起，勒住了董金海的脖子，然后绕到上方的手铐系上了一个死结。

我突然有些明白过来于鸿的意思，惊恐道："你不会是想把冰块拿走，活生生勒死他吧？秦石可没有说让我们杀人！"

于鸿跳下凳子，笑道："他的命不在我们手里，而在他自己手里！"

说着他掏出打火机点了两下，随后又从桌子上拿过一枚许梦梦买零食剩下的硬币，坐到董金海下方的地面上，喃喃道："你既然想等王图强来，那么我们玩一个游戏吧。"

董金海此时已经感觉到不妙，脚下的冰冷使他想要抬脚，但若没有着力点，脖子上的筋绳就会令他窒息而死，他唯一的选择便是忍着寒冷站立在冰上。

"你知道吗？我一直觉得硬币是最公平的，完全凭运气，所以在我做某些重要决定时都会用硬币来决定，例如现在。"

于鸿说着将硬币抬起给董金海看了眼，董金海脖子嚅动咽了口唾沫没有说话，可能是绳子勒得他有些紧。于鸿笑道："我会问你一个问题，然后抛硬币，如果是正面呢，不需要你的回答；如果是反面，那么很不幸，你需要告诉我答案。"

"你……休想……"董金海从嗓子里挤出几个字，听着异常瘆人。

于鸿扬眉一笑说："第一个问题，你和王图强是什么关系？"

说话的同时，一元硬币跃到空中，打着旋儿，转着圈再次落下，于鸿眼疾手快将它按到自己左手背面。

啪！

于鸿笑着抬头对董金海道："期待结果吗？"

董金海干脆不理会他直接将眼睛闭了起来。

于鸿缓缓打开手，我倒是比董金海更加紧张——是花，背面。

"哟呵，你这运气真的不怎么样，不过没事，我看你是不想说，其实我也不希望你说，我更喜欢下面的节奏。"

说着于鸿从旁边捡起一张纸，用打火机缓缓点燃，扔到了董金海的脚上，火焰快速地燃烧着，董金海的眼睛猛然睁开，惨叫起来！额头上的青筋乍现，全身开始颤抖，于鸿趁着机会快速地拿起菜刀在董金海的脚背上划开了一道长长的口子，鲜血伴随着火焰流淌到冰上，瞬间冰变成了血红色。

"以目前我们室内的温度，这块冰用不上两个小时就会融化，我现在燃烧着纸，还有你身体的温度以及血液都会加速它的融化速度，以你脖子上的筋绳来看，不需要多少张纸脚下的冰就会下降几厘米。"

说着于鸿站起身玩弄着打火机，做出一副古怪的模样，眯着眼睛，嘴角和董金海当初那邪魅的笑容一模一样，阴森道：

"灼烧的疼痛会使你的精神高度集中，伤口因为火烧愈合得会很快，但撕心裂肺的痛感会使你的感官无比敏锐，你会一点点感受到脖子上筋绳越来越紧，慢慢地无法呼吸，死神的黑袍将你笼罩其中，镰刀架在你的喉咙上，腐臭的气息从你的眼睛内向外流淌，你的生命将会慢慢流逝……好好享受这个过程吧，很少有人可以如此清晰地感受死亡。"

当于鸿一字字一句句吐出嘴时，我浑身不禁冒起了鸡皮疙瘩，董金海的身躯在颤抖，眼神中散发着恐惧的光芒。

"你是疯子！你他妈是疯子！"董金海突然咆哮出来，绳子勒得他声音变得格外难听，但仍可以感受到他心理防线的崩溃。

"哈哈哈哈。"

于鸿大笑着将硬币再次抛起，那个弧线如同黑色的彩虹般，决定着生死……

正面！

董金海看到于鸿打开手上的硬币时，明显地松了口气。只见于鸿故作惊讶道："哎呀，这次运气不错，不过没关系，总会有背面的，不然我这些纸就白瞎了。"

说着硬币再次抛起！

背面！

董金海脖子上的筋绳越勒越紧，脚背上鲜血淋漓，一道道伤口被火烧得发出"嗞、嗞"的响声，于鸿好似闻到肉香一般舔着嘴唇，冰块渐渐地融化。

我甚至不敢再继续看下去，胃里一阵翻滚，血淌得满地皆是。错觉间我仿佛回到了林茹被杀的凶案现场，好似床上躺着两具脖颈被割开的尸体，而我就站在尸体面前手握着尖刀。

"叮——"

硬币被弹起的声音再次传来，我的身躯开始抑制不住地颤抖，黑暗的夜色下惨叫声刺透我的耳膜，我再也忍受不住狂奔向卫生间！

"停！停！"

当我走出时，正听到董金海如同野兽般的叫声，心中一喜，喜的不是董金海决定招供，而是这残忍的场面终于不用再进行下去……

董金海面目狰狞，脖子上的绳子越勒越紧，脸已经憋得通红，于鸿摇头道："我还没有玩够呢，等等再停好吗？"

于鸿打开手掌，背面，一张燃烧着的纸从空中落到了董金海的脚背，菜刀再次挥起，一道血线扬出，皮肤开始烧焦。

"啊！"

"是强哥让的！都是强哥让的！"

"放了我！我要回监狱，放了我！"

“求求你！”

董金海疯狂地嘶吼着，于鸿微微一笑，对我做了个手机的手势，我立刻明白他的意思，在飘荡的灰尘中打开手机的录音器……

（三）

董金海第一次遇到王图强是在南方，当时的董金海在王图强的酒吧当保安，因为在牡市犯下了案子所以不敢露面，只能找些简单的，不需要个人信息的工作。

当时有人在酒吧闹事，董金海仗着身手好，胆子大，下手狠，吓走了那些砸场子的人，自己也受了些伤。

恰巧那天王图强正和朋友在自己酒吧的包间聚会，听闻此事找到了董金海。当时董金海并不知道王图强是他的老板，以为是酒吧的高层想要找他了解事情的经过，而他又是有案在身的人，所以直截了当地说：“我辞职。”

王图强没想到这个与他年龄相仿的人会说出这样的话，便介绍了自己的身份，想要对他表示感谢。

当晚两人简单地吃了顿饭，却没想到在聊天中才发现两个人竟然都是牡市的人，他乡遇故知，虽然一个曾是牡市的法学老师，另一个是无恶不作的混混，但是那一晚两人聊得很不错。王图强当即给他了三万块钱，又帮他解决了牡市的案件，作为报答，董金海就一直跟在王图强的身边，帮他处理一些私事。

王图强并没有在南方待太久就回到了牡市，而那间酒吧交给了董金海处理，董金海凭借着自己多年的经验，也算是混出了一点名声，在南方的那个城市中风生水起，倒有些东山再起的感觉。

董金海也因此招揽了一批人手，用他的话说，这是自己的习惯，并没有什么特殊的感觉。

俗话说"养兵千日用兵一时"，董金海自己也明白，王图强对他这么好，是因为有一天会有大事用得上他。

果然，不久前王图强给他打了一个电话，内容很简单，牡市有事，让他带一批信任的人回到牡市处理，处理完便可以离开。

这件事便是劫持于鸿，董金海从小就在牡市混社会，对这里的一草一木异常熟悉，所以办起事来也是顺风顺水，完美得很。当他劫持完于鸿后，警察便开始四处追查他的下落，可董金海艺高人胆大，每天照样在街上走动，根本不在乎。

他回到了自己曾经的家中，那里早已破烂得不成样子，他在那里住了一夜，本想着事情已经办完，早走早结束事端，却又接到了王图强的第二项指令。

这次的指令是由王图强的律师所告诉他的，装作杀害许梦梦，是装作，并不能真的杀死她！

因为许梦梦一直在我的家里，而我家刚刚发生过杀人案，这里盯得比较紧，所以他们便将目标放在了医院，如同毒蛇一般静静地等待着，等着我们自投罗网。

董金海对于这个装作不是很懂，所以他想着弄残。若不是他们没有料到许梦梦的身手会那么好，那天许梦梦指不定会变成什么样子。

董金海说他们一直都没有接到要对我动手的命令，可于鸿和许梦梦两次事情都有我在其中，他便跟王图强的律师商量想要先把我干掉，可意外的是，王图强否决了他，并且叮嘱他不许对我有什么举动。

第三次接到命令，也就是取古玉留下的线索，董金海拿到线索后便被警察抓了起来，但他骗了所有人，那张纸条他并没有吞掉，而是扔到了小区的草丛之中。

后来王图强的人应该去取走了，王图强给他的命令是：得到纸条，不可损毁。

董金海第一次要离开时被王图强拒绝后，他便已经有了心理准备，王图强答应他，若是事情败露令他入狱，只要坚持住，两三年这阵风声过后，他便会将他捞出。

其实董金海的心底还是有些不甘的，王图强也等于是在无止境地利用他，明明答应只是办一次事，却周而复始，一次又一次。

董金海几乎半晕厥状态对我和于鸿说："我在社会上这么些年，什么事没做过？我根本不相信王图强的承诺，只是没有他我会过得更不好，互相利用吧！于鸿，你知道你为什么能赢我吗？"

"因为我比你更变态，更狠，更不在乎一切！"

董金海点点头，随后眼中闪过一道精光："你也算得了无罪的真传，我服了，从今往后除了无罪，你于鸿也是我董金海不敢跨越的底线。只要有你在的地方，我绝不出现！还有，我这算不算坦白？可不可以减刑？毕竟你已经被救出来了，许警官也没有死。"

于鸿抿了下嘴唇，道："我会尽力的。"

董金海惨笑，转头望向我，疑问道："你这么纯个人儿，是怎么跟这变态相处的？"

我先是一愣，随后摊了摊手。

"天知道……"

凌晨4：20。

我们三人仿佛是朋友一般聊天，不同的是董金海依然被吊着，一根接着一根抽着烟缓解疼痛，地上还有那条勒住他脖颈的筋绳。

许梦梦来电，对面的声音焦急。

"赵安，省里来人要查董金海的状况，我和都书言现在去接他回来，王图强的人也奔着家里去了，你们快点将人带出来，我们在路上会合。"

我闻声猛地从沙发上站起，于鸿皱眉感受到了不妙，董金海自从交代过后就是一副无所谓的表情。对于他来说现在被王图强救走也没有什么用了，王图强不会留着一个背叛过他的人在身边，相比较下，或许去警局才是最安全的。

"如你所料，王图强收到消息了，现在他的手下和省里的人都在找董金海，我们必须在他们到达前将他送回警局。许梦梦和秦石正在赶往这里，我们不能留在这儿。"

于鸿微微沉思，点头道："走吧，海哥。"

董金海抬头看了看自己的手铐，于鸿和我快速将他放下，也不管家中惨烈的景象，带着他匆匆出门。楼下只有许梦梦的摩托车，我犹豫了下，许梦梦的摩托很小，两个人刚好，三个人实在有些吃力。

"于鸿，你先带着他往警局去，我在后面跟着。"

于鸿吃惊地看着我，下一秒他带着身后的董金海奔驰而去。看着他们的背影渐渐消失，我长舒一口气，缓缓走出小区。

车笛声从身后传来，耀眼的灯光照亮了我面前的街道，转身回眸，王图强一袭风衣立在车旁，数名手下仓皇追来将我架起。

我扬眉笑道："兄弟，别这样，我自己会走，弄得跟绑架一样。"

说归说，几人完全不理会我的话语，几乎抬起般将我送到了王图强的面前。

王图强阴沉着脸，厚重的声音在这黎明前最黑暗的夜里显得异常骇人，仿佛低吼的雄狮。

"人呢。"

我摊了摊手："什么人？"

"他招了？"

"不知道。"

王图强见我一副无所谓的模样，脸色越来越难看，想来他也可以猜到结果，掏出电话快速地拨打，不知道是谁。

"喂？"

"董金海招了。"

"我没有见到他，应该是被带走了。"

"应该是于鸿出马了，别人没有这个能耐，要知道他师父可是……"

"什么！"

王图强猛地环顾四周："凭什么！我做错了什么！"

不知电话那头说了些什么，王图强踉跄地后退了几步，沉默良久。

"好……我，我尽力。"

"知道了。"

王图强挂断电话后，抬头看了眼苍穹，喃喃道："功亏一篑啊……赵安，就剩下你了。"

说罢王图强一挥手，几个手下松开了架着我的臂膀，我简单地活动了下胳膊，试探着说："王总，您不会是想在这个时候杀了我吧？"

王图强摇摇头，打开身旁的车门对我使了个眼神，我心里咯噔一下，笑道："您有话还是在这儿说吧，我可不敢上您的车。"

王图强见我不从，叹息道："你不想知道古玉和我的事情吗？我不杀你，董金海既然招了那我也逃不了，之所以一直没有对你动手，等的就是今天。上车吧，一会儿咱们一起去警局。"

我狐疑地瞧着他，王图强独自进入了车内，两侧的人各自开始上车完全没有人理会我，我打量了下街道，如果现在我逃进小区相信王图强并不会追我，可我……我心底的想法竟然是和他一起上车！

犹豫再三，咬牙往地上吐了一口唾沫。

"死就死吧！"

说罢我钻进了王图强的车中，前面是一位司机，后座上只有我和王图强两人，王图强并没有理会我，而是独自点起一支烟，深深地吞吐着。

三台车的方向皆是奔着郊外，而我的注意力却并没有在窗外的景色，而是期待着王图强将要告诉我的事情。古玉就好像一个噩梦般缠绕着我，每一个夜晚，我都会发自内心深深地战栗，梦里总有那么一个女子，穿着白色连衣裙对我追杀。

"咳咳。"我清了清嗓子，"王总，您邀请我上来不会只是为了让我欣赏您抽烟的优雅姿态吧。"

王图强闻声回头看了我一眼，叹气，灭烟，从怀中掏出一张纸条来，我眯起眼睛，那正是古玉留在蓝色蝴蝶结内的密码纸条。

"这东西是古玉留给你的吧。"

"嗯。"我轻轻回应。

"小玉离开后我回到家里翻遍了所有的柜子，唯独没有找到曾经我送给她的一条蝴蝶结，蓝色的。"

说着王图强瞟了我一眼，我有些心虚地摸了摸自己的脖颈。王图强若有所思地点点头，喃喃说道："看来是这样……小玉并不是我杀的，我们两个人的感情虽然不深，但我爱她，很爱很爱！"

王图强说到这里时我清楚地注意到，他的眼中尽是深情，好似病房内的于鸿。

"她是我带过最有天分的学生，对于法律和人性，她有着无穷无尽的兴趣。曾经在我是她的老师时，就道德和法律两者我们甚至能吵起来，她是对法律极为苛刻的人，在她的眼中法律代表着一切。

"我从未见过如此坚毅、倔强的女孩儿，不只是面容美丽，她的心如磐石般，让我这个混迹法学圈多年的人也不禁为之动心。

　　"在学校时碍于老师和学生的道德差距，我只能私下里表明自己的心意，可她却从未回应过。最初的时候我以为是自己配不上他，后得知于鸿也在追求他，那时我才注意到这个普通的学生。

　　"我曾很多次想跟于鸿聊聊，并没有丝毫恶意，只是想了解这个和我相差近二十岁的小孩是个怎样的人。可他却从未给过我机会，无论何时我们相遇，他看向我的眼中都是带着无尽的仇恨与妒忌。

　　"那时我三十多岁，根本不会与他一般见识，成熟的男人更吸引人，于鸿的爱太蛮横，太强烈，不顾一切，导致小玉很多时候都借用我来回避他。

　　"可于鸿却越来越恨我，他从未在自己的身上找过原因，而是认为是我从中作梗。那时我真的没有想过要在学校和小玉恋爱，如今想起还觉得于鸿是那么可笑。

　　"有一次在学校的晚会上我与于鸿相见，他在远方怒视着我，而我犹豫后没有选择逃避，迎上去对他说了一句话。

　　"你，比得过我吗?

　　"可能是这句话刺激到了于鸿吧，没过多久他就离开了学校，听说他拜了图书馆的老人为师，当起了私家侦探。

　　"不久后我也遭遇到了一件意外，被迫放弃了老师这份职业南下开始经商。其间经常会给小玉寄信，我们也就一直保持着联系。

　　"记得那是小玉毕业前几个月，她给我的来信中透着无尽的迷茫与伤感，我猜她是遇到了什么事情。可我当时无法回到牡市，劝她去找于鸿聊聊。

　　"虽然我不喜欢于鸿，但我知道他不会伤害古玉。若是说世界上谁能和我比一下对古玉的爱，怕是只有于鸿一人。

　　"当时我也很难，只好将她推向于鸿身边，我知道她需要安慰，可我却不能给她一个拥抱。

"那次后小玉很久没有给我写信，我给她邮寄的信件也如石沉大海般，杳无音讯。

"小玉毕业后不久，我带着阔绰的财产回到了牡市，再次见到她是在一间酒吧内，她颓废得像是一只濒临死亡的鸟，栽倒在沙发上。

"与此同时我也注意到远处于鸿的身影，那小子还是和以前一样，在暗处做着护花使者，傻呆呆的。

"我走向古玉，于鸿突然上前拦阻，挥拳奔着我就打了过来。可当他看见我的模样后拳头停滞在了半空，我们两人将古玉送回到家中，然后找了个小摊喝酒聊了一夜。

"他师父那时已经去世了，而我也跟他讲述了些在南方的困苦，倒是有些老朋友相见的样子。

"那夜我们两人都喝醉了，偶然间就提起当初小玉悲伤的那段过往以及我让她去找于鸿的事情，可于鸿告诉我他并不知道小玉那段时间的事，而且他和小玉很久没有联系过了。

"说实话，当我听到于鸿这么说的时候很惊讶，小玉既然不是因为他悲伤，那又会是因为谁？

"第二天于鸿并没有去小玉家，而是将位置让给了我，他对我说：当初你的问题我仍然记得，我比不上你，希望你能给她幸福。

"于鸿说这些话的时候眼睛红彤彤的，转身后我相信他一定掉了眼泪。

"后来，我和小玉顺理成章地成为了情侣，只不过曾经的那段过往我没有问起过。眼看着小玉渐渐开心起来，我也努力缔造自己在牡市的商业集团。

"结婚的那夜我第一次得到了她，可她已不是处女。

"我不在乎这些，但我心里知道，她的初夜一定不是于鸿，而是另外一个男人。

"结婚后我们两人和于鸿的关系渐渐好了起来，于鸿也开始声名鹊起，直到……五年前。"

"五年前？！"

我突然抬起头打断了王图强的话，惊愕地看着他。

王图强看我脸色一变，疑问道："怎么了？"

我摇摇头，脑子里乱乱的，轻声道："没事，王总，你继续说。"

王图强狐疑地看了我一眼，继续道："我回到牡市托朋友在牡市给小玉安排了一份律师的工作，可婚后不久我便开始发现小玉经常会无缘无故的失踪，手机也关机，每次回到家里后都有充足的理由应对我。那时我也是沉浸在事业中，并未将此事放在心上。

"可五年前，牡市发生了一件杀人案，小玉成为了案件的律师，那次案件后她竟然足足失踪了一年！

"一年！

"她只给我留了一张纸条，告诉我不要去寻找她，她想一个人静静，这算是什么理由？她当我是什么？

"也是那一年我遇到了现在的情人。

"一年后小玉再次回到我身边时，我本以为我会毫不犹豫地和她离婚，可是看到她的那张脸，我实在狠不下心，我发现我仍然爱着她，如同刚刚相遇般。

"她告诉我不想再做律师了，我给她开了一家花店，每天养养花，上上网，倒也恬静得紧。

"可我们的感情越来越淡，不，准确地说是她对我的感情越来越淡。

"虽然每天回到家里她也会给我做饭，陪我聊天，晚上和我做爱，可我能够明显感觉到，她心里住着另外一个男人。

"我开始变得不愿意回家，宁愿睡在公司内。

"天南地北地跑，好似只有不停忙碌才能让我忘记那种心痛的感觉。

"小玉死前我在南方和我的情人住在一起，她知道，只是心照不宣。

"其实在一年前我就托于鸿帮我调查小玉，于鸿知道这件事后比我更加用心，我们都想知道，这个打败我们两人的男人究竟是谁？

"可她死了。

"一切又显得不再那么重要。

"当我面对着她的尸体时，我才发现，我想要的不过是和她坐在一起，吃顿饭，聊聊天，就像在学校一样。"

"那你为什么要绑架于鸿？"我揉了揉眼睛轻声问道。

王图强再次点起一根烟，按下窗户，风吹起他的头发，他的眼中闪过一道凶光，声音大了几分。

"是他不想放过我，从小玉去世后他便疯了，不顾一切地打击我，收集我公司的材料，想要将我送进监狱。他明明知道小玉的死不是我做的，可是，他就是不肯放过我，想要跟我同归于尽！"

我惊讶地看着他。

"赵安，知道我为什么派人跟踪你吗？那是我知道小玉一定会给你留下线索，从蓝色蝴蝶结的失踪我就知道，我太过了解她。绑架于鸿完全是不得已而为之，我不能让他毁了我。那个疯子再也不是曾经的小孩儿，他现在是'迷途者'，他已经有了和我一较高下的本事！

"还有那个秦石，秦队长，刚开始我也很好奇他为什么紧咬着我不放，不过现在我倒是看明白了很多，这位秦队长可是个不简单的人物。"

"哦？"我不禁好奇道，"怎么说？"

王图强苦笑了一下，淡淡道："给你讲个故事吧，从前有两座大山，他们较量多年，可是在较量中发现谁也扳不倒对方。于是两座大山便派出了两只吃人的老虎，将它们扔到对方的山上，开始肆意地撕咬另一座山上的生灵。直到某一天，两只老虎在两座大山的计划下相遇了，于是……"

说着王图强望了我一眼，好似在询问，我接着他的话语说道："你死我活。"

王图强笑着点点头："对，无论哪只老虎死去都不会影响两座大山的根基，可对于老虎来说，这就是你死我活的厮杀！"

"你什么意思？"我猛地缩了下身子，惊恐地看着他。

"你本不是属于这两座山上的动物，可现在夹存在两座山之间，你没有选择。我虽然败了，但你今后将会替我打败他！"

"打败谁？秦石？"

"不一定，或许也可能是其他人。不只是你，于鸿既然上了这条船，他也没那么容易下去。"

"你为什么要暗杀许梦梦？"

"呵呵。"

王图强微微一笑，我却发现车已经缓缓停了下来，警局门口于鸿和秦石两人笑呵呵地看着我们。

"我的律师刚刚已经跟他们交涉完毕了，我没那么容易被抓起来，我希望在我进监狱前你能完成我想做的。"

说罢王图强未等我回话便打开车门走了下去，于鸿嘲讽似的看着他，秦石则是微笑，王图强双手插在风衣兜里，目光凌然地看向他们。

"狡兔死、走狗烹、飞鸟尽、良弓藏。"

秦石听到王图强的话明显身躯一震，眼神杂乱无章，沉思了几秒后侧身让开道路，淡淡道出一字："请。"

"于鸿，那个人不是我，也不是你！"

于鸿咬着牙："是你答应过我的，你没有做到。"

"对不起。"

"没关系了，未来你将会在监狱内忏悔。"

王图强摇头道："我去的是监狱，而你去的，将是地狱。"

王图强回头望了我一眼，眼中不可名状，随即怒哼一声，萧瑟的背影孤零零走进警局内，秦石紧随其后。

我站在于鸿身边，明显可以感觉到他的激动，他的浑身都在颤抖，猛地转身冲着王图强的背影嘶吼道："当初是他妈的你告诉我会保护好她的！我宁可下地狱也不会放过你，你答应过的！你答应过我的！"

王图强没有理会他的话，在秦石的陪伴下进入了警局之内。我连忙扶住于鸿的身躯，此刻我才明白王图强为什么说于鸿已经疯狂。

爱到极致便产生恨，当于鸿找不到杀害古玉的凶手，他便会将无尽的恨意发泄在王图强身上。相比较下，我倒是觉得王图强要坦然得多，从学校开始，他从未将于鸿当过敌人，甚至多次想和他交好，可那时的于鸿还年轻。当于鸿不再年轻时，古玉却死了。

对于他们三人错综复杂的感情我不知该如何评定，我也不知他们曾经经历过什么，我能够看到的只有王图强对古玉的包容和于鸿那无法回头的爱。

于鸿从怒吼变为哭泣，如同一个孩子般，这些年生活给他的压力实在太大了，沉默寡言成了他的代表，可谁知他心里埋葬了多少故事？

我静静地安慰着他，天边升起了一轮血红的太阳除去残余的黑暗，又是新的一天，可沉沦在回忆中的人该如何迎接新的开始？

带着于鸿回到家中，他没有问王图强对我说了什么，倒在床上便睡了过去。许梦梦来电询问了于鸿的情况，我转头看了看于鸿的睡姿，不敢想象凌晨时在屋子内发生的一切。

省里的人并没有去警局，估计是王图强背后的人得到消息知道这场战争已经结束，即使再过去也改变不了什么。回忆起王图强态度突然的转变以及他汇报情况时嘶吼的模样，我突然有些明白过来。

但如同王图强在车上对我说的话，秦石他们仅凭着董金海的口供想要给他定罪也并非那么容易，还需要一段漫长的旅程，而这段时间王图强只能在警局度过。

不过让我吃惊的是，在王图强进入警局后，有很多商家拉着横幅来到警局门口递交给秦石，并且将会上明天的报纸。听到这个消息后我不由得惨笑了出来，这些事的背后定然有人在操作，一只老虎倒下，还会有另一只老虎崛起，战争还没有结束。

而我至今还未了解的是，王图强所说的我会继承他的遗志，做完他未完成的事，这是什么意思？

还有，他为什么要暗杀许梦梦？

王图强对我所讲的故事无非是自己曾经的经历，倒是没有什么……不对！想到此处我猛地一惊，王图强告诉了我一件很重要的事，只是在他看来没有什么罢了！

五年前古玉也曾参与到那桩案件之中！并且因为那场案件，她消失了整整一年！

五年前究竟发生了什么……

秦石、于鸿、古玉，三个人都与五年前的案件有关系，如此说来，难道林茹和阿明也跟五年前那场案件有着什么联系吗？

我迫不及待地想要前往于鸿口中所说的古家村一探究竟，现在唯一的线索便是那里，我相信无论是秦石还是于鸿，在对付过王图强后他们的目标都是那里，一个陌生的地方。

本以为王图强被抓后，很快我们便可以出发，可没有想到的是因为王图强案件其中的一些问题，于鸿也需要做证人，时间一拖便拖了两个星期。

许梦梦最近也开始变得忙碌起来，于鸿也是时不时往警局跑，只剩下我一个人每天无所事事。许梦梦又不让我总出门，说是担心我的安全，于是我就买了一个笔记本，将我所知道的事情记录下来，并且整理其中的人物关系。

刚开始还感觉很有成就，可当人物关系厘清后，每天对着上面的记录却发现根本没有突破口，在我眼中能够突破的点有三个。

其一便是古家村内的秘密，也就是古玉临死前留下的线索。

其二是廖晓花，不过这个人秦石和许梦梦、都书言已经交涉过了，她没有任何的作案动机，并且在案发时有无数的不在场证明，她和古玉的关系是闺密，是同学。据她自己交代，她没有想过古玉会将保险的受益人写上她，也根本不知道古玉买过保险。

其三，是一个很神秘的人，王图强多次提到过古玉在外面有男人，并且处子之身也并非是给王图强，那么这个与古玉发生过恋情的男人究竟是谁？

我想他或许才是破案的关键人物。

我也和于鸿聊过这件事，于鸿承认王图强确实拜托他查过这件事，那时于鸿并没有放在心上，只是象征性地调查了下，结果却是什么都没有查到，在他的心中古玉是完美的，不会做出这等违背道德的事情。他一直觉得是王图强为了情人想要和古玉离婚，才诬陷栽赃给她的。

这次事情发生后，我拜托他用心再次查看一下，于鸿见我如此认真，也开始有些摇晃自己的想法，毕竟王图强已经进入警局，于鸿的心结解开了一大半。可惜的是，他最终还是没有任何线索。

于是他对我说了下面这句话。

"只有两种可能，要么这件事是虚构的，要么这个人的反侦察能力比我要厉害得多。"

我开始对王图强的话产生怀疑，可内心总觉得他没有骗我，案件越探越深，心神越来越疲惫，甚至连别人的一句话都不知是否该相信。

秦石每天在警局内忙得要死，都书言彰显了他得力助手的能耐，对王图强手下的人开始展开大规模的突击，不仅撬开了王图强律师的嘴，还查到了一些关于王图强内部企业的违法行为，可以说王图强这次是没得跑了。

不过许梦梦告诉我情况还是不太乐观，因为王图强背后的人势力很大，在调查中明显地可以感受到有一堵无形的屏障出现在他们的面前，调查得越深，越能感受到这堵屏障的高不可攀。

两个星期过去。

我陪着于鸿再次来到了警局，于鸿自己提议想来见见王图强，和他聊聊。

秦石稍微犹豫后便同意了下来，毕竟能够将王图强绳之以法于鸿有着莫大的功劳，我也就随着他来到警局，顺便还给许梦梦带了些她最爱吃的草莓糕。

于鸿和王图强见面的地点并不是在审讯室中，而是秦石的办公室，并且秦石很巧妙地找理由避开了，给了我们三人单独相处的空间。

王图强的样子憔悴了许多，警局内的日子定然不好受，身上也显得脏兮兮的，但唯一没有变的是他那双闪着精光的眼睛，依然炯炯有神。

"王总。"

我轻轻呼唤了一声，王图强朝我微笑，喃喃道："赵安，最近没怎么睡觉吧，看你那黑眼圈。年轻也不能恣意妄为，老了身体承受不住的。"

"嗯。"我点头回应。

于鸿坐在王图强的对面，看着他双手的铐子沉默不言，王图强的眼神充满了慈爱，倒是真的有种老师观望学生的感觉。

"于鸿，怎么不说话？"终究还是王图强先打破了尴尬，声音异常温柔，这还是我第一次见到王图强如此。

于鸿缓缓抬起头，道："你恨我吗？"

"不恨。"

于鸿紧紧攥起了双拳："这些天我想了很久，也听赵安跟我说了许多……"

"嗯。"王图强厚重的声音传入我们耳中。

"古玉……爱的人究竟是谁？"

王图强听完这句话，身体微微向后仰："不知道，不过你现在纠结的不应该是这个问题，无论她爱谁，她已经走了，你能做的就是替她报仇，仅此而已。"

"可我不甘心！"于鸿站起身，拳头攥得发抖，"我一直把你当作敌人，可现在却便宜了他。你跟赵安说过古玉曾变得堕落，你让她找我，她却没有来，那个伤害她的人究竟是谁？凭什么，凭什么我们两个争了这么多年，手指头都不舍得碰一下的女孩儿，会被人如此糟践？！"

"于鸿。"我轻轻拉了下他的袖子，示意他不要激动。

王图强转头望向我，声音很轻："赵安，有烟吗？"

我闻声点燃一支烟给王图强递了过去，他深深地吸了一口，吐出道："于鸿，你还是和当年一样，你的爱太强悍，太霸道。小玉其实并不是因为我有多少钱才选择和我在一起，她那种性格，即使你于鸿什么都没有，她也会陪着你的。你得不到她的原因正是因为你的爱让她感觉到累，她不是你私有的玩具，你要给她自由，给她空间，而不是用爱去束缚她。

"我不知道她爱的男人究竟是谁，但我相信小玉不会平白选择一个男人，那是小玉的爱，你即使真的找到他又能怎么样？杀了他？不要开那种玩笑了，如果你真的还爱她，就替我，替你自己，去找到杀害她的凶手吧！

"小玉留下的秘密，你知道，我也知道，我相信除了我们外不会再有人知道了，去做你该做的事情吧。等着你抓到凶手那天，我定会叫人给你送去条幅祝贺你。

"我们都是被社会打磨过的人，从这次案件中你也应该能够感觉得到，这或许将是你碰见过的最强大的对手，努力吧！如同在学校一样！

"于鸿，你这么不服输的人，我相信你一定会赢，一定！"

于鸿皱着眉，显然心里还是不舒服，沉寂良久后，于鸿淡淡道："老师，好好休息吧。"

王图强欣慰地笑了出来。

我见两人的对话已经完成，连忙道："王总，我还有一个问题。"

王图强站起身晃了晃脖子："谢谢你给我的烟，至于你想问的，于鸿已经知道答案了。"

说着王图强走出了门，门外自有警察将他带回他该去的地方，而我呆呆地转头看向于鸿，他低着头不知在思索些什么。

"王图强为什么要暗杀许梦梦？"

"跟许梦梦的家庭有关，你跟她交往这么久，不知道她家里的事情？"

我愣了下，摇头道："我们还没有交往，没听她提起过。"

"去问她吧，你就什么都知道了。"

我很讨厌这种感觉，好似全世界的人都知道的一件事，却唯独我自己不了解。于鸿站起身表情落寞，淡淡道："我累了，陪我喝点吧。"

我深呼吸一口气，知道不能强求，只好点点头和于鸿离开警局，路上看到许梦梦正抱着文件从走廊而过，转头间还对我做了个鬼脸。

我不禁笑了出来。

下午牡市的酒馆内。

我和于鸿坐在阴暗的大厅内，蓝色的灯光打在我们的身上，耳畔放着轻音乐，面前两瓶啤酒已经下去了大半。

我抓起一把瓜子放在嘴里慢慢咀嚼着，于鸿端起一杯酒饮尽。

"赵安，我在想一件事情。"

"什么事？"

于鸿打量了一下大厅内的寥寥数人："最开始凶手杀死古玉时，你说在公交车上感受过有一双眼睛在盯着你，如果不是你的错觉，那双眼睛应该就是凶手的。可为什么如此之久过后，他却没有再次找过你？"

"古玉、林茹、刘伟明、王远，四个人的死亡都与你有着关系，可你究竟在不在他的死亡名单上却不得而知。

"至今我仍然觉得凶手杀死古玉是有预谋的，而林茹、刘伟明等人是替你死的。"

我舔了舔嘴唇，心中有些发慌，喝进一杯冰啤酒才缓和下来。

"你是说他下一个目标是我？"

"有可能吧，是不是我们追查得太紧了，还是他已经离开了这座城市？"

"你说得我有些害怕了。"

"不止你，我也是，每当想到在暗处有一个杀人犯观看着我们的一举一动，我就毛骨悚然。"

"别说了。"

于鸿撇了撇嘴："不过没关系，我已经想好了，这几天我就前往古家村，王图强说得对，我的目的不应该是那个男人，而是杀死古玉的凶手。等我帮你抓到他，到时候你就可以解脱了。"

"有信心吗？"

"百分之八十。"于鸿拍了拍自己的胸脯，如同当年每次给我讲起他新接手的案子般胸有成竹，"这次古玉的案子结束，我们离开牡市吧。"

"嗯？"

"咱们两个人去另一座城市开一间酒吧怎么样？不用很大，能摆上几张桌椅就好。"

我有些不解，于鸿的眼中闪烁着期盼的光芒。

"怎么突然这么想？"

于鸿端起酒杯对我示意了下，一饮而尽。

"我累了，想歇歇，想忘记这里发生的点点滴滴，从此闲云野鹤，谁也束缚不了我，想吃就吃，想睡就睡。"

我笑道："好家伙，那店里我自己忙活？"

"那肯定的，我出钱，你还不出些力？"

"你想得真美！"

"哈哈。"

"哈哈。"

对酒当歌，人生几何。

每一个经历过岁月的人都有个梦想，饱饱地吃上一顿，安安稳稳地睡上一觉。

醒来有阳光，还有云和花。

我是个俗人。

没有功名利禄，没有柴米油盐，只愿能做自己想做的，在某个城市的某个角落，无人注意，无人束缚，享受生活带来的喜怒哀乐。

酒不醉人人自醉。

于鸿倒在桌子上呼呼大睡，我听着轻快的音乐，独自酌酒。

歌词痛彻心扉。

亲爱的去过你想要的生活，别再跟着我漂泊，你一定要比从前快乐，就当是你为了我……

卷四：古 村

（一）

一个星期后。

这天清晨飘着浓郁的雾，花草沾点着淡淡的露水，空气干净得让人拼命张开嘴大口地呼吸着，感受生命的神奇。

我和许梦梦走在前往牡市车站的路上，她的脸上挂着兴奋的表情。我拉着一个硕大的装着我们两人生活用品的皮箱，背上还有个旅行包，手中牵着蹦蹦跳跳的她，搞不懂明明是去查案，怎么弄得像是去旅游一样。

王图强背后的大佬在努力了这么久后选择了妥协，王图强倒也没有表现出什么，他的定罪还需要经过法院的审判，剩下这里的事情交给于鸿和都书言就可以了。其实我没有想到于鸿会选择放弃去古家村，毕竟秘密是他发现的，总觉得他没有跟我们一起出发会有些不安。

从秦石的表现来看，他已经渐渐将在警局的位置与权力交付给都书言，这次让都书言留守后方可以看得出来，许梦梦告诉我秦石私底下跟他们说过，古玉的案子结束他也想离开这里。不知道为什么，这个案子好似决定了许多人的命运，当我知道秦石说过这样的话时，心底竟然有一丝不可名状的伤感。

仍记得于鸿对我说过，在他和师父刚刚建立起侦探所时，他曾问过他师父为什么要离开警界，他师父给出的答案是这样的：

"我在警局时一直在等待，等待一个可以与我媲美的年轻人来接手，直到秦石从古林县离开的那天，我就知道自己该退休了。这个城市需要正义，需要敢于面对权力与黑暗的人，他比我要合适得多。"

正是因为师父的这句话，于鸿从那时起对秦石充满了幻想，无数次想要去接近他，和他一起破案，可秦石当年正在风口浪尖，好不容易两人交汇探究"死亡轮回"，结果一次秦石便归隐山林，成了曾经的神话。

我相信于鸿当时翻译过来古玉的线索中不会仅仅是"古家村"三个字，可多余的他不愿意说，谁也奈何不得。

秦石让于鸿和都书言合作留在牡市解决掉王图强的案子，继续调查古玉凶杀案和林茹等人被杀案件的线索，这是不是象征着他对于鸿开始有所忌惮？

"赵安，赵安。"

听到有人呼唤我的名字，连忙将心神从沉思中抽出来，只见许梦梦嘟着嘴，娇怒道："你干吗呢！都走错地方了！"

我闻言一惊，望向四周才知道确实走过了一个路口，许梦梦跳到我的面前，皱眉打量着我："你今天有些不对劲啊，从出门就一副琢磨事情的样子。"

"没，只是最近有些累。"

到达车站时秦石已经等候许久，坐在候车室的椅子上摆弄着手机，我想着悄悄过去看看他在干吗，哪知道许梦梦这傻姑娘离着老远就开始喊叫。

"师父！"

秦石抬头看到我们，微笑着摆摆手，在许梦梦的拉扯下，我一阵叹息到达了秦石的身边。

秦石拿出车票，因为我们三人都是在网上买的卧铺，位置倒是挨着，我和许梦梦在中铺，秦石在下铺。

"刚刚工作人员通知车可能要晚点十多分钟，你们如果饿的话现在去吃些东西还来得及，毕竟近二十个小时的车程，很累的。"

"不用啦师父，我和赵安出门前已经吃过了。"许梦梦挽着我的胳膊可爱道。

我将行李放到一旁，坐到秦石的身边说："于鸿已经回侦探所了。"

"嗯。"秦石若有所思点点头，"这次他选择留在牡市说实话我很意外，不过也希望他能够和书言共同合作吧，两个人的脾气秉性其实相差不大，只希望别惹出什么是非。"

"于鸿做事有分寸的，倒是都警官，嘿嘿。"

"书言虽然平时不近人情，口中话语也有些欺人，但办事的尺度还是可以把握好的。上次在王图强家中，那么咄咄逼人的情况下他不是也很好地控制住自己了吗？"

"呵呵，是啊。"

我冷笑敷衍着，其实心里想的是：那种情况他还手完全就是找打嘛，王图强家里那四个大汉我可是见过，几个人还不打死他？

我与秦石又互相聊了几句便开始觉得无话可说，大家都沉寂了下去，虽然是清早可车站内的人却是拥挤得很，乱糟糟的。许梦梦坐在边上玩着手机，不知道是什么时候出现的一款游戏——愤怒的小鸟。

最近许梦梦玩得上瘾，在家里也是，我只看到几只鸟飞来飞去撞着绿色的猪头，并未感到有什么意思。

人言时间如白驹过隙，可在车站等候时却感觉时光走得是那么慢，感觉过了半个钟头，但一看表只是寥寥的几分钟，于是乎我开始无聊地打量来往的行人。

车站真的是一个神奇的地方，如果说人分三六九等，在这里可以瞧得异常清楚，有人穿着阿玛尼，有人衣服上皱皱巴巴还沾着泥土，光鲜亮丽与破衣褴褛形成鲜明的对比，从每个人的言行举止可以明显地观察到身份地位的差距。

而我们三人就仿佛是这巨大洪流中的点点水滴，翻不起波澜，也无法改变局势。

转眼间我忽然注意到一位男子，他缩在车站的角落里，地上铺着两张报纸，身边放着一个大大的麻袋，鼓鼓囊囊的。他的头轻轻地依靠在背后的墙壁上，闭着眼睛，好似在睡觉一般，那些高贵的人会投去鄙视的眼神，普通的百姓更多表现出的是一种怜悯。

过了一会儿他睁开眼睛，用那粗糙的手将了将头发看了眼墙上的钟表，然后低头打开腰间的小黑包翻找着什么。

我有些好奇地看着他，只见他翻找了几秒后，黝黑的脸上露出黄白相间的牙齿，手中多了一个白色塑料袋，里面是两个包子。

他小心翼翼地打开塑料袋，眼睛不时地瞄向四处，好似怕别人抢走一般，狠狠地咬了几口雪白的包子，狼吞虎咽地吃掉一个，将另一个再次塞回到腰间的包内。

也许是吃得太急噎到了，他开始咳嗽起来，伸手用力地撕扯着旁边的麻袋，从里面掏出半瓶矿泉水，拧开咕嘟咕嘟地喝着。

当他刚刚收拾好一切时，我看到他愣了一下，伸手掏进裤兜中拿出一个老人机，按下了接听键。

我听不清他在说什么，过往的人群太过喧嚣，但我能够看到他的笑，像极了刚刚雪白的肉包，香气喷喷。

他是真的开心，双眼散出了光芒，我想他或许是在跟自己的妻子，自己的儿女通话，黝黑的皮肤和破烂的穿着根本无法掩盖住幸福感，那小小的手机对于他来说，是温暖，是拼搏的动力，是一份甘心挂在肩上的责任。

我很想跟他聊聊，可是检票口已经打开，秦石和许梦梦已经开始整理背包，所有人如蚂蚁般冲向那窄窄的通道，仿佛逃生一般。

他还在打着电话，我却无法继续观察他，人世间匆匆过客，一眼惊鸿，他没有骄人的身份，没有帅气的长相，但那肉包子一样的笑容在我的心中铭记了许久。

我不知道他的名字，不知道他的经历，但这么多年过来，我再也没见过那样的笑容，是那么幸福，最纯真的笑。

人们上车后各自寻找着自己的位置，吵吵闹闹，不时可以听到各种各样的喊声，如同叫嚣。

"让一下。"

"我在这儿！"

"你先让我进去。"

"这有一个补票的。"

"喂？我上车了，一会儿再说。"

"……"

我默默地将行李放好，艰难地爬到中铺上，对面是许梦梦，秦石在许梦梦的下方，而我的下面是一位满头白发的老奶奶，上铺无人。

过道上来来往往的人络绎不绝，泡面的，聊天的，去车厢口抽烟的，混杂得我听不清他们在说什么，倒是有些惦记那位在车站啃着包子的男人，不知道他要去向何处。

"赵安，我想吃棉花糖。"许梦梦缩在对面的铺上可怜兮兮地对我说。

我抿了下嘴角，摇头道："昨晚都吃那么多了，不能再吃了，也不好好吃饭，光吃零食怎么行？"

"就吃一个，就一个。"

许梦梦伸着手指对我示意着，模样异常可爱，我不忍心拒绝，只好掏出一个递给她，装作严肃："喏，你说的，就一个噢。"

许梦梦笑嘻嘻地接过去，撕开包装塞进嘴里，我习惯性地将包装袋接过来放进背包的夹层。许梦梦戴上耳机玩着手机，我不禁笑了出来。

秦石在下铺闭着眼睛，我撇了撇嘴，刚上车就要睡觉？看来他这些日子真的是太累了，据我所知，无论秦石多么忙，只要一工作完都会赶回家里陪伴自己的妻儿。于鸿曾对我戏言过：女人都喜欢秦石这样的男人，可是这样的男人越来越少了，工作和家庭就像是一道分割线，想要两全，就要活得比别人累得多。

这点我倒是真的深有体会，当初和林茹恋爱时，每天下班都会回到家里，可是给我的感觉却没有丝毫开心，甚至想要逃避，有的时候宁愿工作到很晚，也不想回家看她那副冰冷的脸和听那讥讽的话语。

人比人，气死人。

或许很多女孩都向往能够拥有秦石这样顾家的丈夫，但我更羡慕的是秦石拥有那样善解人意的妻子，从我第一次去他家时就可以感觉到他妻子的爱。我想秦石回家的原因正是因为家中有一位贤惠的妻子和可爱的孩子，两个人互相理解，不吵不闹，给予对方的是包容和爱。

所以我觉得，当你想要一样东西时，第一应该想的是，自己能不能配得上想要的，无论是人还是物质。

因为旅程的漫长，我本想着也睡上一觉，可是许梦梦却不给我这个机会，一会儿要吃这，一会儿要吃那，嘴丝毫不闲着。

可我必须要控制她的食欲，许梦梦完全就是一个小吃货，刚开始接触时倒没有发现，如今家里堆满了各式各样的零食，从她回到家里开始直到睡觉，饭菜不会吃很多，但是零食无穷无尽。

每次我开玩笑说她会长胖，她都会做着鬼脸说："气死人，我就是那种怎么吃也不胖的体质。"

其实我知道许梦梦嘴上是这么说，在警局除了工作外还会去跆拳道馆练习，所以才没有体形的过多变化。许梦梦将她家里的东西都搬到了我的房子中，用于鸿的话说完全就像是小两口过日子，就差一纸结婚证了。

许梦梦和我听到这句话的时候都会害羞，可我心里明白，我们两人连关系都没有正式确定下来，每晚许梦梦睡床，我睡沙发，至今还未突破界限。

但是在外人眼里，尤其是秦石和都书言眼中，我已经成为了他们的同事家属，记得都书言和秦石来我家中时他曾讥讽过我。

"好端端地派去个师妹保护你这么个嫌疑人，最后犯人没抓到，还把师妹搭进去了。真是师父的败笔，赔了夫人又折兵啊！"

他这句话一说完，脑袋上立刻挨了秦石一巴掌，使得我和许梦梦忍俊不禁，不过都书言不敢说秦石，可不会放过我，饭后让我帮他一起练习锁技，差点没把我折腾死。

也是那一天，我和都书言冰释前嫌，关系近了几分。

时光如梭，不知不觉在火车上就度过了一天的旅程，下午傍晚时我和许梦梦就各自睡了过去，车要凌晨才能抵达古家村旁的镇子，面对未知的地方心底除了兴奋还有丝丝的隐忧，能做的只有养足精神去面对将要发生的事情。

梦里依然是那个场景，我狂奔在夜色的街道上，背后一个白衣女子满脸血腥，手持一把尖刀紧追不舍……

当我从梦中惊醒时，却又好似发现了一点不一样的感觉，以往每次做完这个梦都只是大汗淋漓，而此刻却是恐惧不已，并没有丝毫脱离噩梦的舒畅感。

揉了揉眼睛，车内隐约透着车厢口的光，尿意使我尝试着爬下卧铺，我却忽然发现秦石的下铺上竟然空空如也，看了眼表，凌晨一点十分。

我用力地眨了眨眼睛，眼内干涩有些不舒服，借着微弱的光向车厢口卫生间走去，走到时却发现两扇厕所门都是关闭着的，上面亮着红色的字体——有人。

在旁边的洗漱池用凉水洗了把脸，意识瞬间清醒了许多，到车厢口点起一支烟，窗外群星点缀，远处依稀亮着光芒，不知道是哪座城市，呼噜声、磨牙声、交谈声渐渐清晰起来。

"嗯，是我。"

"我正在去的途中，大概还有两个小时就能够到达临水镇。"

正在抽烟的我微微一愣，是秦石的声音。好奇之下我掐断烟头靠近厕所的门口，偷偷地将耳朵贴在门上。

"王图强也是看开了，毕竟利用完就被抛弃，换作谁也不好受。"

"你的意思是……"

"好，我会尽快处理的，不过我担心这边走不了省里的程序。"

"哦，好，古玉的那件案子……"

正在我专注地听里面声音时，忽然感觉到有一只手爬上了我的肩膀，吓得我差点跳将起来。

只见一位中年男子狐疑地看着我，指了指旁边的厕所，原来他是刚从里面出来，以为我是在等厕所内的人。

我尴尬地笑着走进对面的厕所内，心里却是波澜不已，这不是我第一次听见秦石用这种服从的语气打电话了，与他通话的人想必应该是他的上司。

秦石和于鸿一样，他们的目的一定不会是表面上那么简单，刚刚我都听到他们在提古玉了，可惜就差那么一点点。

虽然事情过去了一段时间，但我仍然记得秦石在知道我去福源宾馆的情况下并没有去支援我，而是选择了观望成败，虽然我们都没有点透这件事，可我的心底总是被那次的抛弃缠绕着，也是自那件事开始我对秦石的印象开始了转变。

尿完后我打开门，见对面的厕所门依然是关闭着的，悄悄地再次靠过去，却只听到了一阵流水声。

"嘭！"

"啊！流氓！"

一位三十多岁的大姐在我的面前惊叫，随后扬起手在我的脸上狠狠地扇了一巴掌，我大脑瞬间一片空白，车辆的乘务员听到喊声也从远处赶了过来。

"不是，大姐，我不是……"

她掐着腰，指着我的鼻子："谁是你大姐，你全家都是大姐！臭流氓，在这儿偷看什么呢！"

"我没有。"

"你是干吗的？"乘务员拽住了我的胳膊，质问道。

我当真是不知道该怎么解释，焦急下语无伦次，那位大姐添油加醋地说着事情的经过，好像我是图谋已久特意跟过来的强奸犯一般。说实在的，以她那种姿色，我不如回到老家的村子里去强奸圈养的老母猪。

三十多岁的人化着浓妆，身材肥硕，说话时牙都快爆出来了，唾沫星子喷在我的脸上令我作呕，刹那间有股冲动想要一拳打在她那油乎乎的脸上。

乘务员倒是个明白人，让我站到一边跟他解释事情的经过，可我却说不出来，难道说我是想要偷听一位刑警队长和他上司的通话？

正在我犯难间，秦石从隔壁的车厢走了回来，手中还端着两碗泡面，惊愕地看着我们。

"秦队，你快来解释解释，这大妈说我要强奸她。"我哭丧着脸求助地望着秦石。

秦石看了眼对面的女人，"噗"的一声乐了出来，将泡面放到一旁的台子上，将乘务员拉扯到一边不知道说些什么。那女子气势汹汹地看着我，怒哼道："臭流氓！"

"大妈，真别这样，我……我真的没有那种艳福能够享受您这样的姿色。"

"叫谁大妈呢！叫谁大妈呢！"女子张牙舞爪就要扑上来，我连忙躲闪开，生怕让她挠到我。

在我跟许梦梦平时打闹中练就出来的一身本领，很轻易地躲到了秦石的身后，乘务员立刻喝止住了她疯狂的举动。

在两方人的交谈后，最后我给她道了个歉，结束了这场极为尴尬的误会。

乘务员小哥和那粗犷的大姐离开后，秦石将泡面递给我一碗，笑道："我刚刚上完厕所回去发现你没在，就想着你醒了肯定会饿，这不给你买泡面去了。这回头来怎么你还和她较上劲了，难不成许梦梦那么美丽的脸蛋不喜欢，独爱这种？"

说着秦石哈哈大笑起来，我骂了声"滚蛋"恨不得地上有条缝能够让我钻进去。

幸好许梦梦没有醒过来，不然她要是看到刚才那一幕指不定会对我做出什么举动，要知道许梦梦可不是大妈那种人物，我真的是惹不起她。

和秦石两人在车厢口吃完了泡面，整个人的身体暖和了许多，噩梦带来的恐惧随着刚刚的吵闹也消散殆尽。

不过经过这件事，我心底生出了一种愧疚感，秦石对我蛮不错的，我不应该为了自己的好奇心去偷听人家，显得我有些小人之心度君子之腹。

我们两人都不太想回去继续躺着，在车厢口点烟聊了起来，聊得更多的却是秦石的家庭，从他的言语中可以听得出来，他对自己的妻儿有一种难以掩饰的自豪感。

每当提起他家庭中的一些琐碎，他的嘴角都会扬起，或许这就是成熟男人的魅力吧。

当他问起我和许梦梦未来的想法时，我只是摇摇头不知该如何作答，秦石笑着拍拍我肩膀说："许梦梦虽然外表坚强，骨子里是个特别需要安全感的小女孩，好好对她。"

"嗯，我会的。"

不知道为什么，在别人面前不敢承认的想法，面对秦石那温暖的面庞时我却脱口而出，或许我真的是羡慕他的家庭，也希望能够有那么一个幸福的家吧。

其实不只许梦梦，我也是一个缺乏安全感的人，不管经历了多少沧桑，总是习惯性地希望有一个人能够依靠。

或许这也是为什么林茹那么对我，我仍然死心塌地爱着她的原因，至少回到家中能够有人陪我说说话，聊聊天，遇到事情有个人能够商量。

林茹的死其实我很纠结。

不知道她究竟是死于自己的贪心，还是因为我而被牵连。

如果是前者那我会好受得多，毕竟给我戴绿帽子的女人不值得去可怜，但若是后者，虽然她背叛我但也不应该被判以死刑。

我是一个经常自我纠结的人，好似有两个人格一般，每当其中一个提出想法另一个总会去反对，类似电影中主角脑袋上的天使与恶魔。

凌晨2：50。

乘务员来到车厢收走了我们手中的卧铺卡，许梦梦从甜美的梦乡中被我活活拖了起来，揉着眼睛低声埋怨着我，看她嘴角的口水，不知她在梦里见到了什么美食。

我拎起皮箱挎上背包，牵着许梦梦，跟上秦石的脚步下了车，朦胧的小镇起了一层雾，落在身上如同小雨，昏黄的车站灯光在黑暗中给人带来点点温暖，在打着哈欠的车站工作人员的指领下，我们三转两转才出了车站，瞬间我就愣在了原地。

小镇很旧，车站外尽是二层的矮楼，各种各样的商铺拉下了卷帘门，除了两辆停在车站外的轿车外，空无一人，偶尔可以看到孤零零的树木立在街道旁或者商铺边，仿佛回到了家乡的那个小村子，山高水远，颓靡不已。

我环顾四周，才发现竟然只有我们三人下车！

趁着大雾，我们三人穿梭在黑色的牢笼中，秦石径直走向轿车旁敲了敲窗户，我和许梦梦不明所以地跟在他身后。

没想到轿车竟然真的有人，窗户摇下的那一刻，里面探出了一颗光秃秃的脑袋，睡眼惺忪地看向我们，在一番打量后，男子的双眼爆出了精光。

"几位去哪儿呀？"光头男人贱贱地笑着说。

"古家村。"我快速地回应着。

光头男人听到我的话脸色骤然一变，怒气横生："耍老子呢，不去，滚！耽误老子睡觉。"

我被他骂得一愣，秦石回头瞪了我一眼，赶紧按住正在上升的车窗说："哥们儿，别激动，在镇子里给我们找个住宿的地方吧。"

光头男人瞧了瞧他，没好气道："五百，不讲价，只能住一夜。"

"五百？"许梦梦惊讶道。

"好。"秦石出乎意料地点头应了下来，随即打开副驾驶坐了进去。

事到如今我也不好多说什么，钱也不是我花，秦石愿意当冤大头谁也拦不住，这么破的镇子打车加上住宿要五百，怎么不去抢呢！

放好行李我和许梦梦坐到了后座上，光头司机透过车镜看了我一眼，秦石将钱递给他，光头司机的面色才好了一些。

"还是这兄弟懂事。"

"师父，你能解释一下为什么这么贵吗？"我忍不住问道。

光头司机冷笑着说："咱们临水镇就是这个价，不是我吹，今天也就是我出车，不然换作老马他们，看你们外来的最少坑个千八百！这个时间你在临水镇根本不可能找到睡觉的地方，除非你想在马路上待一宿。"

"那您这是要带我们去？"

"去我家啊！反正房子也没人住，你们将就对付一宿吧，新盖的瓦房，我都没住过几次，便宜你们了。"

"可是古家村……"

我此话一出，秦石猛地回头看向我，眼神犀利，吓得我将剩下的话吞进了肚子里。

光头司机脸色也阴沉了下去："哥们儿，大晚上我拉你们，不管收的钱多钱少都是情分，你在这儿跟我扯那个地方什么意思？怎么着？看你们人多吓唬我？"

我看着他凶神恶煞的样子没有再说话，转头和许梦梦对视了一眼，她只是静静地望着车外的夜色，一言不发。

大概四十分钟，我们在小镇里绕了好久才到达光头司机所说的瓦房，这是在镇子的一个高坡上，两侧都是土道，房屋俨然，拐了一个弯后，光头司机将车停下让我们下车。

拿好行李后我终于看到了今晚将要住的地方，两扇红色的门，高高的围墙，在土道上可以望到房子的顶尖，时而能够听到各种动物的叫声，不由得心中充满了压抑感。

光头司机打开门，我们三人跟着走了进去，院子里还有装修剩余的废弃物，瓦房整体显得有些破旧，光头司机告诉我们是因为还没有装修好的原因，打开门后是一条通道，两侧各有一个屋子，通道的尽头是厨房，厕所在院子里。

"你们就在这儿住吧，两个屋子自己分配。"说罢光头司机匆匆离开了瓦房，继续回到车站等候下一批客人。

屋内的灯光很亮，是那种最老式的灯泡，每个房间都很窄小，左面是一张大床，右面的屋子内是一张单人床。

刚开始分配的时候想着我和秦石住在一起，许梦梦单人，但最后商量的结果却是秦石自己住单人床，将左侧的屋子留给我和许梦梦。

当秦石提出这个决定后还意味深长地看了我一眼，我不禁有些害羞，许梦梦更是将身体躲在了我的后面，紧紧攥着我的衣角。以前在家里只有我们两个人，倒也没感觉什么，哪怕于鸿借住我家时，也是我和许梦梦分开睡，如今真的要睡在一张床上，心里难免会有一点点悸动。

秦石似有似无的笑容令我们两人有些尴尬，他转身走出了屋子，气氛陡然变得暧昧起来，我环顾了屋子内，水泥的地面，而且床上只有一床被褥，我不想要睡在地上都不可能。

"那个……那个你先睡吧，我还不困。"我望着许梦梦犹豫着说道。

许梦梦娇羞地点了点头，她钻入被窝内躺了下来并没有脱衣服，可恶，屋子内竟然连个凳子都没有，只剩下白花花的墙壁让我能够倚靠。

坐了一天的车身体已经很疲惫了，倚着墙站了一会儿便感觉双腿发麻，小镇的凌晨有些冷，屋子内又没有暖气，身体不禁开始微微颤抖起来。

"你也过来睡吧。"许梦梦从被窝里探出两只眼睛，一眨一眨地说。

"没事，你先睡吧。"我心有不甘地拒绝道。

"过来。"

许梦梦温柔的眼神让我无法抗拒，我一咬牙，一跺脚，终究还是屈服在了寒冷之下，爬进了床褥之中。

一瞬间，温暖的感觉涌遍全身，关闭灯后，我突然有一种再也不想离开的感觉，我们两人的身体不经意间相碰，柔媚的娇躯就在离我十公分不到的地方，我的心开始激荡起来。

不知过了多久，外面的天空渐渐变得阴郁，黑暗一点点在消逝。

我闭着眼睛，却丝毫没有困意，耳畔传来许梦梦的声音。

"赵……赵安，你睡了吗？"

"没。"

"在想什么呢？"

"在想你。"

空气瞬间凝固，我不知道自己为什么会不经思考地吐出这句话，但我可以清楚地感觉到我旁边的那具娇躯明显一怔，没了下文。

此刻我在心里无数次地咒骂着自己，赵安，你疯了吗？废物！懦夫！

"嗯……"

许梦梦竟然回应了我，那一刻我仿佛是一匹在草原上奔腾的野马，欣喜若狂，恨不得转头在她的脸上狠狠地吻一口。

"困了，睡吧。"

随后我就变成了寒冷冬夜的小女孩，怀中抱着火柴瑟瑟发抖……

不知道自己是怎么睡着的，只记得依稀好似听到有人在对话，不，又好像一个人在自言自语，声音很小，听不真切。

是梦吗？可我并没有见到那个追杀我的女人，而是自己站立在高楼之上，下面是万丈深渊，我吓得跌坐在地上，有一双手在我的身后出现，我能够感觉到它，和它一起出现的还有充满杀气的眼睛，恶毒、凶狠、杀意四腾。

"去死吧！"随着一阵暴喝，背后的手用力向前一推，我整个人掉入万丈深渊之中，那种窒息、绝望的感觉吓得我从梦中惊醒。

我猛地睁开眼睛，刺眼的阳光让我难受，我想要抬起胳膊阻挡光芒，却感觉到一阵柔软。

下意识地摸了摸，转过头去，只见许梦梦搂着我的胳膊还未睡醒，嘴角挂着点点微笑，而我的手正在她的胸脯之上。

我深呼吸一口气，轻轻将手抽出，幸好许梦梦没有直接醒过来，不然我可以想象到一百种她折磨我的样子，我会死得很惨，惨绝人寰。

掀开被子下床，回过身将被子给许梦梦盖好，凌乱的头发遮挡住了她的半边脸颊，阳光映在脸上，配上她甜美的睡颜，刹那间我被吸引住，呆呆地看了她好久好久。

"赵安。"

正在我沉醉在许梦梦的美丽中时，背后传来了秦石的呼唤声，我转过头将手指放在嘴上，对他做了一个噤声的手势，随后将鞋穿好，悄悄地走出屋子。

秦石穿着一套黑色的运动装，看起来如同健身教练一般，指着通道的里侧说："去洗漱，我刚刚出去买了些早餐，吃完就上路。"

"这么赶？"我看了眼手表，"才睡四个小时就要走？五百块钱白花了？"

"快去！"秦石的语气不容反驳。

我低声埋怨着走进厨房，水有些浑浊，不过到了这种地方也没有任何办法，简单地洗漱一下，冰冷的水扎得脸生疼，同时也让大脑清醒了许多。

我看到厨房内的台子上摆着矿泉水和馅饼，狼吞虎咽地吃了两个馅饼，喝掉了整整一瓶矿泉水，打了个饱嗝。

"许梦梦！"

秦石严厉的声音从通道传来，不一会儿便看到许梦梦睡眼惺忪，嘟着嘴边埋怨边走进厨房。

"水有些脏。"我提醒道。

许梦梦拧开水龙头放了下，随后关闭瞪向我说："赵安，我要回家！"

我知道她是在说气话，连忙哄道："来，这有两瓶矿泉水，用这个将就洗洗吧。"

"不要！"许梦梦的起床气我是知道的，堪比生理期。

"许梦梦！"秦石不知什么时候走进了厨房，瞪着眼道，"我带你来游玩的？赶紧洗漱，吃完东西就上路，谁惯你的臭毛病，比这苦的案子你没办过？都是让赵安给你惯的，我看你是不想干了！"

我看着秦石怒横的样子，心想这肯定完了，两个人不得打起来。可是下一秒就轮到我惊呆在原地，许梦梦竟然丝毫没有反抗他的话，再次拧开水龙头开始洗漱，虽然脸色不好看，但真真切切没有还嘴，如同被家长训斥的孩子。

秦石转头看向我，犹豫了下终是没有说什么走出了厨房，我连忙将矿泉水递过去，许梦梦委屈地接过，嘴里嘟囔着。

"欺负我！我让你欺负我！回去就告诉师母你在警局喝酒的事！哼！"

我不禁哑然失笑。

三人收拾完毕后听到了外面的鸣笛声，我起初以为是昨晚的光头司机来看我们偷没偷东西，但出门后才发现是一辆面包车，而车主将钥匙交给了秦石。

车主离开后秦石才对我们讲，古家村的位置很偏，在地图上没有什么，不过从临水镇想要进入古家村，要翻过很长的一段山路，去了当天就不可能回来，只能自己租车。

我突然想起了昨晚提到古家村时那个光头司机的表现，不解地询问道："即使远，昨晚的那个司机也不至于凶神恶煞的吧。"

秦石摇头说："古家村对于临水镇的人是个禁忌，三年前发生了一桩事情，惹得两个地方的人不是很和睦，所以现在临水镇的人都不愿意去那个地方。"

"哦。你是怎么知道的？"

"今早买早餐时跟老板聊天时听到的，其实昨晚我也很好奇，只不过没有像你一样表达出来罢了。要知道穷山恶水出刁民，身居在外，当地的一些风俗或者人情，要顺势而受、若是昨晚你给他惹恼了，说不定一个电话就会冲出几十人将你打倒，那个时候在这种地方谁也救不了你，明白吗？"

我尴尬地笑了笑，想起秦石当年可是从古林县走出的悍将，立刻明白过来，他对于这种偏远地方要比我熟悉得多，"亡命徒的聚集地"秦石都能够生存并且改造成如今的富饶县城，想必临水镇对于古林县来讲，是小巫见大巫。

面包车坐起来的确要比轿车舒服得多，我个人也是比较喜欢SUV的车型，可能在每个男人心中都有一台路虎般的梦想，驰骋疆野，不受拘束。

在我们离开后，秦石接到了光头司机的电话，他是想着催我们离开，却发现我们早已走远，至于他家中的东西，说实话，除了几块砖头还真的没有什么可以偷的，所以他才对我们放心得紧。

临水镇并不大，十多分钟我们就开出了镇子，两侧从俨然的屋舍变成了葱郁的树木，远方还可看到田地和整齐的水稻，清脆的绿掩住了视野，苍天白云，青山绿水，我和许梦梦都不禁赞叹大自然的奇妙。

真的是：一水护田将绿绕，两山排闼送青来。

阳光洒在山林田野间，一辆面包车驶离临水县，奔驰在国道上前往未知的、神秘的古家村，迎接我们的将会是什么呢？

（二）

古家村位于东北某市的西面，三面环山一面环河，地理位置极其偏远，是一个仅仅只有百户人家的小村子，而我们在网上所查到的是当年抗日战争时期某个姓古的兵带着众人逃进此处，躲避战乱，所以命名为古家村。

我们并未直接到达古家村，而是临水镇与古家村之间的一个小村庄落脚下来，越往山内走，面包车便越不方便。到了这个不知名的小村庄我们只好放弃面包车，改为步行，于是乎我们想在这个小村庄内找一户人家暂时搁置车辆和一些物品。

"看，那有个旅馆！"我望向前面飘荡的一面写着"客栈"的黄白色旗帜喊道。

小村庄内只有一条主路，秦石和许梦梦两人不知在低声说着什么，听到我的话齐齐抬头向我手指的地方望去。

秦石喜道："好，你们先过去，我将车开过来。"

我和许梦梦点头，随后两人走进了"客栈"之中。自从进入这个小村庄后我便感觉到了不安的感觉，往来行人的穿着朴素得很，而我们倒是成了奇装异服，路过人的眼神多半带有防备意识，甚至在我们刚进入村庄时找人搭话，他们都快速地躲闪开来，好似怕被我们传染一般，唯恐不及。

客栈是两层的木楼，刚走入门内便看到正前方有一案木台，台后摆着几个酒桶，以及杯子、手巾等各种物品，一位四十多岁的男人身穿白褂子敞着怀，呼喝着。

他见到我和许梦梦两人走近客栈，顿时一愣，两侧各有几张木桌，周围是长条形的凳子。

我走到木台前，望向白褂男人笑道："哥，咱这都有什么饭菜啊？"

白褂男人上下打量了我一眼，一侧端菜的服务员也停下了动作，连带着其他的客人通通望向我和许梦梦。这样被人注视的感觉很难受，就像是动物园里的猴子一般任人观赏，许梦梦显然比我要不舒服得多，叉着腰冲向大厅内喊道："看什么看！我是警察！"

随着许梦梦的喊话，众人开始叽叽喳喳地议论起来，不过确实有效，他们不再像刚刚那样明目张胆地看我们。

"那个……你们要吃点什么？"白褂男人试探性的说道。

我摆摆手："给我们随便做两个小菜就行，然后三碗米饭，还有一个人没到。"

白褂男人点点头，招呼道："小虎，去告诉后厨，一盘蒜薹炒肉，一盘黄瓜鸡蛋，三碗白米饭。"

"好嘞。"服务员大声地应和着。

那服务员看起来也不过十五六岁的样子，也不知道他和老板是什么关系，如此小的岁数不在学校，而是出来做工，可以想象这个地方是有多么落后。

我和许梦梦挑了角落里的位置坐下，也在此时，秦石的身影走进了人们的视野之中。

秦石倒是没有理会周围人的目光，扫视大厅一圈后直奔我们而来，许梦梦气鼓鼓地坐在一旁玩弄着筷子，脸上尽是愤怒。

"这是怎么了？赵安，你惹梦梦了？"秦石坐下后一脸不解地说。

我摇头将刚刚的事情与他讲述，秦石听完后笑了笑说："这是很正常的，这个地方叫作樱桃村，比古家村要更接近城镇，并且你们也看得出来，这里的人口数量还不算很少，等着到了古家村估计你们会更不适应。越小的地方他们接收外界信息的速度越慢，而且很少会有人跋山涉水跑到这个山沟沟里来，所以见到咱们感觉惊奇也是正常的。

"现在像这种小村子里的人，有能力的都离开了，剩下一些都是老弱病残或者不舍得离开这祖辈生活多年的村民，见怪不怪。你们两个人在这儿坐一会儿，我去问问老板知不知道古家村的消息，刚才在外面问了一个老人，他竟然不知道去古家村的路。"

我抿了抿嘴角："我跟你一起去吧。"

许梦梦并没有反驳，我和秦石起身再次走到木台前，白褂男人正坐在椅子上对照着本子上的一些数字计算着，应该是账本。

"老板，咨询点事儿行吗？"我探头道。

白褂男人一脸不解地看向我们，眼神中竟带着几分惊恐："你……你们要问什么？"

秦石眯起眼睛："你知道去古家村的路怎么走吗？"

"古家村？"白褂男人长舒一口气，"那地方很久没人去了，我不知道，不过你们可以问问三瘸子，听说他去过那里。"

"三瘸子？"秦石脸上浮现点点惊喜，"他在哪儿？"

白褂老板伸手向上一指："就在二楼，上去就能看得到。"

"走。"秦石毫不犹豫地说。

我和秦石沿着大厅的木楼梯走上去，楼梯踩在脚下发出"嘎吱嘎吱"的响声，让人心中忐忑，生怕一不小心就会掉下去。看这客栈的装饰应该有些年头了，大部分的木头表面被摩擦得很是光滑，隐隐透着黑色，像是陈年老木。

走上二楼，只见二楼只有三个人，他们围在角落的桌子上喝着酒，声音好似是方言，有些听不太懂。

三人听到上楼声转头望向我们明显一惊，我信步上前微笑着问道："请问三位大哥，谁是三瘸子？"

里侧戴着青色帽子的男子指了指旁边的人，三瘸子一脸茫然。黄油油的脸上粗糙带污，衣服是老式的中山装，脏得很，尤其是他的腿，有一条明显比另一条要短些，最令我注意是他右手的小拇指，是断掉的，只有一小截。

三瘸子的手紧紧攥着筷子，防备地看着我们："你们找我做什么？"

为了让他放松，我向后退了一步，双掌打开表示我们没有敌意："我们几人想去古家村，你看看能不能给我们指个路？"

"我不知道什么古家村！"三瘸子毫不犹豫地回答，眼睛死死地盯着我，显然对我们并不友好。

"哎，上次你不还跟我们说过去古家村的事儿吗？你还说那里有……"戴着青色帽子的男人话说到一半，三瘸子立刻捂上了他的嘴。

"滚开！"

那男人好似很讨厌三瘸子一般，一把将他推开，用衣服狠狠地擦了擦嘴，呵斥道："你别用那脏手碰我！"

三瘸子瞪了他一眼却没有还嘴。

秦石微微一笑，从兜里掏出一沓百元钞票放到了桌子上："只要你带着我们去，这些钱都是你的。"

帽子男人擦嘴的姿势定格在那里，三瘸子的眼中乍现出光芒，另外一人背对着我，看不到表情，我想他应该也很惊讶吧。

三瘸子看了看戴着帽子的男人，他的眼中充满了嫉妒，三瘸子瞬间将钱抓起都没有看多少，一把塞到了自己的脏衣服内说："好，我带你们去！"

说罢他拿起筷子快速地夹起菜吃了几口就要起身，正在我们认为事情将会顺利起来时，一只黑黢黢的手抓住了他的衣服。

那只手枯瘦得像是树枝一般，三瘸子愣在椅子上，我和秦石对视一眼觉察不对，正要上前时忽然那个男人转过了头。

苍老的面孔上皱纹遍布，整张脸就好似河床干枯一般毫无生机，嘴唇裂开，头发花白，而那两只眼睛竟然是空的，眼眶内是黑乎乎的残肉，没有眼珠！

"三瘸子，别为了钱，把命搭进去！"老人的声音如他的面相一般，了无生气，仿佛是生锈机器的摩擦声，刺耳、沙哑。

三瘸子舔了舔嘴唇，眼中闪过一丝犹豫，但他的手依然紧紧地按在装钱的兜内。

"七爷，我知道，放心吧！"

说着三瘸子挣脱开那位没有眼睛的老者走到我们身边，可以清楚地听到老者的叹气声，哀怨万分。

走下楼，将三瘸子带到我们的饭桌上，许梦梦看到他的装束不自主地向我身边挪动了几分，秦石瞪了她一眼，许梦梦不好意思地低下头。三瘸子仿佛是习惯了这种排斥，双眼放光看着桌子上的饭菜，咽了口唾沫。

"我……我能吃吗？"三瘸子谨小慎微地看向我。

我点了点头，三瘸子好似得到恩赐一般，拿起筷子大口大口地向嘴里塞着饭菜，因为一共只要了三碗饭，没办法只好再要一碗。

没想到的是三瘸子虽然体格瘦弱，饭量却是惊人的大，每次只夹一点点菜，然后吞掉大量的饭，足足吃了三碗白米饭。我们三人均惊愕地看着他的吃相，不禁让我想起了龙之第九子——饕餮。

最后他倚靠在墙边，揉着鼓鼓的肚子，嘴角还残留着饭粒。

"嗝。"三瘸子看着我们张大嘴的模样，尴尬地笑道，"不好意思，那个……能再给我支烟吗？"

我愣愣地掏出烟来递了过去，三瘸子从兜里掏出一盒火柴，微弱的火苗燃起香烟，淡蓝色的烟雾在他的面前游荡，三瘸子闭上眼一副享受的表情，欲仙欲死。

"赵安，这人……这人真的靠谱？"许梦梦用手扶着额头，偷偷地问道。

我摊了摊手，盘子里的饭菜混杂不堪，尽是三瘸子的口水，弄得我再也没有胃口吃下去，随即我也点起一支烟，等待着三瘸子从天界下凡。

"吃好了吗？"秦石手中拿着筷子，和我们一样不知如何下口，索性将筷子往桌上一拍，冷冷地说道，"吃了我的饭，拿了我的钱，你不会以为这些是白给你的吧？"

三瘸子被他拍桌子的声音吓了一跳，旁边有人附和道："三瘸子就是个蹭吃蹭喝的疯子，你们几个还真的信他？"

"胡说！"三瘸子抬起头诺诺地反驳着，丝毫没有力量，"我不是疯子，是你们根本不了解。"

"不了解什么？不了解你见过的鬼魂？"旁边的人搭完话，大厅内的众人齐齐大笑。

"三瘸子，跟这几位警察讲讲你和女鬼的故事啊。"

"三瘸子，来一个。"

"你是不是被女鬼给强奸了啊。"

"哈哈，疯子。"

屋子的气氛一瞬间变得欢快了起来，我们三人面面相觑，三瘸子低着头紧咬着嘴唇却没有反驳。

"什么女鬼？"秦石眯起眼睛，双手扶着桌边，身体微微前倾。

三瘸子依然低着头，旁边刚才搭话的人替他道："他说自己曾经见过一个女鬼，长得特别漂亮，还要和他私订终身，哈哈哈！"

"我没有！她是好女鬼，不，她……她是菩萨！"三瘸子沉默许久后再次反驳，这次却格外强势，眼睛都快爆了出来。可大厅内的人笑得更厉害了，完全没有人在乎他的举动，我的心情不知为何也莫名地愉悦起来，一口女鬼，一口菩萨的。

"三瘸子，给我们讲讲。"秦石递过去一支烟。

"哈哈，警察叔叔，难道你真的信他？他可是个疯子。"大厅另一头有人喊道。

秦石毫不在乎他们的话，眼睛盯在三瘸子的身上，等待着。

我狠狠地吸了一口烟，大厅的笑声也渐渐消失掉了，可见众人只不过将他当作无聊生活的调味剂。

三瘸子低着头却没有说话，等他再次抬起头时，脸上突然挂起了一种诡异的笑容："嘿嘿，你们信不信无所谓，我就是见到女鬼了。不，她是菩萨，女菩萨！"

他那尖锐奇怪的声音惹得我浑身冒起一阵鸡皮疙瘩，不禁发了个抖，许梦梦抱住我的胳膊："看这样子，八成真的是疯子。"

秦石紧皱眉头，我不禁后悔没有带都书言来这里，对付这种人都书言才是最厉害的，装疯卖傻对于那谁也不惯着的都老哥没有任何作用。

"我不管你是真疯还是假疯，如果你不带着我们去古家村，我就送你去监狱待上一段时间，那里可全是残忍百倍的凶犯，他们会很喜欢你的。"

我此话一出，许梦梦抓着我的胳膊的手微微紧了下，秦石也愣了一下，但是没有揭穿我。

三瘸子依然还是那副疯疯癫癫的样子，嘴里嘀咕着什么女鬼，什么神仙，我也是上了脾气，到现在饭没吃上，还摊上了这么个疯子，心里堵气得很。

"三瘸子！"

我猛地拍桌而起，整个大厅内的目光全部聚集到了我的身上，三瘸子身躯一震，好似刚刚回过神一般，惊恐地看着我。

"别，别打我，别打我！"他护着自己的头，哆哆嗦嗦地缩在角落里。

我突然有些无奈，这哪里是正常人，许梦梦拉了下我的衣服，我深呼吸一口气坐到椅子上。

秦石站起身走到他的身边，将手搭在他那紧紧缩起的肩膀上，声音温柔："三瘸子，别害怕，你跟我说实话，到底知不知道去古家村的路？如果你能把我们带到那里，我们办完事可以再给你一些钱。"

听到"钱"的字眼，三瘸子缓缓放下了手，狠狠地点了点头，随后看向我对秦石说："他……他不是好人。"

我闻言瞪起眼睛，三瘸子再次向后躲闪，表现的是那么畏惧，说实话当时我心里特别想笑，没料到如我这般懦弱的人竟然也有被人害怕的一天。

我们在客栈停留了一晚，楼上有客房，下面的白褂老板给我们的价格低廉得很，我总觉得他好似有意在避开我们，不过倒是那小服务员与我们亲密得紧，尤其是我，下午简单地聊天后他就开始叫我赵哥了。

那孩子名叫徐羽，父母双亡，白褂老板是他的舅舅。十三岁就跟着舅舅出来做工讨饭吃，在临水镇工地上干了两年，舅舅攒了些钱将这个店面盘了下来。这里曾经是一家祠堂，后因为香火不旺衰败了下去，徐羽的舅舅接管这里后改成了客栈，其实就是一家小饭馆，不过二楼有几间客房而已。

他对我们三人很好奇，在我们熟络后便缠着我问城市里的样子，我也很乐意跟他聊天，毕竟这么久过来，真正能够肆无忌惮说些心里话的人太少太少。

晚上徐羽和他的舅舅要回到家里去睡，客栈关门后一下子就冷清了下来，整个客栈内只剩下我们四人，阴冷的风从小村的周围狂虐地袭击着保护在我们周围的木板，一轮明月升起映在空中，森森入骨。我们聚在三瘸子的房间内询问明早去古家村的路程，但更多的还是想从三瘸子口中了解古家村内部的一些信息，因为从临水镇到达樱桃村，越接近古家村越感觉诡异万分。临水镇司机的表现，还有樱桃村对古家村的陌生，让人的心有些不安。

三瘸子再没有提到那个女鬼还是女菩萨的时候还是很正常的，虽然看起来有些脏，不过说话的思路和言语还算有条理，并不像是疯子。

从他所说的话以及我在徐羽那里打听到的信息，三瘸子的腿是天生就残疾的，他的父母曾经是樱桃村的知名人物，非常恩爱，对待村里的邻居也很好，乐于助人，这间祠堂以前就是他父母经营起来的。后在三瘸子父亲去世后，母亲的精神便开始不正常起来，可能是两个人太过相爱的缘故，三瘸子的母亲每天都会跪在祠堂里祈祷，嘴里念叨着别人听不懂的话，而那时的三瘸子还很小。

也不知为何，自从父亲去世后，三瘸子的母亲对他开始严厉起来，多个晚上路过的村民都能够听到三瘸子在祠堂里的哭声。起初大家都会去阻拦三瘸子母亲打他，但时间一长，人们也就不愿意去管了，权当作习惯。

正因此，三瘸子的精神也开始渐渐不正常起来，变得怕人，尤其怕他的母亲。

多年前他母亲去世，村里的人都来送行，而三瘸子竟然没有出席母亲的葬礼。虽然三瘸子和他的母亲精神都不正常，但念在三瘸子父母曾经在樱桃村做过的善事，众人对孤身一人的三瘸子还算好，包括徐羽的舅舅收购祠堂，也允许三瘸子每天中午和晚上来这里吃饭。

三瘸子傻，村里的人都喜欢逗他，所以在吃饭时三瘸子去哪桌坐一般都不会有人赶他，村里的人虽然口上话说得难听，但无论是谁都挺可怜他的。尤其是七爷，今天在二楼见到的那位没有眼睛，黑黝黝如油灯干枯的老者。

他是村里的长辈，经常会叫三瘸子去他家住，或者一起喝点小酒，当然，家里的活也是三瘸子帮着干。

三瘸子去过古家村是四年前的事情，当时这里还是祠堂，那时快到冬天，村子里的人都会去山上砍柴留作冬天取暖，三瘸子帮着七爷去山上砍柴走丢，失踪了三天。众人在山上找了两天也没有找到，那种阴寒的天气，三瘸子在山里又没有食物，众人都以为他死了，可是第三天他却再次回到了祠堂，如同他母亲一般，跪在祠堂前拜了又拜。

众人啧啧称奇，前赴后继询问三瘸子在山上发生了什么，可三瘸子却称他见到了一只女鬼，怀中抱着无数的金银财宝，是女鬼救了他。

当然这种话对于樱桃村的村民来说就是胡言乱语了，樱桃村和其他偏远地方的村子最不相同的地方就是这里没有任何的鬼怪传说。这里的村民信的神灵也是我第一次见，他们拜的竟然是三皇五帝，在城市中我见过很多宗教的信仰，无论是基督教的圣父，还是佛教的释迦牟尼，或者东北的五仙，却真真没有听说过信三皇五帝的人。

三皇五帝的传说我们是了解的，可论及信仰，中国自古信奉他们的人也寥寥无几，不知是什么时候，什么人将此信仰传到的樱桃村。

"我们有三皇五帝保佑，哪个妖魔鬼怪敢在樱桃村出现！"这是徐羽给我印象最深的一句话。

樱桃村的风俗决定了三瘸子说的话注定被认为是疯言疯语，可是他自己却不这么认为。自从那次失踪后，隔三差五三瘸子就会往山上跑，直到有一次他足足失踪了一个星期，待他再回来时手指丢了一根，丢在了古家村。

古家村和樱桃村并没有什么交集，据说是因为两个村子的信仰不同，用徐羽的话来说，从小他就听说古家村的人不正常，很可怕，所以在樱桃村母亲都会用古家村的故事来吓唬那些不听话的小孩子。

可当我真的问起古家村的可怕时，徐羽又说不上来，他也只是依稀记得母亲曾讲过的各种零星故事，但那种恐惧感是从小就在骨子里生根发芽的。

这里是樱桃村，他们坚信只要在这里，古家村的人再恐怖也没有任何危险，不过也的确有人会来往于两个村子间，购买售出一些东西，但最近几年几乎已经绝迹了。

问起原因，徐羽又答不上来，我知道这个孩子所说的不过都是他听别人说的而已。

三瘸子告诉我们要去古家村需要翻过两座山坡，并不是很高，大概一白天时间就能够到达，樱桃村到古家村以前是有路的，不过因为近两年两地几乎没有来往，所以只能凭借三瘸子的记忆去寻找。三瘸子告诉我们一路上必须听他指挥，不然发生任何事与他无关，他对警察还是很忌惮的，我们三人对视一眼答应了下来。

"古家村里面究竟有什么？很可怕吗？"我不禁想起下午徐羽的话，轻声问道。

三瘸子缓缓抬起右手，四根手指直立着："我在那里丢掉了一根手指，你觉得你们的运气会比我好吗？"

霎时间屋内的窗户猛地被风吹开，蜡烛瞬间熄灭，阴风肆虐地袭进屋内，我不禁浑身战栗，窗外冰冷的月光照进屋内那只有四根手指的主人脸上，毛骨悚然。

晚间我和许梦梦躺在床上，两人还尽量保持着距离，可许梦梦明显被今天三瘸子的话吓到了。虽然她从事警察这个职业见过很多恐怖的场景，可这种在异地他乡的客栈晚上想起三瘸子的话，不害怕是假的，我一个大男人都感觉后背隐隐发凉，更别说女孩子了。

望着窗外的月以及被风吹得沙沙响的古树，我喃喃自语道："希望这次的行程能够彻底解决掉古玉的事情，唉！"

"那之后呢？"许梦梦娇柔的声音突然在耳边乍现。

"你说什么？"

"我说如果案子完结了，之后你想要做什么？"

我脑海中好似被投进石子般泛起波澜，翻了个身："不知道，只是希望早点脱离这件事情，或许会离开牡市吧。"

许梦梦沉默了下去，正在我以为她想要睡去时，突然她又说道："那我们是不是也就断了？"

"不！"我竟然毫不犹豫地回应。

这已经不是第一次了，这个字说出后我们两个人同时沉默了下去。

不知过了多久，我的心依然乱乱的，跳得特别快，脑海中不停地翻着我们在一起的点点滴滴。

"睡了吗？"

好似过了一个世纪，我试探性地悄悄出声。

"没。"许梦梦柔软的声音瞬间融化了我的心。

"怎么还不睡？"

"在想事情。"

"想什么？"

"我们……这个案子结束，我们是不是也真的要结束了。我没有理由再保护你，你也不会再被我每天欺负，也不会再给我做饭吃，给我洗脚，陪我看电视……"

许梦梦的话如同一把尖刀刺进了我的心脏，撕心裂肺地疼。

我没有回答她的话，她也未再继续说下去。

深邃的夜静静地凝视着我们，月亮偷偷地躲进云里，黑暗笼罩了泪水与不甘，一张床睡着两个人，心却冰凉。

一艘船想要载着人出海，可它又怕自己的船太小，会在惊涛海面的风浪中被掀翻、被淹没……

第二天一早，门外传来了噪音般的敲门声，我不耐烦地从床上坐起。许梦梦早已起床，坐在床边望着窗外不知在想些什么，清晨的阳光照在她的侧脸上，恰似天人。

惊鸿一瞥后，敲门声催促着我无法安心继续观赏梦梦的美，匆匆下地打开房门，秦石阴着脸说："三瘸子不见了。"

我正摇晃着沉甸甸的脖子，听到这个消息顿时一惊："怎么回事？"

"今早起床我去他的屋子，人就不见了。"

"找过了吗？"

"嗯。"秦石的脸色极难看，"客栈我都找过了，没有他的踪迹。"

"他奶奶的！"我咒骂着，转头正要招呼许梦梦，转眼间却看到楼下门口三瘸子摇摇晃晃地走了进来。

"在那里！"我惊呼道。

说罢我转身猛地冲下楼梯，三瘸子看到我正要伸手，怒从心起，我一把薅住他的脖领，喝道："你想跑？！"

三瘸子吓得慌乱地摆着手："没，没有。"

"你去哪儿了？"

还未等三瘸子从惊吓中缓过神来，秦石紧跟着从楼梯上跑了下来，在三瘸子身后白褂老板以及徐羽也走了进来，见到这一幕连忙上前拦阻。

"哎，这是干吗啊？"白褂老板拉开三瘸子。

"赵哥，别激动。"徐羽拽开我的胳膊。

"赵安。"秦石把住了我的肩膀。

三瘸子躲到了白褂老板的身后，白褂老板跟我们解释着，三瘸子知道今天要出发，所以一早就跑到白褂老板的家里将他们叫醒，让他给我们准备些干粮和水路上备着。

听白褂老板这么一说，我的怒火瞬间被浇灭，内疚、尴尬，望了望秦石，他轻轻叹了口气，脸色也缓和了许多。

"不好意思，我以为……算了，对不起。"我不想解释，这件事就是自己做错了，解释再多也改变不了什么。

三瘸子诺诺地藏在白褂老板身后，秦石走过去安慰着他，我跟白褂老板和徐羽道了歉，他们也明白我的意思，没有多说什么两个人就去后厨忙活去了。

我摇着头回到房间，许梦梦刚刚出门正与我撞了个对面，她抬头看了我一眼，眼神里充满了哀怨。

我微微一愣，不知道发生了什么，显然她很不开心。

晃了晃脑袋，嘀咕着，这一大早都什么事儿啊，我招谁惹谁了！

回到房间一头栽倒在床上，突然有些好奇自己刚刚为什么会那么激动，三瘸子失踪最应该着急的是秦石，我怎么会那样……

仔细地回忆着刚刚发生的事情，当我听到秦石跟我说三瘸子失踪时，第一反应是失去了古家村的线索，失去了进入古家村寻找古玉秘密的机会。那种急切好似卖保险谈话的最后客户突然改变主意，要功亏一篑，一切的努力都要白费。

可我为什么会这么急切呢？是因为想要摆脱自己的嫌疑，还是别的？

虽然林茹的死和古玉的死我都有充分的不在场证明，但古玉的最后一通电话是给我打的，林茹更是曾经背叛过我的女友，我的杀人动机完全是有理由形成的。

但心底最深处，又好似不是单单为了这个，听过于鸿和王图强讲过许多古玉的故事，可能在潜意识里，从我第一次见到她就充满了好奇吧。而她将那蓝色蝴蝶结留给了我，总觉得自己的肩上扛着某些责任，且这个案子了解得越深，就越来越好奇，好似淘金者拼命地挥动着手中的工具，想要寻到那块金矿。

躺在床上思索了半天，鼻子嗅到了一股清新的香气，便随着香气四溢传来了一阵冰冷的声音。

"下去吃饭。"许梦梦站在门口，说完转头就离开。

我愣在床上足足两分钟，抬起手扇了自己一个巴掌，确定这不是梦后，摇摇晃晃地站起身走下楼，秦石他们三人以及白褂老板和徐羽在一楼正吃着馒头，我习惯性地坐到许梦梦的身边，她竟然故意往旁边挪了挪。

秦石的眼中闪过一抹惊讶，我往她身边蹭了蹭："怎么了？"

"赵安，注意点距离，吃饭时候别说话。"许梦梦小口地咬着馒头道，甚至都没有回头看我一眼。

我皱了皱鼻子，左手拿着馒头，右手夹着咸菜，心里总觉得像是被什么堵住了，很是难受。

大家都能感受到气氛的不对，三瘸子更是被我早上的举动吓到了，每次不经意与我眼神交错的瞬间都会快速地避开低头，突然有种被排除在外的感觉。众人在尴尬的气氛中草草结束了这场早餐。

许梦梦吃完饭头也不转地回到楼上，秦石眼神一掠，伸手指了指楼上，我犹豫了一秒，随后放下手中的食物转身奔上楼梯。

回到房间，许梦梦坐到镜子前拿起木梳正要梳头，我站到她的身后一把抓住了她的手，许梦梦下意识地躲避开来，木梳掉落到了地上。

咚。

我蹲下身将木梳捡起，许梦梦伸手向我索要，我俯身在她耳边喃喃道："我给你梳。"

许梦梦身体明显一怔，我按住她将要起身的肩膀，木梳轻轻滑过她那柔软细腻，如黑云瀑布般的万千丝发，我认真地梳过每一个发结，不让她感觉到疼痛。许梦梦呆呆望着镜子里的我们一言不发，渐渐地我感觉到她的身体开始微微颤抖，我心道不妙，鼓起勇气猛地搂过她的侧脸，吻上了她的嘴唇。

"嗯。"

许梦梦轻哼一声，身体固定在椅子上，双眼睁得溜圆，惊骇地看着我。

一秒……两秒……三秒……

许梦梦猛地推开了我，我手中还紧握着给她梳头的木梳，唇角还残留着她的余香。看着她冲出房间的背影，我跌在椅子上，望着镜中忧郁的人，喃喃自语道："一眼回眸俘我心，一吻终生情予你。"

打点行装离开客栈，沿着樱桃村的主路向西北侧的山前行，三瘸子在前面拿着一根木棍当作拐杖，偶尔也会用木棍格挡开周围的树枝，边走边对我们讲着。

"这座山叫作天树山，因为在村中传说山上有一棵巨大通天的古树，那里连接着人间与天界，想要修身成仙的人如果能够找到那棵树，就会被神仙眷顾。但貌似从未听说有人找到过，那些对此深信不疑的老辈人现在几乎都死光了，唯一剩下的就是七爷，他一直坚信着。

"也是因为七爷的话，所以大家觉得天树山的树都有灵性，在秋季都会到天树山上来砍柴预防寒冬，当初我正是在天树山内寻找，最后穿越过去到达古家村。"

秦石聚精会神地听着三瘸子的话，而我的注意力则全部放在许梦梦身上，她自从离开客栈便一直没有看我，脸上红扑扑的，像是初晓天边的太阳，煞是可爱。

天树山整体并没有很高，不过山上的路确实要比村内难走得多，崎岖山脉的沟壑纵横蜿蜒，交错盘挂的树枝如同一道道屏障挡在我们面前，沙沙声、鸟鸣声、动物的叫声不绝于耳，阳光被树叶分割成碎片洒落脚下，昆虫来回爬行，空气弥漫着百花的芬芳，仿佛跻身于古老的世界，对于我这种在城市生活多年的人，既满心焦虑又兴奋难耐。

三瘸子还在滔滔不绝地讲述着樱桃村的古老传说，我拿出手机发现信号已无，突然有种不安的感觉，手机不知何时成了安全感的象征。当它没有信号时，浑身痒痒的，总觉得缺少些什么。

我将这件事告诉秦石，他只是微微点头，四人继续在林中穿梭，仿佛是森林中的蚂蚁，背着行囊搬家。

大概中午时分，上坡路悄然无息间转变成了下坡路，三瘸子找了一块空旷的草地让我们休息，许梦梦坐在地上眼皮垂帘，明显体力有些透支。

我拿出水分发给大家，靠在她的身边问道："怎么了？是不是不舒服？"

许梦梦摇头，喝水时呛到咳嗽了起来。我连忙轻轻拍打她的后背，猛然想起早上她坐在床边的样子，惊道："你不会昨晚一夜没睡吧？"

许梦梦抬头与我对视，那眼神好似在反问，你说呢？

我抿了抿嘴角，看着前方依然漫无边际的苍郁树林："一会儿我背着你走吧，等着到古家村就可以睡了。"

许梦梦没有说话，将头靠在了我的肩膀上，满脸尽是疲惫。秦石递过来几个馒头，有些担忧地问道："梦梦还好吧？"

"不太好。"我如实答道，"问问三瘸子还要多久才能到，我想我们应该加快速度了，一旦天黑下来，在这森林里可就危险了。"

"放心吧，翻过前面那座山就是了。"秦石安慰似的拍了下我的肩膀，转身坐回到三瘸子的身边。

休息了大概二十分钟，众人决定再次出发，我将背包拷在前面，不理会许梦梦的拒绝将她强行背到了身上，感觉还好，许梦梦只有九十多斤，要是再胖些怕是就要无能为力了。

天树山过后叫作古界山，名字听起来便知道那是古家村的界限，但三瘸子告诉我们这只是樱桃村单方面的称呼，古家村的村民称之为"铩羽山"。

"铩羽？"我惊讶道，"怎么会起如此晦气的名字？"

秦石搭话道："想必这指的不应是村民，可能是当初进犯古家村的日本人在这座山上被打退，铩羽而归。为了纪念那个骄傲的时候，才会起这样的名字吧。"

三瘸子笑了笑说不知，我却不太相信秦石的分析，毕竟只是猜想。

太阳西下时我们才见到古家村的模样，远远望去古家村就像是这苍茫天地间的一根稻草，整体呈长条形，一条主路两侧并排的瓦房，依稀可以看到几个人影在村中来往。铩羽山及另外两座高山将古家村围在中间，另一侧是条河，从山上看不算很宽。

见到古家村众人的精神头都翻了几番，许梦梦也从我背上下来开始独自行走，阳光在世间的残留越来越稀少，我们伴着黄昏走进了古家村。

（三）

站在村口，有一股说不出的诡异感，它不像其他的村子那样富有生机感，在村口甚至看不到闲谈的老人以及玩耍的孩童。有的只有一棵仿佛冒着黑气的葱苍古树，压迫我们这一行人，刚刚在山上见到的行人仿佛都消失了一般，满眼死寂。

仿佛昨晚刚下过一场雨，村路很是泥泞，我看了一眼许梦梦的方向，她微微向我点点头，秦石的脸却铁青，四处环顾着。

我悻悻地回过头，正准备朝村里迈进，突然听见不远处有人在低声说话，好奇地当先走过去见到一位满面疮痍、衣衫褴褛的老妇人，只见她那破衣上还沾着新鲜的泥土，一头似鸡窝般凌乱的头发上残留着草芥。眼神飘忽不定，目光散乱，嘴里还在嘀咕什么我们根本听不清楚的话。看到这一幕，我有些心生忐忑，并不打算理会，只是想快点找到一个可以让我们住宿的地方。

我刚转身，余光忽然看到许梦梦跟那老妇人搭起话来。我不禁扶额，女人果然是一个不管何时何地都同情心泛滥以及好事的生物。

"老婆婆，您怎么了？"

"您家在什么地方？"

不管许梦梦怎么询问，搭话，那位老妇人始终嘟囔着，抽搐着，三瘸子上前阻拦住她，许梦梦只好作罢，秦石拉着我们一起离开，我却好似终于听清楚一句话："我们世代供奉着你，为什么还让我们受到这种诅咒！"

那位老妇人又嘟嘟囔囔地走了，许梦梦的眼中还透着怜悯，却被秦石叫住："好了，已经很晚了，我们应该抓紧找个地方住下来，明天再开始调查吧！"

说完秦石与三瘸子快速地前行，我抚上她的肩，叹了口气，随后跟了上去。但脑海中依然还是停留在老妇人的那句话。

究竟是疯言疯语，还是这个村子真的有古怪。

这是一个百户人家的大村子，但是来往的人却只有零星的几个，而且都是行色匆匆。夜色给古家村披上了一层寂寥，最后一缕阳光渐渐消失，我不禁开始怀疑古家村究竟有没有可以住宿的地方。

突然前方的三瘸子和秦石停下了脚步："找到了。"

我和许梦梦惊喜地对视一眼，不由得向前方看去。

"这是旅馆？"许梦梦问道，确实，眼前的二层小楼仿佛像蒙了一层灰似的，一副已经很久都没有人住过的样子了。就连大门的两边都被类似爬山虎之类的植物覆盖了好几层。秦石一把拽掉了大门旁边一块干枯掉的植物，露出了"古村旅馆"的牌子。

"呵，还真是旅馆啊！你眼神还真好使！"面对我的打趣，秦石一反常态没有理我，而是用一种颇有深意的眼神看了我一会儿，然后去敲门了。

三瘸子在旁边低声言语："不愧是警察，我还没有说他就能看到。"

可是我却愣在原地，回想着秦石刚刚望向我的眼神，不知道是不是哪里得罪他了，只是觉得那一眼看得我发毛。可能这两三天的旅程让他太累了吧。

敲门声重复了几次，旅馆里面才传来回应，开门的是一位五十岁左右的中年男子，微胖，一副老实巴交的样子，看到我们的到来很是惊讶。

"你们找谁？"

"我们住店。"三瘸子凑上前说道。

"住店？"

老板上下打量了我们众人一眼，脸颊抽动了下，我似乎已经开始习惯这种异样的眼神，迈步上前问道："难道你们已经不开了吗？"

"没有，没有，只是……没事，几位里面坐吧。"

听着老板欲言又止，我心头闪过一丝疑惑，不过还是被长途跋涉的疲惫感和饥饿感所压下。

虽然外表比较破旧，但里面还是收拾得挺干净的，旅馆的备品也比较齐全，至少比在樱桃村的客栈要齐全得多。不过这也让我更加疑惑，按理说古家村比樱桃村距城市更远，哪里来的这些新鲜物品？

"咕……"肚子的一阵声响，让我尴尬地站在原地。许梦梦和秦石回头看我一眼，许梦梦没忍住"扑哧"一声笑了出来，自从今早就一直没见她笑过，如今看那笑面嫣然，心也缓缓放了下来。我红着脸，挺着脖子跟她说道："怎么，你不饿啊，都两天没有正儿八经地吃顿饭了。"

秦石没有理会我俩，回过头跟老板说："这里提供吃饭吧。"

"原本是不提供的，都是租客自己解决，不过天已经很晚了，看你们又那么累，我去厨房看看有什么就给你们简单做点什么吧。"

"那太感谢您了。"我一听有饭吃了，赶忙说道。

许梦梦白了我一眼："看你那出息。"

三瘸子低声和秦石交流着什么，我在三瘸子那里并不讨喜，所以有事他都会告诉秦石，我也只能任他为之。

不一会儿的工夫，坐在大厅的我们闻到阵阵香气扑鼻，只见老板端出三大碗热气腾腾的面条："厨房里没别的吃的了，就简单做了点面条，别嫌弃啊！"

"哪能嫌弃啊。"我快速接过碗，忽略掉还有些略烫的温度，连句感谢的话都没说，就开始狼吞虎咽了起来。许梦梦白了我一眼对老板道谢。

"没事没事，趁热吃吧，我给你们收拾一下房间。"说完便上到了二楼。

风卷残云地吃掉第一碗后，肚子里有垫底的东西了，才感觉自己活过来了，我又摸索到厨房，准备盛第二碗。这时才看到面条上挂着几缕肉丝，汤面上也是油光点点，再点缀着几根香菜，难怪那么好吃。我端着碗拿回到大厅，三瘸子已经吃完一碗，见我端回，一脸渴望，我犹豫了下将面直接递给他，同时又观察着旅馆的布局。室内很干净，装修得也还可以，家用设施一应俱全，跟我们在外面看到的萧条的外观有很大的差别。

这时，那位老板走下楼："房间已经给你们准备好了，就在二楼最里面的四间，你们吃完了就早点休息吧。"

"哎，老板。"我赶忙叫住了准备转身离开的老板，"你这家店开多久了啊？"

"有年头了，这都翻新过一次了。"

"生意看样子不是很好啊。"我试探地问道。

"唉……很正常，要是人多我才会惊讶呢，例如你们的到来。"老板叹口气说道。

"这话怎么说啊！"许梦梦接着问道，"哪有不盼着生意好的。"

"你们是外地人，哪里知道我们的事情。"说到此处，旅馆老板的声音戛然而止，"好了，好了，很晚了。你们早点休息吧。我也去睡了。"

说完也不顾我们的出声阻拦就走了，留下我们四个面面相觑。老板离开后三瘸子突然说道："上次我来时也住在这里，不过……老板并不是这个人，而是一个老头。"

秦石若有所思地点点头，三瘸子挠了挠头发，顿时头皮屑飞扬："总觉得哪里不对劲。"

"什么意思？"我询问道。

"可能是我多想了，古家村的人并不是这样的……竟然连你们从哪儿来都没问，而且那个人好似也不认识我。"三瘸子自言自语，"睡觉吧，明天你们赶快办事，办完咱们就离开。秦老大，我的那份钱……"

秦石瞥了他一眼："放心，会给你的。"

众人在客厅又聊了会儿，便各自回到屋内，许梦梦在最里面，依次是我、秦石、三瘸子，四个房间挨着，走廊没有灯，只是在墙上挂着几盏烛台。

躺在屋内，手机没有信号，偏远的古家村也没有电，突然不知道自己该做些什么，若是在牡市的这个时间，恐怕夜生活都没有开始吧。不由得脑海中泛起那灯红酒绿、纸醉金迷的夜晚，和这里的静谧幽怡形成了鲜明的对比。

在床上翻来覆去根本睡不着，许梦梦也没有和我在一起，翻找背包掏出耳机戴上放起了音乐，沉浸在自己的世界里，渐渐睡去。

不知怎的，夜半惊醒。

耳机内的歌曲已经停止，迷糊翻身按下手机，它却无法显示出光亮，该死！忘记手机的电量了，坐起身环顾四周才反应过来这里是古家村，根本没有充电的地方。

想必应该是阴历十五左右，月光很亮，照进屋内可以看清周围的事物，狂风仍然在外杀意沸腾，树木的惨叫，动物的哀鸣给这阴暗的夜奏起葬曲。

我揉了揉眼睛，隐约听到走廊有脚步声，看了眼手表，凌晨两点。

想着应该是谁去厕所了吧，也没有在意，乖乖地躺回到温暖的被褥中，享受着温暖。

"嘭！"

一阵重重地敲打声将我的眼睛惊开，就在我的门外，那声音如此近，我不由得发声道："谁？"

没有回应，沉重的脚步声在外响个不停，我额头浮现出了冷汗，恐惧爬上了我的后脑，我坐在床上，余光忽然瞥到窗外一道黑影闪过，猛地转过头，却只有苍凉的月光。

"谁？"

我再次喊道，声音大了几分，脚步声越发沉重，"嗒、嗒、嗒"个不停，如魔鬼的乐曲催命般地吵扰着我。

我有心下地开门探查一二，可心头总有一种感觉，如果打开门我将会——死！

藏进被褥中捂住耳朵，尽量屏蔽外面的声音，呼吸开始急促，神经敏感异常，周围的一切都显得那么清晰，风的呼啸，动物的嚎叫，不知什么撞击着窗户，门外的脚步声更加剧烈，好似在我的门口奔跑！

不知过了多久，门外的脚步声才停止，随之一切的声音都戛然而止，世界静得可怕。

"吱——"

正在我以为安全时，门突然被打开了！

我藏在被褥中不敢探头，脚步声从门口渐渐逼近我的床边，我的身体开始不自主颤抖，甚至能够听到"它"剧烈的喘息声。

脑袋上的被褥忽然被什么按住，我的脸瞬间被蒙得死死，厚重的被褥断绝了我的呼吸，我开始不顾一切地挣扎起来。窒息的感觉让我忘记了恐惧，那双手如同千斤巨石一般隔着被褥压在我的脸上，我疯狂地叫喊着。

"啊——救命——"

腿脚四处乱蹬，拳头疯狂地砸向周围，"它"是柔软的，挣扎了几秒钟，不知是不是我"砸"到了他，按下的力量顿时松了一点，我猛地推开被褥，却一个翻身跌倒在床下。

那是一颗惨白的人头，脸上的肉皱皱巴巴，双眼全是黑色，长发披下，无神的黑色眼睛穿透着冰冷的恐惧直达我的心底，如同阴曹地府般寒冷腐臭，我惨叫一声，缩在床下。

"嗒、嗒、嗒。"脚步声渐渐远去，我依然缩在床下，大脑一片空白，根本不敢相信刚刚看到的一切。

"赵安！"

我听到许梦梦的呼喊声才抬起头，只见许梦梦和秦石站在门口，月光照射着他们两个人的身体，我猛地跳起，喊道："鬼！有鬼！"

秦石冲到我身边急切地问："发生什么了？"

"鬼，有鬼！一颗人头！"

许梦梦也跑到我的床边，一把抱住我的脑袋，轻声道："别怕，别怕，没事了。"

"三瘸子呢？"秦石惊道，随后他便冲出房门。

许梦梦捧着我的脑袋，满眼温柔，月光下她的身影仿佛神仙一般，我一把抱住她的身躯，许梦梦轻轻拍着我的后背。

"到底发生了什么？"

我颤抖地答道："我听到了脚步声，不知道是什么打开了我的门，想要闷死我。我掀开被子就看到了一颗飘在空中的人头，它的脸上都是腐肉，眼睛全部是黑的。"

我语无伦次地说着，许梦梦坐到我的床上，注视着我："赵安！"

她的声音很大，猛然间我就愣住了，看着许梦梦的脸庞，我才从恐惧中缓和过来，深呼吸一口气道："对不起，对不起。"

我拍了拍自己的脸，许梦梦就在我的面前，她是活生生的，这是古家村，我是赵安。

"不对。"我回想着刚才发生的事情，"这里的门都是反锁的，它能够打开门……快去找老板！"

许梦梦一愣，转身冲出房间。

我连忙起身，不愿在这个恐怖的房间中继续待下去，出门就看到秦石踹开了三瘸子的门，我紧跟着走过去，房间里三瘸子躺在床上，四仰八叉依然在睡觉。

"三瘸子！"我喊道。

可他却没有半点反应，秦石上前拍了拍他的脸，摸了摸脖子说："人还活着，晕了过去。"

"晕？"

"去打盆水来。"

我点头应了声，现在人都醒了过来，我的恐惧感早已消散，可是每当想起刚才发生的事情，总觉得有些不对劲，那……是鬼吗？

在厨房接了盆水端回三瘸子的房间，许梦梦也将下面的老板叫了上来，老板迷迷糊糊地揉着眼睛跟在许梦梦的身后，穿着一身紫色的睡衣。

我的心突然好似被什么东西扎了一下。

秦石接过我手中的那盆水直接倒在了三瘸子的脸上，三瘸子忽地挣扎起身，一脸惊愕地望着我们。

"你们干什么？"三瘸子下意识地双手护在身前，防备地看着我们。

秦石没有理会他，微微沉吟，让老板点起几根蜡烛，大家聚在屋子内秦石向我询问刚刚发生的事情，我将那段恐怖的经历讲给几人听，三瘸子听完更是恐惧不已。

秦石和许梦梦听完都开始沉思，老板的眼中却透出惶恐，眼神四下飘乱，显然在躲避什么。

"老板，你是不是有什么事瞒着我们？"我皱眉道，"我们是警察，你明白吗？"

老板闻言更是惊得站起身，哆哆嗦嗦道："我……唉，早知道就不该让你们住在这里。"

"嗯？"此言一出，众人的眼神都盯向了他。

阴风吹得蜡烛微微摇晃，老板解释说道："这里不是给人住的地方呀！你们进来前应该看到了门口的牌子，这儿叫作古村旅馆，以前……是给死人住的！"

许梦梦不自主地抱住我的胳膊，秦石的面色严肃起来，三瘸子更是缩在床上，身上尽是水渍。

"你们都是外地来的，我本不想告诉你们这些，寻思着让你们在此住上一晚也就罢了，谁知道发生这种事……古家村近些年已经没有外地人来了，你们进来时也应该能看到，村子里现在没有多少人。以前从临水镇那边总会有一群外地人来古家村，拿出一些外地的物品来跟我们换粮食，古家村的收成一直不错，我们给的价格也低，交易持续了十多年。

"可是后来随着他们又来了一批人，据说是运尸体的，每隔一两个月两群人就会到古家村来，来得或早或晚，村子里没有人愿意给他们借住，也就修建了这个旅馆给他们用来居住和交易。以前是村里的老人在这儿看护，但三年前村子里看护这里的老人死掉了，村民来看时，发现除了老人，还有几具那些外来人的尸体，这可给村子里的人吓坏了。

"那些与我们进行交易的人可能也是听说了这件事，再也没有来过这里，之后这个地方就荒废了下来。有人说晚上能在这里听到鬼哭声，渐渐地就更没有人敢来这里住了。我也是看这地方荒废怪可惜的，就当作自己的家在这居住了下来，平时并不对外开放的，偶尔有路过的旅人借住也就好心帮个忙，哪想到会让你们撞见这样的事。"

老板说得信誓旦旦，脸上还做出一副痛苦的表情，三瘸子躺在床上道："这……这件事我也听说过，三年前死了好多人，就在这里。"

我回头看了看三瘸子，又望了望老板，笑道："一派胡言！"

众人皆愣。

我点起一支烟，平复着心中的情绪，本来的恐惧倒是因为老板的话消散无踪，开始转变成憎恨："我没见过鬼，也不知道鬼怎么杀人，但绝对不会是捂死我！那一定是个穿着黑衣服、黑手套，脸上戴着面具的人！这里没有灯，黑暗中我太过惊慌，仅仅一眼没有看清楚的缘故，才会将它当成鬼。刚才老板你上楼的时候我就发现了，你们看他身上紫色的睡衣，如果在黑暗中，有几个人能够辨别出紫色和黑色？"

秦石猛地转头看向老板，老板慌忙摆手道："不是我，我一直在楼下睡觉，根本没有上过楼来！"

"我没说是你，别激动。"我冷笑道，"只是说刚才的并不是鬼，这种地方难免会让人联想到鬼怪，我刚才指的只是凶手想要杀我的方法，他既然戴面具就说明怕被我看到他真正的样子，这个人……会是谁呢？"

我环顾众人，老板惊慌，秦石镇定自若，许梦梦依然抱着我的胳膊，三瘸子也不再说话，缩头在角落。

我知道，想杀我的人就在这几个人之中。

大家都开始互相怀疑起来，也都没有回房间，在三瘸子的屋子里待到了天亮。阳光再次洒落到了古家村内，秦石对我使了个眼色，我们两人走出门口。

"不能在这儿耽误时间，我们还要去古玉家里，如果真的有人想杀你，他跟杀古玉的人说不定有关系，那么他一定会想办法阻碍我们寻找线索。"

我听到秦石的话恍然大悟，是啊，怎么把这最重要的事情给忘了！

"让许梦梦在这儿看着他们两个人，咱们去古玉家里。"我对秦石说，"许梦梦的身手完全可以制住他们两人，如果能在古玉家寻到线索，我们就可以早些回去，这种地方还是早走的好，恐怕夜长梦多。"

秦石点头，回身我们跟许梦梦交代了下，两人就离开了"古村旅馆"。

村子的地上依然是潮湿的，树叶和动物尸体、粪便的味道混杂在一起，腐臭、恶心，熏得脑袋疼。

过往的村民扛着农具，见到我和秦石不时露出惊讶的目光。秦石不知从哪儿弄来个鸭舌帽，对我道："早知道咱们应该穿些朴素的衣服，万一有人起了歹心，咱们就栽了。"

我点头同意，只不过已经到达这里，无论如何都必须走下去。

我拦住一位大爷询问古玉家的位置，那大爷倒是好心，告诉我们了位置，古玉的家在村子的最末尾，虽然古玉离家已经多年，但大爷倒是还记得这个人。

我和秦石两人穿过村子，终于见到路边有小孩子蹦蹦跳跳，而且看到我们没有丝毫的惧怕，果然还是小孩子最纯真。二十分钟左右我们就找到了古玉的家，是靠在树边的一个瓦房，院子外用半人高的木栅栏围住，里面可以看到鸡鸭飞舞，还有一条黑色的狼狗。

木门没有上锁，我推开与秦石走了进去，狼狗见我们进入院子大声地吠叫，但它脖子上的铁链使它只能在狗窝旁活动，狗链的另一头拴在栅栏上。

农家的味道使我不禁扇了扇鼻子，秦石倒没有不适应的情况，显然他没少经历这样的场景。

我走上前尝试着拉了下门，铁皮门竟然没有上锁，我走入门内便看到远处的灶台上放着一口大锅，墙边摆放着碗柜，而右侧有一扇刷着蓝漆的木门，里面传来了老者沙哑的声音。

"谁呀？"

我和秦石对视一眼，两人打开门看到里面是一张木床，一位眼睛上翻，头发花白的老妇人坐在床边，手中拄着拐杖，她的另一只手还在摸索着床旁的缝纫机，是个瞎子。

"请问……这里是古玉的家吗？"

"二丫……你是二丫的朋友吗？"老妇人费力地站起身，脸上挂着一点笑容，嘴里没有几颗牙了，试探地向我们走过来。

我连忙上前扶住她的胳膊："奶奶，您坐。"

老妇人在我的搀扶下回到木床上："你们是谁呀？"

"我们是警……"

我正准备继续说那一套词时，秦石对我摇了摇头，我立刻会意，老妇人年事已高，如果得知自己女儿去世的消息定然会接受不了。若是激动下出些状况，古家村这么小的地方救援都根本来不及。

"我们是经营生意的，跟古玉是朋友，这次我们路过临水镇，她托我们过来看看您的身体。"

"唉……"老妇人抬起那满是皱纹和老人斑的手按在我的手上，"二丫有心了，她现在怎么样啊？也不知道回来看看自己的娘，是还在生我的气吗？"

我不知该怎么解释，秦石对着我挥了挥手转身走了出去，我只好继续道："她怪想您的，这不让我们来看看您嘛。"

"哦……好就行，她过得好就行。"老妇人咧开嘴，残缺不全的牙灿烂地笑。

我突然有些心疼面前的老人，从兜里掏出了两百块钱塞到了她的手里："这是古玉让我给您带过来的，您收好。"

老妇人摸了摸钱，笑容猛地收住："你是谁？"

我被她推开，愣愣地答道："我是您女儿的朋友啊。"

"不是，你不是！你个骗子，是不是偷东西的，来人啊！来人啊！"

见老妇人突然喊了起来，我连忙转身跑出房子，看到秦石正在逗那条狼狗，喊道："快走！"

秦石一愣，狼狗也吠叫起来，他转身紧跟着我跑出了古玉的家里，老妇人的喊叫声还在耳边，我们一路跑到村子的老树才停下来。

秦石喘着粗气："你……你不是聊得挺好吗？怎么弄成这样？"

我擦了擦额头的汗："我怎么知道，看她挺可怜的，给她拿了二百块钱，谁知道她刚摸到钱就跟我急眼了！说我不是她女儿的朋友！这老太太到底是真瞎还是假瞎啊？"

秦石听到我的话，一巴掌打到我的头上："你这个傻子！你以为这是牡市呢？谁会拿钱给一个花不出去钱地方居住的人？人家老，不代表人家跟你一样傻！"

我一拍额头，竟然把这件事给忘了，本来聊得挺好的，弄得现在功亏一篑，求助地望向秦石。

秦石沉思了下，摇头道："走吧，先回旅馆，古玉的母亲跑不了，实在不行下午我再去看看。"

我叹气："只能这样了。"

当我们两人回到旅馆三瘸子房间时，发现老板鼻青脸肿地躺在地上，三瘸子缩在角落里惊恐地看着许梦梦，而许梦梦坐在椅子上摆弄着手机，一脸不屑。

"这是怎么了？"秦石进门当先问道。

许梦梦将手机揣进兜里："这老板想要对我动手，让我给放倒了，哼，当姑奶奶好欺负啊！"

"嗯。"我微微一愣，随后笑道，"我就说把你留在这儿是正确的吧，那三瘸子有没有什么举动啊？"

"他倒是挺老实的，就在这儿缩着，跟王八一样动也不动。"

我不禁哑然失笑，地上的老板捂着自己的脑袋，听到我们说话抬起头来，一把抱住了秦石的大腿："领导，领导你可得救救我啊！这小姑娘下手打人太狠了，我就说要下去把店里打扫一下她就给我打成这样，警察也不能欺负人啊！"

秦石看到老板的囧样也不禁乐了出来，将腿抽出来："走，我陪你去打扫，别耍花样！"

老板如释重负一般，边感谢边起身，悄悄看了眼许梦梦，许梦梦回头瞪了他一眼，吓得他赶忙逃出了屋子。

我坐到床边："梦梦，你手机还有电？"

"有啊。"她掏出手机给我看了眼，没想到她的电量竟然还有一大半，不过信号却依然是个"X"。

"你怎么会还有电？这两天没用手机吗？"

"有备用电池呀。我们经常在外工作很久，所以电池是必备的，我师父的手机在这儿还有信号呢！"

"这么厉害？"

"那是！"许梦梦傲娇的小表情极为可爱，看来她已经不生我的气了。至于那早我吻她的那一下，两个人都心照不宣地没有再提起，或许这也是她不愿再跟我住在一屋的原因吧。

那天，确实有些太过冲动了。

老板果真去打扫屋子了，秦石在下面监督着他，三瘸子缩在床上不知道自顾自地念叨着什么，许梦梦在玩手机，就剩我一个人孤零零地不知该做些什么。

点起一根烟走下楼，出门来到村子里，却忽然注意到了不远处两个房子间的胡同口有个老太太坐在那里。

是那个我们刚进村碰到的疯老太婆！

我抽着烟走过去，老太婆盘腿坐在草席上，身体前后缓缓地摇晃着，头发依然那么杂乱，疮痍的脸上有些伤口留着脓，衣服脏得不成样子。她感觉到我的到来，抬起头对着我露着黄牙咧嘴而笑，我眯起眼睛突然有种似曾相识的感觉。

我拿出一根烟试探性地递过去，老太婆笑呵呵地将烟接过去，我心想这根本不傻嘛，拿出火机要给她点火时，却看到她将烟直接塞进嘴里，大口大口地咀嚼了起来。

我愣在她的身边，傻笑着拍了拍自己的脸，自己想得太多了，她根本不是正常人，转身想要离去。

"孩子。"她的声音突然从身后传来。

我回过头去，老太婆的黄牙在阳光下闪闪发光，那脏兮兮的嘴吐出一句让我浑身发冷的话："孩子，你身后跟着一个人。"

我猛地转过头望向自己身后，只有空荡荡的古家村土地，心里有些慌乱，老太婆的笑容让我毛骨悚然。

"你说什么？"

老太婆拉住我的袖子，凑过来，苍老的皱纹脸上泛出诡异的笑："你的身后……跟着一个女人……有人要死了，有人要死了！"

她的声音陡然变得尖锐，我不禁猛地退后两步，老太婆笑得更厉害了，阳光此刻变得毫无生机，冰冷异常，周围路人的眼神是那么凶残，连那只趴在树下的老黄狗，此刻好似也向我伸出了獠牙！

我晕乎乎地逃回到旅馆中，秦石坐在大厅内看到我惊慌的样子，忙问我发生了什么事，我摇摇头不做回答，脑海中回荡着老太婆阴森森的话语。

昨晚并没有睡多久，加上这么一吓困意更浓，回到自己的屋子内倒头就睡了过去。

待我醒来时，窗外已经下起淅淅沥沥的小雨，在床上清醒了会儿，下地打开窗户拼命呼吸着略带潮湿的空气，也许是因为昨晚的事情，只要躺在床上那种窒息感就会漫上我的身体。

伴随着小雨远处飘来了哀乐声，我掐了一下自己，这是真真的哀乐声，极其响亮。

我那残留的困意瞬间消失得无影无踪，远处村子上的主街上一行人影缓缓走来，村民皆着白衣，打头的人戴着高高的尖帽吹着缠着白布的喇叭，乐曲悲鸣令人感伤。后有八人抬着巨大的木棺，棺材上披着黄衣，再往后众人打着鼓，敲着锣，哭泣声远远传来，一行人穿过村子的主路奔向村口而去。

我揉了揉眼睛，小雨衬着阴郁的天空，纸钱撒在空中纷纷落下，棺材上的黄衣上压着一张黑白的照片，从楼上望去，是个年轻人的模样。

我突然想起那咧着嘴，满脸疮脓的疯老婆子，她说要有人死了……仅仅几个小时，不会这么灵吧！

披上外套我匆匆走进三瘸子的房间，只有他自己坐在床边看着外面的景象，许梦梦并没有在他的屋子里，我询问道："许梦梦呢？"

三瘸子转头看到我，略有些惊恐："在……在楼下。"

我转身下楼，旅馆的门口有两个人，许梦梦和老板都趴在门口向外望去，我凑到他们身边。

"你们干嘛呢？"

老板吓得差点跳起来，见是我喘着长气抚胸道："你怎么走路没声的？"

许梦梦回头对我们做了个噤声的手势，我走到她的身边透过门缝向外望去,送葬的队伍正好路过旅馆门口。老板轻声道"千万别出去。"

"为什么？"我不解。

老板皱眉："这是古家村的规矩，有人去世除了送葬的队伍，大家都要躲在屋内给死人让道，动物也不允许放出去。"

"哦，那就不出去呗。"我摊摊手，随后看向许梦梦问，"秦石哪里去了？"

许梦梦好似想起了什么，惊慌地抓住我的胳膊："师父去古玉家里了！"

"什么？他去了多久？"

"有半个小时了！"

我一拍自己的脑袋，抱怨道："他怎么不等我，这要是让他撞见送葬的队伍，那些人不得生气啊！他可千万别在这时候出现，老天保佑！"

许梦梦也开始担忧起来，不过幸运的是，直到送葬的队伍将棺材送走再回来，秦石都没有与他们相见，直到晚上秦石才回到旅馆内。

当时我们正在吃饭，秦石撑着油纸伞走入大门。我长吁一口气打趣道："看来你和古玉母亲相处得不错，还给你一把伞。"

秦石笑了笑没有说话，许梦梦扯了扯我的衣服："你接着说啊，中午见到那老奶奶跟你说什么了？"

我扬起嘴角，做出一副阴沉的模样，尖着嗓子幽幽道："她对我说，你背后跟着个女人……这个村子有人要死了。"

许梦梦和老板还有三瘸子都聚精会神地听着我的讲述，老板瞪着眼睛，呆呆道："之后呢？"

"我也害怕啊，之后我就回来了，哪寻思一觉醒来真的死人了！"

三瘸子捂住胸口，祈祷道："伏羲大神保佑，女娲娘娘保佑，真的是太可怕了！不行，我要回樱桃村，不能在这里待下去了！"

秦石进入厨房端出一碗饭来："你们说什么呢？"

"我在给他们讲述中午遇到那个疯婆子的事情。"

"哪个疯婆子？"秦石坐到我的身边，"我们进村看到的那个？"

我点点头，老板还在那儿不停地嘟囔着祷告，我好奇地问道："别祈祷了，说说那个疯婆子是怎么回事。"

老板终于停止他的举动，看向我们众人，显然大家都对她产生了好奇，老板没有选择，只得无奈道："那也是个惨人儿，我出生时她就好像在古家村了，听说年轻的时候神志还算清楚，在村里种一些小菜，后来嫁给了看守这座旅馆的老头。几年前死人那次，老头去世后她就疯了，现在借宿在村头的古家。也就是古老太太愿意收留她，村子里其他的人对她的态度都不好，说她克人，把自己的父母、丈夫都给克死了，甚至连在这儿做生意的那些外地人都是她克死的。"

我不禁撇了撇嘴，人死是天命，怎么可能怪在一个老太婆身上？不禁也对古玉的母亲印象又好了几分，朴实的人，善良的人往往是最被人尊敬的。

想到此处我转头望向秦石，秦石感受到我的目光，抬起头不明所以的模样。

我望了眼楼上，于是乎放下碗筷独自回到了房间内，果然，没过多久秦石也跟了上来，我们两人各自点起烟。

"把窗户关上吧，有点冷。"秦石裹了裹身上的衣服，我起身关闭窗户，外面的小雨依旧没有停止，天地间一片黑暗，不知这雨要下到什么时候去。

"古玉家里有什么线索吗？"我向秦石询问道。

秦石吐了口烟："没有，她妈妈身体不太好，提起古玉便有些激动，我询问古玉留下的信息也没有得到回答。"

"那这么说我们是白来了？"我有些失魂落魄，从临水镇开始我便有种不安的感觉，没想到最后翻山越岭到达这里却是这样的结果。

秦石摇摇头叹了口气，抬眼道："古玉留下的纸条真的只提到古家村吗？你能不能给我看看？"

我掏出手机按了两下："手机已经没电了，那个信息只有于鸿能够看得懂，就像是一串乱码。但是我感觉于鸿并没有说全，古家村也许只是其中一部分,可于鸿自己不想告诉我们,询问再多也没有用的。"

秦石皱眉，喃喃道："原来如此。"

"什么？"我疑问道。

秦石抬起头，目光凌厉："赵安，有件事我本不想告诉你，不过现在看来非说不可——于鸿失踪了！"

"什么！"我猛地站起，张大了嘴，"他不是主动要留在牡市和都书言查案吗？"

秦石点头："当时我以为是王图强被抓他有些丧气了，现在看来他是另有目的，说不定他是想自己查这个案子，也许他给我们的线索是假的！"

"那你能不能找到他？"我焦急道。

"都书言一直在找，我们前往樱桃村的那天，他就已经失踪了。为了不影响来古家村调查的信心，我才一直没有告诉你。现在古玉母亲那儿查不到线索，一切根本就没有意义了，我们回牡市吧。"

我垂头丧气地跌坐在床上，怎么会变成这个样子？

秦石再次跟我说话，我挥挥手示意他出去。秦石犹豫了下从衣服兜里掏出两颗果子递到我的手中："这是古玉妈妈给的，挺甜，当作安慰奖给你，吃了吧。"

我望着手中的沙果，脑子里乱成一团，于鸿到底想要做什么？他将我们引到古家村来，自己却玩失踪，难不成他想自己逞英雄，或者是他被王图强的人又给抓起来了？

现在我什么都不知道，在这偏远的村子里我什么也做不了，看着手中的沙果，心如死灰。

呆呆地坐了许久，蜡烛只剩下底座，火光稀少看起来随时都要灭掉，一个人影走到了我的面前，招呼道："赵老弟。"

我抬起头，只见是老板，苦笑着问道："怎么了？"

"这沙果……不是，你今天见到那个疯老太婆，她还跟你说什么别的没有？"

我眯起眼睛，其实心中很好奇老板为什么对那个老太婆那么在意，不过现在一切都与我无关了，站起身将沙果塞到他的手中，走到烛台前更换蜡烛："给你吃吧，那老太婆什么都没跟我说，我好心递给她一根烟，还被她给嚼碎了。"

"哦，这样啊。"老板握着沙果，笑呵呵道，"那我就不打扰了，你早点休息，晚上实在不行就用衣柜把门倚上，防止再有人进来。"

我挥挥手示意他可以走了，更换完蜡烛我看到床上黑屏的手机无奈地叹了口气，走到衣柜旁费了好大劲才将它推动将门顶住，不过这样也有缺点，那就是想出去要废些劲，晚上要是想厕所，怕是只能在屋内找个瓶子解决了。

看了眼手表，已经晚上八点多了，这几天什么都没有学会，倒是把生物钟给调整了过来，在这种地方每晚七八点钟几乎家家都黑了灯，不像在城市中生活，他们日出而作，日落而息。

吹灭蜡烛，钻入被窝正准备闭眼时，忽然发现房间内竟然还要丝丝烛火的微光，我好奇地坐起身，寻找光的源头，却突然发现在衣柜最初摆放的位置有个小拇指粗细的孔洞，光束自孔洞穿行到我的屋子内。

那是秦石的屋子。

我咽了口唾沫，起身下床走到墙边，用手在孔洞前掠了下，光束在手心内形成了个小小的亮圈，红红的。

我悄悄蹲下身，透过孔洞向秦石的屋内望去，位置正好对着他的床，只能看到见方几米的地方，只见秦石模糊的人影坐在床上低头摆弄着什么，应该是手机吧。

他在手机上按了几下，随后将手机放到耳朵上，隔了大概十秒钟。

"喂？"

"书言，于鸿找到了吗？"

"继续找，千万不能让他离开牡市。"

"上面我来解决，王图强的手下有没有什么举动？"

"不可能，事若反常必有妖，王图强不可能放过这么好的机会！"

"嗯，这边没什么消息，我会尽快赶回去。"

"好，就这样。"

秦石挂断电话，正要躺下的身子突然停滞了下，我正好奇他要做些什么，他却猛地回过头朝我看来！

我如惊兽一般两步窜回到床上，躺进被窝里装作睡觉，其实以他那个角度不可能看到孔洞后面的我，是我太过心虚了。

咚、咚、咚。

没过一会儿门外便传来了敲门声："赵安，你睡了吗？"

我听着秦石的声音不敢回应，他这种查案查多的人第六感貌似都很强烈，刚刚他可能就有被监视的感觉。

秦石叫了我几声见没有回应也就回到了屋内。

我深呼吸几口气，倒头睡去。

卷五：无 间

（一）

第二天一早外面传来疯狂的砸门声，还有许梦梦焦急的喊叫，本以为是做梦，当我睁开眼的刹那才反应过来是真的。

迷迷糊糊地下床挪开衣柜，许梦梦一脸惊恐地在门口，抓住我的衣服："快！赵安，老板死了！"

"什么！"

我那仅存的睡意如同被重重一击，碎成风尘消散，老板怎么会突然死亡？我随着许梦梦快速地奔到一楼，只见秦石站在床边，老板瞪着死鱼似的双眼，张着嘴，手还捏在自己的脖子上，仿佛是自己把自己掐死的。

秦石摸着他的手，望了望四周，在地上捡起那颗被吃了一半的沙果，放在面前看了看，一言不发。

随后他将手伸进老板睡衣内的肚子上，探头在他的嘴边闻了闻，转头道："尸体手腕开始冷却，尸斑不明显，四肢僵硬，腹部仍有温度，面部樱红，口内苦杏仁味儿，初步推断死亡时间在一个小时左右，死因应是氰化物中毒，极有可能是氰化钾。"

说着秦石将沙果放到尸体旁："这里没有警局，不过从果子的腐化程度来看，他应该是吃了含有氰化物的水果猝死，氰化钾的死亡时

·231·

间在 15 分钟到 40 分钟左右，与尸体温度达成一致。"

许梦梦从怀中掏出个小本子快速记录着，跟电视中法医查案几乎一模一样。

我看着老板尸体狰狞的样子，背后冷汗直流，颤颤巍巍说："那……那果子是昨晚秦石给我的，我……我又给了老板。"

许梦梦闻言一惊，秦石镇定自若，毫无惊慌道："果子是古玉母亲给我的，在她家里还有很多，尸体先放在这里，我们去古玉母亲家里看看。"

"三瘸子呢？"我见只有他们二人，忙问道。

"他刚才看到尸体就惊叫着跑出去了，他那么爱财的一个人，不会没收到剩下的钱就离开的，我们先去古玉家里！"

秦石说着整理自己的衣服，我看着他的样子，看来他并不是凶手，幸好昨晚我用衣柜挡住了门，不然死去的人说不定是谁。脑海中不禁浮现出前晚戴着恐怖面具的那个人。

老板恐怖模样的尸体还躺在床上，秦石和许梦梦转身上了楼，我咬着牙捡起被褥扔到了他的脸上，不想去看那张死人脸。

其实刚开始的时候我就怀疑半夜想要掐死我的人是他，可是如今看来凶手另有其人，一个案子没破，这又多了几桩案子，到底是谁紧追我们不舍，杀了如此多的人。

我忽然再次出现了那种被监视的感觉，好似在某个角落中有一双眼睛，如古玉死时我在公交车上的感觉一模一样，恐惧不已。

再次到达古玉的家中，大狼狗还在吠叫着，我们推开木门走了进去，却发现地上有许多脚印，杂乱不堪，没太注意便敲打房子的门，里面却没有半点回应。

我皱了皱鼻子，使出全力门却纹丝不动："从里面被锁上了。"

"砸窗户。"

秦石当机立断，我搬起一块石头，冲着旁边的玻璃狠劲地扔了过去！

"啪！"窗户应声而碎，许梦梦脱下外套简单地清理碎屑后把住两侧的窗框跃了进去。

许梦梦从里面将门打开，我们三人轻松地进入房子内，却发现屋子里空无一人，厨房也是，灶台内还有熄灭的柴火。

"逃了？"我不敢置信道，"她不是瞎子吗？怎么可能逃得了？"

秦石低头沉思了一会儿，抬起头双眼泛着寒光："老板说过那个疯老太婆寄宿在她家里，如果古玉母亲有什么动作，那个疯老太婆一定会知道！"

我也想起了这件事，三人拿定主意便向外走去，大狼狗凶狠地冲着我呲牙，好像要将我生吞活剥一般。

当我们三人再次回到旅馆时，发现旅馆门口聚集了几十人，吵吵嚷嚷着不知在说些什么，突然一人转过头来看到我们，喝道："他们回来了！"

几十人齐齐转头，表情尽是愤怒，快速地将我们围到中间，男女老少，每个人都如那狼狗一样，眼中闪着凶光。

正在我们不知所措时，一位领头模样的老者从人群走了出来，白发苍苍，但身板却挺得很直，黝黑的脸上一股子傲气。

"大爷……"

我上前正要说话，他却吼道："外地人来这里干什么？"

"我们是警察，来查案的。"

"呸！"旁边一个妇女喊道："查案还杀人吗！骗子！他们不是好人！"

"我们真的是好人。"我不知要怎么解释，连忙扯了扯秦石的袖子，只见秦石低着头一言不发，许梦梦则是提防地望着四周的人群，做好了随时战斗的准备。

"牛二死了，古老太太也不知道哪儿去了，你以为我们村子是好欺负的？"老者瞪着眼睛，"今天你们要是不把古老太太交出来，谁也走不了！"

"打死他们！"

"打！"

周围的人群叫嚷着，我的心悬在嗓子里，隐约能够看到后面的男人手中拎着镰刀、镐头、菜刀等各式各样的武器，若是真的打起来，我们寡不敌众必死无疑。古家村山高皇帝远，等着被发现的时候怕是都腐烂成骨头了。

"各位，各位。"我鼓起勇气喊道，"那老板真的不是我们杀的，他是死于氰化钾中毒，不信你们可以去看看。"

当这句话说完我才知道自己是多么傻，村民们互相望了一眼，显然没有人听懂什么是氰化钾，老者冷视着我："牛二好心收留你们，你说你们还是人吗？古家村自从三年前从来没有这种事情发生，你说是中毒，那为什么你们没来之前没有人中毒？别狡辩了，把古老太太交出来！"

"我们也不知道啊，我们也在找她！"

此刻的反驳是那么苍白无力，周围的人群渐渐逼近上来，离我们的距离也只剩下一步，突然侧面一阵吼声传了出来，我急忙后退，一把板锹落下，落在我的脚前，惊得我双腿发软，差点跌倒。

"啊！打死他们！"

阵阵吼声不绝于耳，村民好似受到鼓舞一般，向前挤了过来……

"嘭！"

一声枪响划破天空，周围瞬间安静了下来，众村民下意识地向后退了几步，包围圈大了几分，只见许梦梦举着手枪指向天空，喝道：

"刚才是警告，若是再动手就是袭警了！"

"吓唬谁呢！"拎着板锹的壮年男子瞪着眼睛喝道，但是脚步却没有向前迈。

"够了！"

正在我们胶着时，我身边的秦石突然吼出一声，村民的目光皆望向这个刚刚一言不发的男人。

秦石昂起头，三步并作两步冲到打头的老者面前，旁边的村民瞬间将他包围在其中，只见老者惊愕地望着他，秦石探身拽住他的衣服在他耳边嘀咕了几句，随后退了回来。

老者不知听到了什么，先是惊恐，又变得平静，沉寂了许久老者道出一句："让他们走。"

"什么！"拎着板锹的壮年惊道。

"给他们一天时间离开这里，如果还没走，那这辈子也就别想走了！"

老者眼睛死死盯着秦石，随后转身穿过人群向村子内走去，其余的人面面相觑，就连那拎着板锹的壮年也不过是往地上吐了口唾沫，骂了一句，没有再敢对我们动手。

周围的村民渐渐散去，我们有惊无险地回到旅馆之中，三瘸子的身影却出现在大厅内，坐在吃饭的桌子旁呆呆望着墙壁。

我们三人的心情都不是很好，本来是过来查案的，没想到惹上这样的事情，我的内心里还是不愿相信是古玉的母亲对我们下的毒手，可若是说不是她，又会是谁呢？

我的脑海中想起了那个满脸疮脓的疯老太婆，难道是她？

我们只剩下一天的时间。

晚上我们将旅馆的大门锁死，老板的尸体已经被抬走了，我只好下厨做了些简单的菜大家对付着吃。饭桌上大家都很沉默，古家村在我们的心头笼上了一层阴影，不只是这里发生的怪事，还有那些村民。

因为怕半夜凶手闯进来，我们只好轮流守夜，三瘸子又变得疯疯癫癫，许梦梦虽然身手了得但毕竟是个女孩子，所以这个任务就落在了我和秦石的身上。

夜深人静，许梦梦和三瘸子回到房间睡觉，我们两人坐在大厅的饭桌上，凉风嗖嗖地吹进来，不禁裹了裹身上的衣服。

"你很冷吗？"

秦石首先打破了我们之间的沉默，我点点头叼起一根烟，但没有点燃。

"这种感觉让我想起了刚刚到牡市的时候，因为没有工作，身上的钱也没剩下多少，躲在街上建筑用的水泥管内睡觉的时候。"我苦笑道。

秦石挑了下眉毛："你还有那样的时候？"

我笑了笑："你是秦包拯，公务人员，像我们这种从农村走出来打工的孩子，什么苦没经历过。来的时候幻想着酒肉衣食，富贵生活，真正生活在这里才知道，大城市唯一带给你的是巨大的压力和无尽的磨难，将你那颗纯洁充满希望的心，磨成干枯的煤球，残缺不全。"

秦石静静地听着我的话，自己也点燃一根烟："你这些话曾经还有一个人也对我说过。"

"谁？"我好奇道。

"都书言。"

我不禁诧异："他还有这样的思想呢？看他那模样，瞧不起任何人，竟然能说出这样的话，不容易啊！"

秦石微微一笑："你也不用嘲讽他，其实都书言是个挺可怜的人。你至少还有于鸿那样的朋友，对于都书言来说，他只有自己。"

"你和许梦梦不算他的朋友吗？"我接过火机点燃嘴里的烟，深深地吸了一口，淡淡的烟雾飘荡在桌子上空。

秦石向我讲述了都书言的故事，这也是我第一次了解这个冷漠、孤傲的人。

都书言是个孤儿，自小在牡市的福利院长大，后来那座福利院因为开发房地产被拆掉了，都书言靠着自己半工半读考上了省警校，是秦石的学弟，不过那时秦石早已毕业。

都书言从小就有些自闭，被人嘲笑，而他的性格又倔，在学校里也是没少惹事，他的胳膊上有一道疤，就是在高中时跟社会混混打仗被砍的，而且他没有报警，也没有缝针，一个人愣是挺了过来。

秦石第一次遇到他时，是秦石在古林县工作的假期回学校拜访老师的时候，那时都书言一个人坐在学校的草坪上，别人都是成双成对，牵手聊天，而都书言俨然成为众多人中的另类，他抱着一本《自动武器原理与构造学》在聚精会神地读着。秦石当时也是无聊，便坐到他身边去搭话，哪知道都书言根本不理他，冷漠得要命，巧的是秦石的老师也是这位学生的导师，他告诉秦石这个学生平时不爱说话，唯独对枪械和破案异常入迷。可依他这种性格，毕业后没有人脉怕是得不到什么工作，毕竟现在无论在什么岗位，沟通是非常重要的。

在秦石和他老师交谈的最后，老师说了一句话，使得秦石决定和这个孩子好好地聊聊。

"我知道你被分配到古林县的事情，这孩子以后怕是要走和你一样的路，说不定会比你更惨。这个社会不是每个人都是伯乐，千里马也会老死。"

秦石被这句话刺到了心里的痛处，当时秦石正值人生的低谷期，因为得罪上面的人被分配到古林县，每天只能面对着成群的凶徒哀叹时不与我，他在都书言身上仿佛看到了当初的自己。所以他找到了秦石，两个人在学校门口吃了碗炸酱面，整个过程都是秦石一个人在说，说自己的抱负与梦想，都书言只是在闷头吃面。

最后分别时，都书言才开口问了秦石一句话："你为什么要当警察？"

秦石叼着烟微微一笑："我要维护正义，或许所有人都觉得这话太虚伪，但我想说这是真的。至少在我这里，我会尽我所能去维护它！"

"我毕业会去找你的。"

都书言说完这句话就转头回了学校，秦石望着他离去的那孤单的身影，心里默默下了笃定，要去帮助这个孩子。

后来秦石去了学校很多次，每次和都书言见面都是在那家小饭馆，吃的仍然是六块钱一碗的面条。但都书言从来没有抱怨过，渐渐称呼从"秦哥"变成了"师父"，两个人的感情也越来越好。

秦石知道都书言喜欢研究枪械，每次去都会带上几本关于枪械的书或者小说，都书言也会边吃面条边跟他讲自己学到的知识，甚至还会开一些小玩笑。可是对外人，都书言依然是孤傲、高冷，这点秦石想过很多办法去改变，介绍一些朋友给他，但是没有收到什么好的结果。有一次都书言还差点跟人打起来，索性秦石也就不再去管这些了。

都书言毕业后，秦石已经进入牡市公安局，声名在外，慕名而来的警校学员数不胜数，而他却只收下了秦石和许梦梦，甚至有人猜测都书言是秦石的私生子。

至于许梦梦，秦石只是简单说收下她是因为她的家人，具体并未向我透露。

都书言自从跟在秦石身边开始，虽然在警局的人员依旧那么差，但是工作起来无人不得竖起大拇指，"死亡轮回"事件后秦石隐匿，众多案子也是都书言和许梦梦接手，那时都书言对秦石说：

"师父，你想要维护正义，怎么可以就此退缩？如果你受不了流言蜚语，没关系，还有我都书言，我从小就是在别人的嘲笑和辱骂声中长大的，我不在乎，我会替你完成你未完成的梦想，永远不会让别人忘记秦石这个名字！"

也是那时起，秦石决定将自己的衣钵交给这个不善言辞的徒弟，在外无论都书言破了多大的案子，都会说是师父教导有方，所以秦石的名声这么多年来才会被人记住。"死亡轮回"的影响也在都书言的努力下越来越小。

"这次的案子结束，我就会辞职回家，陪陪我的老婆儿子，这些年因为工作，我的妻子一个人操持家里受了太多的苦，我也该自私一些，负担起男人的责任。"

"嫂子和孩子最近怎么样？"

"孩子要上初中了，我想给他找个好点的学校，看看有没有同事能帮忙，给他送进一中去。"

每当说起孩子和妻子，秦石的脸上都会露出幸福的光芒，我能够感觉出来，他真的很爱自己的妻儿。

"孩子的学习如何？你这么厉害，想没想过让他当警察？"

秦石摇摇头："我只想让他平平淡淡地生活，不要走我的老路，这个社会太过复杂，安稳亦是幸福。"

"切。"我笑道，"有你这层关系，他若是进入警局，找份空闲的工作不是很容易？待遇也不会差吧。"

秦石再次摇了摇头。

我见他不再想谈论此事，也没在说下去，可能是"死亡轮回"对他的打击太大，这么多年一直没有从阴影中走出来，怕自己的孩子也会遇到这么一天吧。

凌晨时分。

我的困意渐渐翻涌了上来，迷迷糊糊听到秦石接起一个电话，等我再次睁眼时，发现自己的身上披着秦石的衣服，而他坐在一边嘴里叼着烟，地上满是烟头。

外面的天已经泛起了亮，我打着哈欠站起了身，秦石转头望了我一眼。

"醒了啊。"

我点点头，将衣服递过去："谢谢。"

秦石脸色有些发沉，是啊，天亮预示着我们要离开这个地方了，我拍拍他的肩膀："别难过，案子总会破的，我相信凶手一定会被抓到的！"

秦石抬起头："你真的是这么想的吗？"

"当然。"我迎着阳光打开大门，深深地吸了一口气，"如你所说，正义永远不会被打败。"

"呵呵。"

秦石苦笑，道："上楼叫醒梦梦，我们回去吧。"

"嗯。"

正在我准备转身回旅馆时，猛地看到在斜对面的胡同口，那个疯老太婆坐在那里一动不动地看着我。

我脑袋嗡的一声，几步冲过道路，疯老太婆咧起了嘴角，抬着头身体被冻得发抖，脸上的疮好似被冻坏了一般，泛着白斑。

"嘿嘿。"她冲着我笑。

"古老太太在哪儿？你是不是知道她在哪儿！"我近乎抓狂地问道。

疯老太婆诡异地笑了起来："她……"又突然捂住了自己的脸，"她被抓走了，她被抓走了……我儿子死了，你是不是杀了我儿子？"

她将头抬起，瞪着眼睛，我清楚地看到她的眼角竟然流出了泪水："你是不是杀了我儿子？他死得好惨！他被杀了，被鬼杀了。"

我叹了口气，根本不知道她在说些什么，回身秦石站在旅馆门口对着我招了招手。

　　"她说什么了？"

　　我走进旅馆："她说儿子被杀了，被鬼带走了，被带走了什么的，全是疯话。"

　　秦石沉思了下，拍拍我的肩膀："算了，上楼收拾东西吧，咱们早些离开，省得再在被古家村的人给围上。"

　　我闻言忽然想起件事，问道："昨天你在那老头面前说什么了，他就将我们放走了。"

　　"我说你还认不认识我，他一看这不是家喻户晓的秦包拯嘛，就放咱们走了。"秦石笑着打趣道。

　　"哟，你以为自己是谁呀，这里可不是牡市，没人知道你是秦包拯！"我摆摆手上楼唤醒许梦梦和三瘸子，众人开始收拾东西。

　　三瘸子身上还残留着瘀青，是昨天古家村的村民动手打的，若不是恰巧有人认出了他，说不定在我们回来前，三瘸子就下地狱了。

　　在村民怒气腾腾的欢送下我们离开了古家村，仅仅几天的时间，以至于我还没有厘清自己的思路，没有找到任何有价值的线索就离开了这座曾经让我充满兴奋与忧虑的偏远村庄，留下的只有一个又一个的凶案与谜团。

　　经过白昼的翻山越岭，下午的时候我们抵达樱桃村，再次回到了樱桃村的"客栈"内。白褂老板见到我们满面惊讶，倒是徐羽兴致勃勃地迎上来将我拽到一旁询问古家村的模样。

　　我笑道："为什么对那里这么好奇呀？"

　　徐羽笑嘻嘻的挠头："从小就听说古家村的传说，三瘸子叔叔去过变得疯疯癫癫的，好不容易有个完好无损回到这里的人，能不对古家村好奇吗？赵哥，你快讲讲嘛，那里和樱桃村比什么样，是不是里面都是一些缺胳膊少腿的行尸走肉？"

我微微一愣："这是从哪儿听来的，樱桃村不是不信鬼吗？"

徐羽昂起脖子，故作骄态："我们樱桃村当然不像那种地方，只是七爷说那里都是些病恹恹的人，还有缺胳膊少腿的人在村子里晃荡，整天鬼迷心窍，流离失所。我舅舅的朋友因为跟古家村的人做生意还死在里面哩。"

"你舅舅的朋友？"我转头看了眼白褂老板，只见他擦着汗正在算账，于是低声问道，"他们是做什么生意的？"

徐羽对我招了招手，我探头过去，他俯身在我耳边轻轻道："听说是运尸体的，我见过一次，好吓人哩，尸体身上都是缝着线的伤疤，吓得我好几天没睡着觉。不过我舅舅不让提起这些，你可千万别说出去哦，要不舅舅该打我了。"

我点点头，徐羽又缠了上来："赵哥，你别光点头啊，还没有跟我讲古家村的事情呢。"

我摸了摸他的头："那里没有七爷说的那么可怕，就跟樱桃村一样的，都是些朴实的老百姓……不过可能那边的村民脾气不是太好。"

徐羽狐疑地看了我一眼，根本不相信我的话。恰巧这时有人点菜，徐羽噘着嘴跑了过去，看着他纯真的模样，不由得心里祈祷，希望这个孩子可以一辈子如此单纯，不要去经历人世间的苦难，永远幸福地生活下去。

但徐羽跟我说的满身伤口的尸体却在我的脑海中印上了深深的一笔，隐隐觉得这件事可能有蹊跷，白褂老板对警察的恐惧说不定和这件事有着关系。

依然是老房间，我们在楼下吃完饭后秦石给了三瘸子一些钱，令周围的人羡慕不已。三瘸子虽然在古家村受到了不小的惊吓，但是看到钱脸上又乐开了花，我偷偷将他拽到一边，询问当初樱桃村和古家村之间交易的事情。

三瘸子拿到钱后神志明显清醒了很多，听到我的问题后思索了一会儿，说道：

"这件事我听说过，那时客栈还是我的祠堂，徐羽的舅舅和临水镇的一批人经常往古家村跑，每次都是几个人扛着几人大的麻袋，里面都是尸体，他们说那些尸体都是古家村的人，为了送他们回家才如此作为。不过我还听过一种说法，说他们是倒卖尸体的，并不是古家村的人，而是有另外一批人到那里和他们进行交易，至于真假就不知道了，反正徐羽的舅舅能够发家买下祠堂，肯定不是打工攒下来的钱。"

"他花了多少钱买的祠堂？"我好奇地问道。

三瘸子伸出五根手指，我惊道："那你怎么会穷成这副德行？"

三瘸子掏出秦石给的钱来回地搓弄，笑道："我的钱都给女鬼了，她救了我，我当然要报答她了。"

我心道可笑，刚刚还说着徐羽舅舅的事情，怎么又扯上女鬼了？不过既然他这么说，我倒是愿意和他扯一会儿，我们在这儿过一晚，明天就将回到牡市，估摸着这辈子跟三瘸子都没有机会再见面了。

"你见过女鬼几次？"

"不是女鬼！是女菩萨！"三瘸子严肃地纠正道。

我无奈地想到刚才不是你说的女鬼吗，但我实在没有和一个疯子纠结称呼，只好道："女菩萨，女菩萨，那你和她见过几次？"

三瘸子仰起头思考着回答道："在山上见过一次，但在梦里，我见过好多次。我愿意把自己奉献给她，她很美的，如果她要是人就好了，我一定把她娶回家，可惜……"

我笑着拍拍他的肩膀："人鬼殊途，别幻想了，不过你那些钱究竟去哪儿了？"

"给女菩萨了！我放到了当初我们相遇的地方，她一定会去拿的，她答应我的。"

我扶额差点晕倒，原来这三瘸子不是没有钱，只是他的钱都扔到深山老林去了，这人要不是疯子，那就说明我是疯子。

我叹着气回到秦石的饭桌上，许梦梦给我夹了口菜："你这是怎么了？还没有从古家村的事情中缓过来？"

我拿起筷子，想了一会儿又放下去："没有，古家村的事情过去就是过去了，要抓的是凶手，我只是感叹这世界上为什么像我这样穷困潦倒的人赚不到钱，而那些傻子拿着钱却可以乱扔，这是什么世界啊！苍天啊！"

许梦梦探手摸了摸我的额头，又摸了摸她自己的，诧异道："没发烧啊，怎么忽然就傻了呢。"

"哼。"我不情愿地开始吃饭，心里想着那五万块，等着案子结束我一定要再回来一趟，让三瘸子带着我去山里找找！我工作一年也攒不下五万元啊，真是败家，自己的五万不要，手中攥着冒生命危险得来的五百块乐个半天，理解不了啊！

其实我知道自己也只是想想罢了，这种地方我是不会愿意来第二次的，每当想起在古家村的几个夜晚，我的脊背就开始忍不住地发凉。

吃过饭天黑我们回到了房间，三瘸子回去了七爷家，三个房间正好我们一人一间，晚上我去许梦梦的屋子里和她聊了许久，其实也就是一些无聊的话题。不过却说得很开心，到最后我自己都不知道在傻笑些什么，甚至有时我开始想也许我来到这儿的目的，只是单纯地想要和她在一起。

醒来又是一个清晨，我们打点好行装即将赶路，好在面包车白褂老板给加了些油，不用再徒步行走了。

临行前我从包里拿出了几块巧克力送给徐羽，他很开心，我找纸写下自己的电话给他："如果以后想来牡市，就给我打电话，赵哥带你去坐过山车。"

徐羽笑着点头，拉过我的手凑到身边偷偷道："赵哥，我觉得那个姐姐喜欢你哟。"

我闻言一愣，下意识地回头看向许梦梦，却发现她竟然也在看我，不过随后她就将脸侧了过去，我在徐羽头上拍打了一下："小孩子，懂得倒不少。"

说罢我转身上车，秦石坐在正驾驶，许梦梦坐在后面，我们就离开了这座不拜鬼神拜三皇的"樱桃村"。

路上我跟秦石说了徐羽和三瘸子对我讲述的，多年前樱桃村运尸体的事情。秦石听完后当即停下了车，转头惊道："他们运的不是尸体，是毒品！"

"什么？"我和许梦梦同时呆住。

秦石犹豫了下，再次发动了车辆，自言自语道："我说怎么总感觉客栈的老板有些不对劲，甚至不敢直视我，原来是这么回事。如此一来便说得通了，在古家村我们听到的那些人交易的传闻应该是真的，临水镇和樱桃村的某些人运毒品到古家村，然后再由买家过来接手，呵呵，倒是真的能够蒙骗住人。"

"你怎么这么肯定？"我有些不敢相信，在这偏远朴实的小村庄内竟然会有如此黑暗的交易。

"记得在古家村里那间旅馆老板说过的话吗？以前古家村是以物换物的，后来才多了一批运尸体的人，应该是某些不法分子发现了古家村这个没有警方管理的地方，从中牟利，而徐羽的舅舅定然逃不了干系！尸体运毒的方法在民国，甚至新中国成立初期都流行着，曾经湘西一带的军阀或者新中国成立后的一些组织，都利用赶尸为幌子运毒。因为尸体无论在哪儿都是普通百姓避讳的，哪怕是警察也不例外，那些运毒的人将尸体的内脏掏空放进毒品，再从外面缝合，表面上根本看不出什么，而且运送量之大可以说是令人瞠目结舌。没想到如今二十世纪，竟然还有人光天化日敢做这种举动，哼哼，让我秦石碰到算他们倒霉！"

秦石说着脸色严肃起来："现在徐羽的舅舅什么都不知道，回到牡市我会联系缉毒队再去一趟樱桃村，说不定可以牵出一网大鱼！到时候我一定要亲自跟过来，也算这次古家村之行没有白走！"

我不禁撇了撇嘴，如秦石所言，在我们如此绝望之际没想到还会得到这样的意外收获，对于秦石来说是好事，对于我来说心中也有些激动。白褂老板看起来那么淳朴，没想到心思能恶毒到如此地步，用尸体运毒这么残忍的方法他也敢参与其中，真是人不可貌相。

我转头对秦石道："如果真的要抓白褂老板的话，我希望到时候能把徐羽带到牡市，他只有他舅舅一个亲人，不然到最后没人照顾他，我很难想象他会变成什么样。"

"对，把他带到牡市吧，别让他留在樱桃村了。"许梦梦附和道。

秦石点头应了下来，我的心突然变得沉闷，说不定徐羽的一生就会因为这件事而改变，但我却没有办法，他舅舅既然选择做出这样的事，就要为自己的所作所为付出代价。

这就是法律，也是公平。

中午时候我们到达临水镇，将车还给了人家，同时秦石还跟他聊了聊古家村的事，与秦石的想法不谋而合。古家村的恐怖传说都是别人故意散播出来的，目的显而易见，让更多的人对古家村恐惧，他们的交易才能瞒天过海。

火车是晚上的，我们没有再找地方休息，在车站等待着，顺便我也找乘务员给手机充上了电，刚开机就蹦出了一条短信，发件人的名字让我不禁回头望了眼秦石，见他没有看我，蹲下身躲在一旁。

发件人：于鸿。

信息内容：赵安，我离开牡市了，古玉的案子我已经查到线索，千万千万不要把古玉留下的密码交给别人，否则你会有危险。王图强那边我已经沟通过了，一切的谜团都将要揭晓，请万勿泄露，看完即删！

我看着信息突然不知如何是好，犹豫了半天还是按下了删除键，于鸿发送过来的日期是两天前，那时他应该已经失踪一个星期了，给我发这条信息的寓意究竟是什么？我越来越觉得现在的处境过于平静，好似暴风雨来临之前。

将手机放在乘务员的办公室内充电，我走回到候车区，秦石坐在椅子上双手搭在膝盖，见我回来问道："赵安，古玉留下的信息现在能给我看了吗？"

我闻之顿时待在原地，怎么会这么巧，刚刚看完于鸿的短信，这边秦石就想着看古玉留下的密码。我望向秦石的眼睛，他并没有躲避我而是迎着目光冲击着我的大脑，那一刻我的心里无限地纠结，一个是失踪挚友的留言，一个是负责案件的枢纽，我该不该将蓝色蝴蝶结内的信息交给他看？

"你在犹豫什么？"秦石嘴角扬起一丝玩味似的笑容。

我忙摇头说："手机刚刚充电，一会儿开机再说吧。"

秦石凝视我的眼神几秒，随后笑着低下头去开始摆弄自己的手机，我坐到许梦梦的身边，她关心道："赵安，你怎么流汗了？"

我擦了擦脑门："啊……太热了。"

许梦梦一脸迷茫，望了望四周："热吗？我怎么没有感觉到。"

我尴尬地笑了笑，眼神瞟向秦石，他依然在笑，我就像是一个在大人面前撒谎的孩子，心跳的速度越来越快。

我以为很快秦石就会以充电的时长为由去看那张照片，那时候我该怎么办？刚刚仅是删除了于鸿的短信，却并没有删除照片，到时候秦石发现我的手机已经开机，我又该怎么解释？

一连串的问题在脑海中如同地鼠般蹦来蹦去，就在这思考中时间滴滴答答地过去，令我诧异的是秦石好似忘记了这件事一般，直到我们上车后他也没有再提起。

卧铺票没有了，我们只能坐硬座，我和许梦梦在两人的那排，秦石在旁边三人的座位最里侧，距离很远。

（二）

上车后我才舒了一口气，在我拿回手机时以最快的速度把储存文件进行了格式化，不知道为什么，秦石那个玩味似的笑容让我不敢将照片交给他看。既然于鸿说他已经找到了线索，我就选择相信他，于鸿是一个偏激的人，从另一方面看，他甚至比任何人更会坚毅地去破解这个案件，尤其是在王图强被抓以后。

秦石在车上不停地摆弄着手机，我一直偷偷地注视着他，可以看到随着时间的推移，他的脸色越来越阴沉，好似在生气一般。许梦梦倚在我的肩膀上入睡，我却丝毫没有困意，眼睛不时向秦石的方向瞥去，车上交谈的声音渐渐变小，窗外一片漆黑。

不知过了多久，我也渐渐开始产生睡意，却突然听到一阵声响，睁开眼只见秦石的身影在向车厢口走去，我犹豫了下，轻轻捧住许梦梦的脖子生怕她会因为我的离开倒下。许梦梦迷迷糊糊地睁开眼，诺诺道："你干吗去呀？"

"抽根烟。"我伸手将她的鬓角向后钩了下。

"嗯，去吧。"她将头倚向窗户嘟囔着。

我摸了摸兜才想起烟已经抽光了，这也给了我一个很好的借口，我走到车厢口却发现秦石并没有在，转头看到厕所显示有人，不禁回忆起来时在火车上跟大妈争吵的那一幕，倚在厕所门旁装作等待的样子，这样即使里面有人也不会再骂我流氓。

厕所内传出了熟悉的声音。

"是我。"

"你什么意思？"

"放屁！这么多年来我是什么样的人你不知道？"

"你他妈那个短信是什么意思，于鸿的失踪与我有关吗！怪得到我？"

"他不会！古玉家里我已经找过了，没有什么线索，于鸿说不定给的是假消息！"

"呵呵，怎么，王图强进去了我就没用了是吗？"

"我感情用事？！我他妈要是感情用事五年前我就退休了！"

"别拿梦梦说事，你把她送到我身边什么意思你以为我不清楚么！现在古家村没有信息你就翻脸了？呵呵，是，我相信梦梦没有监视我的意思，咱们不谈她。我就告诉你一句话，这次的事情过后我就会辞职，给你当狗当了这么多年我受够了！"

"呵呵，你想怎么样？杀了我吗？没有我秦石看你拿什么和他斗！"

"对，我就是要翻天！这么多年最基本的信任你都给不了我，我凭什么还为你做事？"

"别他妈扯淡了，你还为了我好？我秦石这么多年一步步迈入你的陷阱，你毁了我的梦想，毁了我的人生，这么多年我为你做的事够多了！我现在只有一个要求，这件案子办完我要辞职，我要带着我的妻儿离开！"

"行，这是你答应我的！"

"就这样，别忘了你的承诺，我秦石现在已经被你逼到头了，大不了鱼死网破！"

"挂了！"

听到最后两个字我连忙跑到车厢口装作望向车外的样子，随后便听到厕所门打开的声音，脚步声抵达我的身后。

"赵安。"秦石阴森的声音自我身后传来。

我咬着牙尽力平复着自己的心情，露出微笑转过头去："哎，你干吗去了，我都没有烟了。"

秦石冷冷地注视着我，那种感觉使我不寒而栗，尴尬地伸手拍了他一下："怎么不说话，听你在厕所里吵架，是不是跟嫂子闹不开心了？我说这么大的人了，你自己说过要疼嫂子的。"

显然这句话刺激到了秦石，他的眼神中渐渐变得平和，掏出烟盒抽出一支递给我："没有，因为孩子的事，让你听到见笑了。"

我接过烟掏出打火机点燃："我也是刚醒，过来就听到厕所里你在生气，寻思管你要根烟也没敢敲厕所门，索性在这里等你咯。"

秦石嘴角抽动了下，与我闲扯了些别的，我们两个人抽完烟后回到了座位，我装作困倦的样子，脱下衣服给许梦梦披上，然后闭上眼睛。

去古家村这些夜晚秦石每晚都会打电话，他跟妻儿打电话时的语气根本不是这个样子，那种温柔是难以名状的。且今晚他说的那些话也根本不像是跟妻子，我之所以那么说是因为感觉到了危险，与秦石通话的人应该是那次去于鸿家找日记，发现他在侦探所内通话的同一个。

一瞬间便想起了王图强进入监狱前在车内给我讲述的"两座大山"的故事。

如果王图强背后的山是 A，那么与之对立的大山便是 B，王图强是 A 山的老虎，那么 B 山的老虎是……

我想再回到牡市后应该找王图强聊聊了，他应该能够解开我心中的谜。

一夜未眠，脑海中回忆着从古玉凶案发生到现在的点点滴滴，也尝试着去怀疑秦石的目的，可他根本没有成为凶手的动机啊，包括很多时候他都没有作案的时间。而且在我的心中，秦石就是正义的代名词，也许他有不可言语的难处，但若说他是凶手，我真的不敢相信。

早上五点的时候我们走出了车站，许梦梦揉着眼睛深吸了一口气："终于回来了。"

我勉强地笑了笑，秦石的眼神依然凌厉，昨晚我偷偷看了他好多次，自从厕所回来后他也根本没有睡觉，一直望着窗外的黑暗。

"我回警局处理一些事情，都书言还在等我。梦梦，你跟着赵安回家休息一天，不扣工资。"

"耶！"许梦梦高兴得蹦了起来。

秦石拍拍我的肩膀，独自一人拉着行李箱出了车站。许梦梦开心得如同孩子一般挽着我的胳膊："小安子，走，陪姑奶奶逛街去，然后大吃一顿，再回家洗个澡美美地睡上一觉，我都快想死家里的那张床了！"

我看着她傻傻的样子，叹了口气，秦石在这个时候选择让她跟我回家，是不是怕被监视？从在车上的对话中来看，秦石对许梦梦一直是有提防的，许梦梦的家庭背景到底是什么？

我们没有回家，而且我竟然丝毫没有困意，陪着她逛商场到九点多，许梦梦给自己买了几件衣服，还给我买了一套西装。其实我很讨厌穿正装，因为每次穿上都会想起在保险公司工作的过往。

逛完后去吃海底捞，然后打车回到家里，一路上我都在琢磨秦石的行为，他到底想要做什么？可是思索了许久仍然没有结果，我能够接触到的人太少，也没有那么大的能力去监视他，靠猜想几乎不可能实现。

回到家中许梦梦钻进了浴室，我躺在沙发上困意席卷而来，沉沉地睡了过去。

待我醒来时已是傍晚，身上披着许梦梦上午刚买的毛毯，而她并没有在屋内。

我晃了晃仍然迷糊的头，拿出手机看了眼时间，六点整。找到于鸿的手机号拨了过去，不出意料，电话中传出的是机器般的女子声音："您好，您拨打的电话已关机或不在服务区……"

"这小子，到底跑哪儿去了？"我嘟囔着坐起身，发现餐桌上静静地放着电饭煲，还有碟子相扣保温的菜，心底涌起暖意。

肚子的确饿得咕咕叫，起身走到桌前，发现在盘子下压着一张纸条。

"师父打电话叫我去警局，起床后记得吃饭哦，小安子。"

落款是一个"梦"字。

我笑了笑，狼吞虎咽吃了一碗米饭，整个人都精神了许多。黄昏的夕阳透过窗户照射进屋内，我舒服地伸了个懒腰，余光却忽然瞥到柜子下方的抽屉露出了一半！

许梦梦翻找过抽屉？

我皱着眉头走到衣柜旁，蹲下身将露出一半的抽屉打开，存折、现金、包括于鸿的日记本都原封不动地放在其中，唯独丢失的却是古玉留下的"蓝色蝴蝶结"。

我深呼吸一口气，拿起于鸿的日记本坐到沙发上，翻到最后一页的背面。

上面写着各种各样的字，每个字的上方对应着看不懂的符号，与古玉留下的符号一模一样，当初于鸿正是凭着这本参透古玉死前的信息。

许梦梦将蓝色蝴蝶结拿走是为了什么？如果是秦石让她拿走的，里面又没有那串乱码，得到了又能怎么样呢？

正在我思索时，手机突然响了起来。

我顺手将手机拿起，瞟了一眼来电显示，惊得将日记本扔到了地上，是于鸿！

"喂！"我匆忙接起电话放到耳边。

"赵安。"熟悉的声音从对面传来，"你现在回牡市了吗？"

"嗯，我到家了！你在哪？"

"我在牡市隔壁的海林县，你听我说，一定不要出门，知道吗？我这边还有些事情没有处理完，给你打这个电话是告诉你，千万不要出门！"

"为什么？你到底在做什么？"我几乎是吼着说出来的。

于鸿温柔的声音飘入耳内："兄弟，听话，现在是最关键的时刻，一定要沉住气。"

我咬着嘴唇，手不自主地发抖。

"就这样，我会关机，不要联系我，很快我会再给你打电话的。记住，别出门。"

说罢于鸿挂断了电话，剩我一人对着手机的主屏幕呆在沙发上，于鸿去海林县做什么？难道说古玉留下的线索不在古家村，而是在海林县？

我感觉脑袋好似要裂开一般，疼痛得要命，倒在沙发上望着天花板不知道自己想些什么。听着钟声滴答滴答地响，心中一团火焰沸腾地燃烧着，无法熄灭。

晚上九点的时候我听到钥匙开门的声音，猛地从沙发上跳起，凝视着门口。

许梦梦穿着警服回到家中，见我紧张的样子，疑问道："你这是干吗呢？"

"你是不是动我东西了？"

许梦梦一愣，随后边脱外套边说："是啊，抽屉里的蝴蝶结被我拿走了，师父要。"

"秦石要蝴蝶结做什么？"我攥着拳头，莫名地紧张起来。

许梦梦狐疑地瞧着我："你没事吧，那是证物哎，家里的东西我又不是不知道在哪儿，一个蝴蝶结而已，师父要我总不能不给吧。"

"如果他让你要我的命呢？你也给吗？"我死死盯着许梦梦的脸。

许梦梦皱起眉头，走到我面前面色严肃，冷冷道："赵安，你什么意思？"

"你凭什么动我东西？"说完这句话许梦梦脸上挂起了惊愕，我此时才反应过来，闭上了干涩的眼睛，再次张开，"没什么意思，刚才有些激动了。"

"呵呵，是啊，我凭什么？"许梦梦慢慢后退，"我没有资格动你赵安的东西，我算什么啊。"

我刚想上前道歉，许梦梦转身拽下警服穿上鞋子就跑了出去，我脑袋一蒙，抬手扇了自己一个嘴巴，穿上鞋连外套也没有来得及披就追了出去。

许梦梦的速度非常快，待我追到楼下时已经看不到她的身影，我跑出小区望向两侧，街道上人来人往，并没有看到许梦梦。

我摸兜才发现手机放在家里，狠狠地跺了下脚，忽然瞥到左侧许梦梦的警服一闪而过拐到下一个街区，我狂奔过去，路上撞到了好几个人的肩膀，他们咒骂着，我却不理会。

当我追到拐角处时，前面是类似夜市的成群的小摊贩，我走入街道内，周围都是买菜的、买肉的人。

"梦梦！"我大声叫嚷着，声音却淹没在人群之中。

我挤进人群中，走了一段路却忽然升起了被监视的感觉，四处扫了眼，匆匆的行人让我无法辨认。

我想起了于鸿在电话中的言语。

这时我的脑中突然出现于鸿曾讲过古玉问他的那句话。

"爱情和生命哪个更重要？"

我站在攘攘人潮犹豫了一秒，继续向前走去。

危险的感觉渐渐逼近，我快速地移动着，穿过成群的摊贩是一条漆黑的胡同，黑乎乎的看不清里面的景象。

我咬了下嘴唇正准备前进时，背后突然攀上一只手，我转过头去，只见两个戴着口罩的中年男子抓住了我的胳膊，眼中透着沉沉的杀意。

"你们是谁？"

没等我的话问完，两道尖锐的光芒从他们的怀中闪出，抵住了我的腰腹。

我的心"咯噔"一下，不会这么快吧，死亡的阴影笼罩在我的身体上，他们两人足以挡住后面远远的人群，前面是那条黑漆漆的胡同。

"下辈子投个好胎。"

其中一人冰冷的话语钻入耳中，我咬着牙直视着他的眼睛，夜风吹过身体，是那么刺骨。

"赵安。"

一声娇喝从胡同中传来，窈窕的身影急忙忙地跑出来，许梦梦看到我身后的人满面惊讶，快速地抽出手枪。

中年男子却丝毫没有恐惧，仍然拽着我的胳膊，许梦梦喝道："你们是谁？"

两人都没有理会许梦梦的威胁，其中一人掏出手机镇定拨打电话。

"喂？"

"怎么样？"因为距离近，我能听到里面传来的沧桑声音。

"许梦梦在这里，用枪指着我们。"

"她怎么会在那儿？"电话那头的人异常惊讶。

"这小子好像是出来找她的。"

"让她接电话。"

"嗯。"

那人松开了握住我的胳膊向前走去，将手机递向她，许梦梦看到男子的举动微微一愣，右手握着枪左手将电话接了过去。

许梦梦听到电话那头的声音脸色骤然一变，惊呼："爸！怎么是你？"

爸？！

我的脑袋瞬间一片空白，仿佛是梦。

"你这是什么意思？"

"你疯了吗？他是我男朋友！"

"我不管！"

"我知道你是我爸！但你也知道女儿的脾气，别逼我！"

许梦梦猛地将手机摔到地上，冷眼将枪收了起来，望着我身边的两位戴着口罩的中年男子："别让我再看见你们！"

两人互相对视一眼，将刀收回怀中越过许梦梦的身边趁着夜色进入了胡同之中，没留下任何言语。

我双腿一软跌坐在地上，许梦梦上前跪倒在我的旁边，抱着我的身体，脸上满是焦急："他们没伤害你吧！"

我两眼直愣愣地看着她，不知道该说些什么好。

晚十点，家里。

我和许梦梦对坐在餐桌两侧，屋内的钟表滴滴答答地转动着，烟灰落得桌子上四处都是，窗外依稀能够听到汽车的鸣笛，我不停地一支接着一支不停地吸着烟，依然没有从惊愕中缓过神来。

许梦梦坐在对面低着头，她的双手抓着衣角略有些颤抖，秀发落在肩上，刘海遮挡住了她恍惚的眼睛，小巧的鼻子皱个不停，嘴角轻轻地抿着，欲言难出。

互相沉默了许久许久，我知道这样下去不会有任何的结果，深呼吸几口气调节着心态，犹豫半晌将早已燃尽的烟头拧碎在烟灰缸中，张了张嘴喃喃道："今天……要杀我的人是你父亲的手下？"

许梦梦娇躯一震，缓缓点了点头。

虽然已经猜到了一切，可当她亲自承认时心底依然泛起了波澜，酸酸的感觉爬上身体，继续说道："王图强与我说过他派人刺杀你是因为你的家庭，我问过于鸿，问过王图强，甚至问过秦石，却没有一个人愿意告诉我。

"之所以没有向你询问的原因是因为我相信你，我觉得不管你的家庭怎么样与我们两个人相处都没有任何的关系。可是今时不同往日，我没有想到会给自己带来生命危险，你不觉得我应该了解一下你的家庭吗？"

许梦梦没有说话，肩膀颤抖得更加厉害。

我舔了舔干涩的嘴唇："不管怎么说，我还是要谢谢你，在他们两个人劫持我的时候我能感觉到死亡的来临，他们是真的想杀了我，没有一丁点犹豫。也许你晚出现几秒我可能就死了！于鸿下午给我来过电话，时隔这么久他还想着我这个朋友，千叮咛万嘱咐告诉我不要出门，会有危险。可当你跑出去时我依然不顾一切地追了出去，你知道为什么吗？因为我发现，与你相比，危险并没有想象中那么可怕，我更怕的，是你难过，是你不再理我。"

许梦梦猛地抬起头，伴随着惊讶的表情眼中旋转晶莹的泪珠。

"是的。"我苦笑着将手十指交叉握在一起，"以前我总是逃避对你的感觉，你是警察，而我是被怀疑的杀人犯。你有着女神般毫不逊色的美丽，我却不过是被保险公司开除的小销售员，到现在连收入也失去了，花着以前的存款。我觉得像我这样从山村里爬出来的人配不上你，虽然和你在一起很开心，但我会自卑，即使知道你对我的感觉也不敢表态。

"记得在樱桃村，我不是不知道你为什么伤心，但我却说不出任何的承诺，我怕，怕毁了你的未来。像我这样已经糟透的人，孤独终老或许才是最适合我的。

"可就在你跑出门的那一刹那，我才发现失去你是那么痛苦，甚至比失去生命更痛苦。与此相比，我在乎的那些又算得了什么？于鸿当初因为自己的忧虑，将心爱的女人送到了王图强的怀里，我无法忍受那样的结果，我不要你嫁给别人！

"现在我不会再逃避，我喜欢你，不知从什么时候开始，也不重要。此时此刻我想告诉你，许梦梦，我喜欢你！不管我多么糟糕，请你给我个机会，让我去尝试为了你而努力的未来！不管之后会是什么结果，至少给我一次机会，让我去证明给你看！"

"真……真的？"许梦梦红了眼眶。

我重重地点头，我说出的都是心里话，就在那两人的尖刀刺在我身上时，我脑海中仍然在想着许梦梦，回忆着我们曾经那默契的、隐藏着的美好。

"想听听我的分析吗？"我没有强迫要求她回答，有些情感不需要语言去证明。

"嗯。"她温柔的语气包容着我那残破不堪的心。

"到了现在这个时候，其实不管你说不说我已经能猜到很多，人都是在学习中成长。自从古玉的案子发生，这段时间以来在于鸿、秦石、王图强这些人的身上我学到了太多的东西，有好有坏吧。我开始习惯遇到每件事都去想象，想象这一切的源头。

"你的父亲应该是秦石背后的人吧，其实我早就应该猜到的。秦石这种在警界当年叱咤风云的人物仅仅收了两个徒弟，都书言很明显是被他当作接班人来培养，而你的存在却显得格格不入。

"我想应该是你父亲命令他将你留在身边，以我不成熟的看法，你父亲不只是想让你跟他学习破案的经验，其中还隐藏着他自己的小秘密，毕竟像秦石这样的人是双刃剑，能够斩敌于马下，亦可回刀杀友人。

"从平时秦石对你的态度来看，并没有对都书言那么用心，他在跟我谈论你们两人时，每当提起都书言都是一种自豪和欣慰的感觉，而对于你，几乎是逃避似的尽量不提起。显然在他的心里，你并不是他中意的类型，我也听于鸿说过关于你曾经的破案经历，我一直在好奇，警校那么多精英前赴后继想要拜在秦石门下，他都没有收，为什么偏偏收了你。到了如今我才明白，那是因为有一股不可抗拒的力量在控制着一切，秦石也无法反抗的力量。秦石不是傻子，相反他的智慧是大部分人遥不可及的，他在提防你，如同你父亲在防备他。"

许梦梦用一种不敢置信的眼神看着我，她的眼神告诉我，没想到我会猜到这么多。

我再次点起一根烟，有些干呕却仍然吞吐着："王图强曾经给我讲过两座大山的故事，那时我的心里就已经萌生了这种猜想的根芽。可人是矛盾的，在我产生这种想法时脑海中还有另一个人声音告诉我，秦石不会是那种畏惧强权的人。我错了，错得很彻底，每个人身处在这复杂的社会中都有无可奈何的时候，尘世如潮人如水，又有几人能够做到急流勇退？王图强刺杀你的原因更像是为了给秦石和你的父亲一个警告，警告他们已经踏入了王图强的底线。不过那时彼此的交锋已经到了关键时刻，他的做法毫无意义。

"我一直在想，董金海他们这种亡命徒，怎么可能会被我们两个人驱散，即使你手中有枪。我见过董金海，也知道他的性格，那种人除非碰到于鸿那种变态非人的恶魔，否则是不会轻易屈服的，唯一的可能便是他们接到的指令仅仅是威胁，或者说是恐吓。这点在我们审讯董金海时就已经得到了答案。

"如果那天没有我，董金海最多也就是在你非要害的部位轻轻地造成一些伤痕。王图强不敢动你的，他只是老虎，无论爪牙多么长，多么狠毒也不可能推得倒大山，他以为抓住了要害，哪知却成了灭亡的催化剂，使得秦石对他的进攻更加猛烈，不死不休。螳臂当车的结果只能是自取灭亡，王图强当了傻子，他背后的人可不会是，包括你自己当时也预料到了吧。"

许梦梦急忙摇头，出言道："我是事后才知道的，当时真的以为那些人是凶手，毕竟于鸿已经被劫持了，我们都在危险之中，情急之下怎么可能会考虑那么多？我没有你想象的那么有心机，我只不过是一个女孩儿，无论我再怎么要强我终究是个女孩儿。"

我看着她憔悴的模样知道她并未撒谎，揉了揉太阳穴，没有说话。

许梦梦望着我，拢了下鬓角杂乱的秀发，喃喃自语道。

"赵安，你知道我为什么喜欢你吗？"

"因为你对我的好是纯粹的，在我睡觉时给我盖被，给我洗脚，给我做饭，给我洗衣服，包括你陪着我的每一分每一秒，你从来没有在乎过我是谁，是发自内心地对我好。从小我母亲就去世了，这么多年我都是一个人度过的，因为我的家庭在学校时每个人表面上对我阿谀奉承，背地里骂我的、嘲讽我的比比皆是。

"甚至到警局后，因为我成为了秦石的徒弟，每个人都在背后说我是'花瓶'，追我的那些男人哪一个不是因为我父亲，我其实什么都知道，可我能怎么办？我能够选择吗？

"二十多年来我连恋爱都没有谈过，每一个跟我接触的人我都会下意识地去怀疑他们的目的。渐渐地我变得开始不再相信别人，如果能选择我宁愿没有成为秦石的徒弟，我宁愿像他当年一样在某个小县城做一名普通的警察，也不想每天遭人非议。这些年我拼命想要去证明自己，可结果呢，没有人看得到我的光芒，所有人能看到的除了我父亲就是秦石，他们两人就像是太阳一般，无论我多努力绽放光芒都会被同化。

"只有你，一个最底层的普通人一心一意，什么都不奢求地对我好，甚至都没有对我产生过非分之想，我想要的就是这样，纯粹的爱纯粹的生活，不要被任何事物污染。

"我不告诉你家里的事情，就是希望我们的感情正常地发展下去，可是没想到……"

"没想到你父亲会对我动手对吧。"我站起身狠狠地吸了口烟，将烟头扔到地板上踩灭，"虽然我没有经历过你那样的生活，但是我能够体会到你的无奈，放心，我不会退缩的。我喜欢你就是喜欢你，不过可能和其他人不同，我不喜欢你的家庭。"

"对不起，我不知道……不知道我父亲为什么要那么对你。"

"我也不知道。"我笑着回答道，"不过我相信有个人是知道的。"

"谁？"

我晃了晃脖子，发出咔咔的响声，走到许梦梦的身后双手扶在她的肩膀上，低头凑近她的耳朵，轻声道："迷途者。"

我和许梦梦正式确定下了关系，真不知是该去恨梦梦的父亲还是感谢他，我和许梦梦睡到了一张床上，但仍然没有发生关系。我不会去碰，她也不会让我碰，两个人都心照不宣。

第二天秦石打来电话，简单地表明要给许梦梦放一个星期的假，惹得许梦梦一阵惊讶。不过我明白，这是许梦梦的父亲在表态，他让许梦梦留在我身边是一石二鸟之计，首先表示他不会再对我动手让我安心；其次也是在向秦石妥协，你看我已经将自己的女儿调离了你的身边，这次你可以安心为我做事了吧。

我不断地去猜想着，却对许梦梦父亲的恐惧越来越深，好似他的每一步都是那么完美，让你无法逆转他的想法。

不过好在的是，经过被许梦梦父亲手下劫持，我和许梦梦的感情倒是突飞猛进，没有警局的事情，无论去哪儿我们都是两个人，甚至去买了一条小萨摩，被许梦梦戏称为"三口之家"。

一个星期转眼即逝，每天我都会给于鸿打电话，结果却都是无法接通，他仿佛是深海中的鲸鱼，偶尔昙花一现跃出海面，便再次沉入深邃的海中，寻觅不见。秦石和都书言加大了搜寻的力度，让人莫名地感觉自王图强后他们想要对于鸿开始动手了，不过"迷途者"终究是"迷途者"，秦石和都书言的举动并没有收到显著的效果。我相信以于鸿的手段他自己不想出来的话，秦石他们想找到他还真的很难，毕竟于鸿不是犯人，秦石他们也不可能发布通缉令。

我尝试向秦石要求见王图强一面，不过被爽快地拒绝了。秦石对我的态度也不如往前，冷漠了许多，声音中透满了疲惫，看来秦石已是强弩之末。

又过了一个星期，秦石终于放弃了牡市对于鸿的搜寻，其间秦石留下都书言在警局，自己带着缉毒队再次去了樱桃村。他们带回了徐羽，并且真的抓捕到白褂老板，顺着线索还牵扯出了一个贩毒团队，一时间秦石再次声名大噪，牡市的报纸上刊登出了他的照片，标题是"6.12凶杀案迫在眉睫，秦包拯再出山破获贩毒团伙"。

我坐在家里津津有味地读着报纸，许梦梦将徐羽接到了我们的家中，我急忙将报纸扔到一旁起身迎接。徐羽依然穿着在"客栈"打工的衣服，双眼无神，显然被这件事打击得不轻。

见到我他的精神变得紧张起来，我尝试性地安慰了他许久，他就躲在许梦梦的身后恐惧地看着我。我将事情的经过讲给他听，了解事实的他最后选择了接受，他还是个孩子，虽然对我刚开始有些责怪，不过时间渐渐冲淡了怨恨，我经常与他谈话，不管他有没有听进去，我要让他知道我并没有做错，何况将他接到家里来是为了照顾他，不求感激，只愿他不再难过。

我将存款全部取出来和许梦梦的工资放到一起，许梦梦有一张她父亲给的银行卡，向我询问要不要使用，我很干脆地拒绝了。我并不是追求奢靡生活的人，相反我不过是个极易满足的小百姓，吃喝不愁，晚上有个安眠的地方足以。

我和许梦梦商量后决定只用她每月的工资，那张卡被我放到了衣柜下的盒子内，我不确定以后会不会用得上它，至少现在的生活还不需要它的出现。

徐羽渐渐成为了我们家庭中的一员，他保持着在村子的良好习惯，早睡早起，经常在我和许梦梦起床时，发现桌子上已经摆满了菜肴。徐羽对任何事物都很好奇，但唯独不喜欢电视机。这点让我很费解，后来他告诉我觉得无聊，不如做些有意义的事情，而他所说的那些有意义的事竟然是玩游戏……而且还是许梦梦最喜欢的"愤怒的小鸟"，我只能无奈地叹气。

其实我本意是想送他去学校的，毕竟在他这个年纪，接受知识很重要，可他却执意要找一份工作，最后商量来商量去，双方进行了妥协，他在明年开学时必须去念书，但允许他每个假期出去打工养活自己。

徐羽很有骨气，我们给他花的每一笔钱他都会记在一个小本本上，扬言以后会如数还给我们，我和许梦梦闻言只是微微一笑，对他更加喜爱。相比于现在城市中的孩子，徐羽的那份执着和对命运的不甘甚至令我有些钦佩，同样是从偏远村子走到城市，我比他要懦弱得多。

于鸿再次给我打来电话是第三个星期的时候，电话中他只是简短地说让我去海林县找他，我犹豫过后终究还是选择告诉了许梦梦。她也答应我不会告诉秦石，从许梦梦最近提到秦石的表情来看，她的心里已经产生了芥蒂。

这三个星期以来秦石一个接着一个假期地给她放，完全将她排除在了警局之外，许梦梦心里也明白，秦石和他的父亲发生了冲突，而许梦梦成了双方的弃子。她倒是可以坦然受之享受着无限的假期，但若是说心里不难受那是假的。

深夜我买了张火车票，那是一个让我难忘的夜晚，并非时隔许久要见到于鸿的紧张和期待，而是因为我在车站遇到的一个人。

即使过了这么多年，我仍然记得那个在我生命中如昙花般偶然一现的女孩。

与她相遇是在车站，相别也是在车站。

凌晨时分，她坐在候车室里，膝前斜横着把比她还要大的吉他，笨重的旅行箱放在脚边。梳着马尾的头略微低下，昏昏欲睡。

我摩擦着手中的车票，望着车站内寥寥无几的人，黑暗编织成一张大网，将城市笼罩在其中。

"你是学生吗？"

她听到我的话，转头望过来，疲惫的脸上一双清澈如水的穹眸闪烁着光芒，愣愣地嗯了一声。

"回家？"

我无聊地问着。

她却摇了摇头："我没有家。"

"哦？"我不禁对这个女孩产生了好奇，"那你去哪儿？"

她报出了一个远方的地名，我从未听说过，是那么遥不可及。

"放假为什么去那里？"

"有一个西餐厅招演唱的，包吃住。"说到这儿女孩眉梢间露出了喜意。

"自己？"

"嗯，自己。"

一句话她又沉寂了下去，显然不喜欢别人问这个问题。

"大叔……"女孩轻轻地唤了我一声。

我抬起头，没想到这个看似和徐羽差不多年纪的女孩会这么称呼我，只见她青涩的小脸儿一种不可名状的表情，是悲伤……是愁苦？

我忽然注意到她的双手在吉他上不停地搓着，好似明白了什么，我从许梦梦给我准备的包中拿出了一罐和一袋草莓味的面包，递到了她手中，随即说道："为我唱首歌好吗？"

女孩本是犹豫着的，听到我的话便爽快地点点头，我抱着食品，坐在一旁，想着等她唱完，以回报的方式给她。

她打开吉他盒，费力地拿出吉他，调了调音弦。

"像孤单的旅行家　这人生一路风沙

却固执相信着前方　有为我开出的花

原谅我总是分不清坚强和倔强　原谅我总是看着没有尽头的远方

天亮　那路在呼唤　我的行囊和我的吉他

原谅我的不陪伴　我已经出发……"

纤细美妙的歌声顿时环绕了整个候车室，可惜这个夜色已深的时候，只有我和她二人，一唱一听。

我听得入了迷，她唱完后我还依然沉浸在刚刚的曲子中，久久才缓过神，不禁拍起手掌。

女孩抿起嘴轻轻地笑着。

嗯……草莓味的笑容。

我从包中将许梦梦给我准备的零食、水果都拿了出来，她拦阻，但被我以太多了为借口，都塞到她的旅行箱里，顺手还偷放进去了几张百元钞票。

那一晚，她喝着旺仔，吃着草莓面包，我们聊了许久。

直到车笛传来，她才站起身拍了拍肚子，向我示意她已经饱了，抱起沉重的吉他单挎在肩，另一手拎着旅行箱，迈着蹒跚的步子走向检票口。

我突然站起身喊道："姑娘，那首歌叫什么？"

女孩微微侧回过脸，扬起嘴角，天籁般的声音。

"大叔，一人行者。"

（三）

坐在喧闹的火车上，我戴着耳机循环着那首歌，脑海中一直在回忆着女孩的模样，那草莓味的笑容在我的心头萦绕。很难想象那么小的女孩儿要有多么顽强坚毅的信念才能在这尘世中生存，那一句"我没有家"仿佛尖刀一样插进我的心中，仿佛看到了当初刚刚来到牡市的我，她和徐羽很像，我有些后悔没有留下她的联系方式，不然说不定可以让徐羽和她成为朋友。

也许有人会问，为什么不收留她呢？

我没有那个资本，她也不会相信一个偶然邂逅的陌生人，这世界上每个人生来都有自己的使命，我不能抉择她的未来。

到达海林县是凌晨三点十分，我走出车站后感到有些陌生，这是我第一次来到海林县，虽然距离牡市并不算远，但我很少旅行，我讨厌那种漂泊无依的感觉，会心疼。

按照于鸿给的地址我找到了他，在一家破旧的旅馆内，走廊中还能听到吵闹和呻吟声，如牡市一般，这种小旅馆是不会查身份信息的。

我找到了他的房间，犹豫了几秒后敲门，当于鸿出现在我面前的刹那，我甚至不敢相信那是他。于鸿的脸上长满了胡楂儿，蓬头垢面，好似老了十岁，眼神变得暗淡无光，我很难想象这几天他都经历了什么。

他侧身将我邀进屋内，随即探头瞧了瞧走廊，反手将门关上、锁死。屋内卷曲的被褥泛着阵阵潮意，温度很低，地上满是烟头，垃圾桶内和房间的角落堆着烟盒和泡面的弃碗、矿泉水瓶。

"这段时间你去哪儿了？"我递过去一支烟，如同许久不见老友般问道，心里涌起一丝酸意，有些心疼他。

于鸿接过烟放在手中搓弄着却并没有叼进嘴中，沙哑的嗓子喃喃道："我去了古家村。"

"古家村？"我略有些吃惊地看着他，"你竟然真的去了那里，为什么当初不跟我们一起去？"

于鸿拿起桌上一罐咖啡喝了几口，苦笑着将烟夹到耳上："说实话，我不相信你们任何人，你也不用怪我，有件事情只能我独自去办，无法让你们陪着。当初我劝过你不要去古家村，可是你的好奇心迫使你执意要去，结果呢？你们什么都没有找到，秦石竟然会和你一起去，也不知他怎么会如此荒唐，我现在开始能够感受到他的慌乱，做出这样的决定恐怕是他的心已经无法沉稳了吧。"

我凝视着他那沧桑的面庞，有些不明所以，不过既然来到这里，总要给自己一个交代。

"好了，既然找我来肯定是有事情要告诉我，说说吧，失踪这么久你都查到了什么？"

于鸿抿了抿干涩的嘴唇，眼神突然闪出精光："除了最重要的，其他的我都知道了。"

"什么意思？你都知道了什么？"我不解地问道，心里突然紧张起来。

"原来一切的终点都在牡市，古玉留下蓝色蝴蝶结并非是为了让我破案，或许她也是犹豫的，她给了我们同等的机会。不，她给了三个人同等的机会，好似小时候玩的游戏一般，谁跑得快，谁就能够胜出！"

"兜兜转转回到这里，起点亦是结束，她的死对于我来说是开始，对于凶手来说或许代表着终结。我不知道古玉想没想过因为她的犹豫造成了林茹等人的死亡，或许她根本没有在乎过。"

"凶手是谁？"我站起了身，不愿再听他说些莫名其妙的话。

"还不确定，不过很快就能知道了，等我回到牡市后一切都会清楚，这场游戏终究还是我赢了，可我却输掉了最珍贵的人。"

"到底是什么意思？"

于鸿抬起头看向我："三瘸子这个人你还记得吧，我也见到了他，在你们离开之后。"

"你见过三瘸子？"我诧异地问道。

"嗯，我花了一千块钱与他聊了整整一夜，他告诉了我关于你们的所有事情，还有一些你们不知道的。"

我皱起眉头回忆着三瘸子的疯言疯语："我们不知道的是什么？"

于鸿双手在膝盖上不停地摩擦着，屋子很冷，他却只穿了一件半截袖。

　　"三瘸子见过女鬼这件事你们应该听说过，其实四年前他所见到的女鬼并不是别人，正是古玉。"

　　"古玉？"我瞪圆了眼睛，不敢置信。

　　"这件事或许还要从五年前说起，死亡轮回案件发生时古玉是负责案子的律师，也包括帮忙寻找一些法律文件，最后案件不了了之，古玉辞去了律师的职务，消失在了牡市。

　　"古玉失踪对我、对王图强的影响都很大，至今我也懊悔着给她的答案。

　　"没有人知道失踪的那段时间她去了哪里，不过一年后她回到了古家村，也就是四年之前。那时她在回往古家村的山上遇到了因为迷路奄奄一息躺在树林中的三瘸子，并且救了他的性命。

　　"那是一个无月的夜晚，森林中一片漆黑，而古玉穿着一身红色风衣，伴随着动物的嚎叫声而来，三瘸子当时本身意识就不够清楚，才会误将她当成女鬼。随后古玉给三瘸子指了回樱桃村的路，三瘸子才得以保留下小命。

　　"三瘸子说她怀中抱着珍宝，那应该是古玉的孩子。当三瘸子问她怀中是什么时，作为母亲的古玉开玩笑说是我最珍爱的宝贝，并没有什么不妥，却被三瘸子误认为她怀中真的抱着金银财宝。

　　"我在古家村了解到古玉四年前曾经回过一次古家村，当时跟她的母亲发生过争吵，我想古玉可能是想把孩子寄养在家中，但被母亲拒绝了，具体的原因还不知道。不过按照我的猜想，古玉母亲知道这个孩子并不是古玉丈夫的亲子，老人传统的观念让她无法接受这个结果。至于古玉遇到三瘸子的事情，是因为三瘸子当时捡到了古玉掉落在地上的耳环，他将那东西埋在了旅馆的后面，当作神物。

"并且，我在古玉母亲家里见到了古玉回村时所穿的衣服——红色如血般的风衣。

　　"而在你们到达后死去的旅馆老板正是古家村疯婆子的孩子，这是很多人都不知道的。因为老板多年前就被送出了村外，他回到村子时发现父亲竟然是被母亲杀死的，所以他选择了抛弃自己的母亲。那个疯婆子每天坐在旅馆对面是因为那里曾经是她的家，她在远远地看着自己的儿子。

　　"至于那宗杀人案秦石已经查出来了，在他缉捕贩毒团伙时再次去了古家村，事情的经过是疯婆子发现自己的丈夫与那些贩毒的人有来往，争吵中错手杀死了他。不过秦石没有选择逮捕疯婆子，估摸着也是觉得没有任何意义吧。一个疯疯癫癫的老太婆，还能有几年活头？最后的心愿就是坐在旅馆门口偷偷看着自己的孩子。现在孩子也死了，我去的时候她已经在地上残喘了，说不定现在已经死了也有可能。

　　"我询问了古家村的一些村民，也得到了证实，当年旅馆建成后是疯老太婆的丈夫主动申请去看管的，因为那时已经有人开始利用尸体运毒，众村民也不愿去沾染晦气。村民想要换取物品时就会让疯老太婆的丈夫当作中间人，这样一来，旅馆虽然在古家村内，却成了一块禁地，直到发生了那次火并事件。

　　"疯老太婆的丈夫那些年应该没少参与交易，而疯老太婆本人却不知道自己丈夫的行为，直到意外发现……"

　　我惊道："可旅馆老板不是这样说的……"

　　"嗯，他在说谎，那又怎么样呢？古家村根本不会有人跟你们交流，所以旅馆老板说什么你们也就只能选择信什么。还有那天旅馆老板死后，村子里的人其实是疯婆子叫来的，你们被人围攻时，她就在远处看着你们，你能想象那时她是多么希望你们被人打死吗？虽然她的儿子抛弃了她，可母亲对亲生骨肉的爱依然无法改变。"

听着于鸿的话我不禁汗毛竖立，仿佛一下子回到那个充满杀气的早晨，远处恶毒的眼神正在看着我们，她也许会笑，会期待看到我们给她儿子陪葬。

"对了，樱桃村贩毒团伙的老大你知道是谁吗？"

"谁？"

"是一个被人称作'七爷'的老头。"

我猛地想起那个四肢干枯，眼珠子丢失的老者，他竟然是樱桃村贩毒团伙的老大，这有些太令人难以置信了。如此说来的话，在我们从白褂老板那儿寻得消息请求三瘸子带路去古家村时，他伸手拽住三瘸子的动作和他那副紧张的表情是怕运毒的秘密被泄露吧！

想到此处不禁有些后怕，幸好当时全部精神都放在古玉的案子上，若是表现出一点怀疑，怕是白褂老板和七爷在我们回到樱桃村时就会将我们杀死，绝对不会给我们留下后路。不知在他们被秦石逮捕后，会不会后悔当初放过我们。

于鸿咧起嘴角："三瘸子的小拇指是在古家村被人砍下来的，我了解到砍他的人正是七爷派去的。因为七爷对三瘸子有感情，可三瘸子因为古玉的出现总是向山里跑，七爷便派人去古家村想要给他一个教训，很成功，三瘸子自从断了手指后再也没有去过。"

"若不是因为你们的诱惑，三瘸子也不会再次踏入那险要的地方。"

"三瘸子现在怎么样？"

"七爷被抓对他的影响还是蛮大的，整天疯疯癫癫的，他不在乎七爷是什么贩毒的团伙，他想要的不过是一个能找他喝酒、聊天的老人。听说在抓捕七爷的过程中，三瘸子还和警察发生了冲突，若不是秦石有意放他一马，牡市的监狱就要多个人了。"

"他竟然会这么有情有义？"

"你是指谁，秦石还是三瘸子？呵呵，不用惊讶，因为还有让你更惊讶的，也是我这次去古家村最大的收获，你知道吗，秦石也是古家村的人。"

"什么？"我不自主地向后退了几步，脑海中闪过一幕幕场景。

记得我们第一天随着三瘸子到达古家村时，没有三瘸子的指引他就能够轻松地找到旅馆的所在位置，我们还傻傻地认为是他的眼神足够好。

记得在我们二人前往古玉母亲家中时，我仓皇出门却发现他在和院子中凶狠的狼狗玩耍，那条对谁都狂吠的狼狗对他却是摇着尾巴讨好。

记得古家村死人出殡时我们皆担心他会撞上送葬的队伍，可他却迟迟拖到傍晚才归，手中还拿着古玉母亲所送的油纸伞。

记得在我们被包围随时有生命危险的情况下，他在老者耳边轻轻吐出几句，我们这些被村民认定的"杀人凶手"轻易地被放走……

我跌坐在床上，愣愣地看着于鸿嘲讽般的表情，不知该说些什么。

"很有趣吧，当我知道这些事时和你表情是一样的，原来查案的人一直与古玉有着联系。呵呵，怪不得他会因此出山，我们从一开始就是错的。"

"他是凶手吗？"我的心神有些慌张，喃喃问道。

于鸿摇摇头："不知道，只能说他隐藏得太深，五年前我就尝试着调查过他的背景，结果是一无所获。五年后我以为自己的实力够了，可是依然查不到他的任何信息，最开始以为是公安部门对他的保护政策，直到这次去古家村才恍然明了。没想到啊没想到，不愧是我师父口中能够与他媲美的人，我于鸿甘拜下风。"

听着于鸿近似嘲讽般的话语，我浑身不舒服："你什么时候回牡市？"

"我还有些事情没有处理完，很快我就会回去，古玉留下的东西就在牡市。不过此刻我却能够体会到古玉的心情，我现在就像手持潘多拉魔盒钥匙的开启人，要不要打开它我还没有决定好。"

　　"你还在犹豫什么？"不知为什么我变得愤怒起来，一种被欺骗，被隐瞒的愤怒，"因为这件案子已经死了多少人，你既然能够抓住凶手难道想任由他逍遥法外吗？王图强对你说过的话难道你忘记了吗？你费尽心思将自己变成现在这副模样，究竟是为了什么？！"

　　于鸿摇头叹气道："赵安，你还不明白吗？我根本不在乎凶手是谁，我在乎的是古玉的想法，她死前到底在想些什么，她把这钥匙交给我究竟是想让我做出什么样的选择，我现在还没有想明白。这场游戏我是赢家，但我现在犹豫了，我越接近真相越能够感觉到古玉死前的那种哀怨，她选择逃避却把选择权交到了我的手里，我也不知道该怎么办？我不知道最后的结果是否可以承受。"

　　我气愤地看着他："那你知道什么？"

　　于鸿的身躯颤抖起来，扯着沙哑的嗓子："我知道的是现在我比任何人都危险，我的生命也许在下一刻就会停止。我叫你来最初的想法是给自己留一条后路，如果我真的死了，那这把钥匙就会交到你的手里，我甚至有些希望变成那样，至少你要比我容易抉择得多，你是局外人，而我不是！"

　　我愣在原地，看着于鸿青筋暴起的模样，莫名地感受到一种悲伤，是啊！我不是他，在我的角度看只是单纯地想要解开谜团，而他和王图强这种身陷局中的人却并未这样想，在他的心底有着比答案更加重要的东西，我想问，却无从开口。

　　于鸿定然还藏着许多心事，我了解他这个人，除非他自己想明白，否则别人无论说什么都是没有用的。我想也正是因为他的执拗，古玉才会把选择权放进他的手中。

"你不累吗？"我缓和语气道，"何必将自己变得如此纠结，当初古玉问你爱情和生命哪个重要时你就不该犹豫，如今你还要重蹈覆辙吗？我可能没有资格站在这里批评你，但你是我的兄弟，我想的是和你离开这座城市，你背负得已经够多了，该歇歇了。"

我这句话明显地刺激到了于鸿，他惊愕地望着我随后陷入沉思，许久许久。

"你回去吧。"于鸿向后仰去倚靠在墙上，终于开口，"我改变主意了，这段时间我就会回到牡市，到时会联系你，也会给你，给古玉一个交代。如果……如果我没有性命回到那里，就让这把钥匙伴着我一起下地狱吧！

"我不能那么自私，不能将这危险再加到你的身上，许梦梦是个好姑娘，带她离开这里吧，离开这个局。"

我望着他疲惫的脸庞，没有再说什么，静静地抽了一支烟，踩灭，离开了破旧的旅馆。

走在海林县的街上，四周的人群匆匆流逝，我的脑中一片空白，什么都不愿意去想。可是又无法阻挡地去思考，人为什么要选择，为什么要活得这么累？连于鸿都有无法做出决定的时候，更何况我们这些在社会的海洋中挣扎奔波的人？突然好想睡一觉，忘记一切，忘记所有的过往。

一觉醒来，天还是蓝的，阳光还是温暖的，那该多好。

手机铃声响起，我没有伸手去接听，倚靠在路旁电线杆下，一支接着一支吸着烟，盼望着愁绪可以伴随着吐出的烟雾消散在空气中，再也不要回来。

手机再次响起，我终是无法做到无动于衷，抬起沉重的手按下接听键，吃力地放到耳边。

"赵安，你到了吗？"许梦梦甜甜的声音从电话的另一头传来。

"嗯……已经谈完了，现在要回去，发生什么事了吗？"我忧愁地淡淡问道。

"没。"许梦梦，"只是想你了。"

我的脑海中闪过一寸光芒，身躯为之一震，刹那间仿佛悟到了人生的真谛，什么爱恨情仇，什么杀人凶手，我不是于鸿亦不是秦石，我是赵安，我的爱在牡市的那所六十平方米的小房子中，那才是我的归宿，我的责任，其他的事情与我又有何关系？

"等我，我很快就回去。"我扬起嘴角，笑着对电话说。

"嗯。"

我甚至能想到许梦梦欣喜的表情，放下电话，深深地吸了一口气，迈起脚步在夜色下狂奔向火车站。二十多年来我一直没有找到自己的目标，总觉得混一天算一天，没有安全感，近乎可怜地奢求林茹和领导对我好，如同行尸走肉。

不过现在那个曾经颓废，没有目标的赵安已经死去了，我现在突然明白了自己想要的到底是什么，我该去承担的到底是什么，别人的生活终究是别人的，我要掌控自己的命运，追求自己的幸福！

清早我回到了牡市，下车后拼命地呼吸着清新的空气，整个人瞬间充满活力，令我没有想到的是许梦梦和徐羽竟然来到车站接我。当我走出车站的刹那，阳光洒在他们的身上，仿佛圣洁的荣耀，那么美好，我心急难耐奔向他们，张开双臂将他们两人紧紧拥入怀中，不肯松开。

"干吗呀，这么多人呢。"许梦梦娇羞地打了我一下，徐羽则在我怀里傻傻地笑，享受着片刻的温暖。

我倔强地抱着她们，嗅着许梦梦发间的香气，喃喃道："有你们，真好。"

许梦梦娇羞地低下头，徐羽悄悄地对我伸出大拇指，用嘴型吐出两个字：厉害。

我笑着瞪了他一眼。

几分钟后我牵着他们两人的手走出车站熙攘的人群，却看到对面路旁都书言笔挺的身影，他嘴里叼着烟倚靠着一辆警车。见到他我和许梦梦皆是一愣，徐羽茫然不解道："赵哥，怎么不走了？"

我转头在许梦梦的额头轻吻，道："先带徐羽回家吧，我晚点再回去。"

许梦梦眼中闪过一丝惊慌，不过很快就镇定下来，有些事情心照不宣："早点回来，我和徐羽在家等你。"

徐羽此刻也反应过来，看看我，又看看远处的都书言，一脸的担心，我拍拍他的头："乖乖回家，记得带小白出去遛弯哦。"

小白是我们养的萨摩。

说罢我转身走向都书言，他冷着脸打开警车的后门。我望了望车内空无一人，看着他笑道："这么久也没见你笑过几次，能不能不要这么严肃，弄得像上刑场一样，笑一个好不好。"

都书言没有理我，我撇了撇嘴起身坐进车内，他进入正驾驶位置，发动车辆。

"是秦石要找我吗？"

都书言仍然一言不发，把我当成空气一般。警车缓缓发动驶离车站，我掏出手机给于鸿发了一条短信，只有两个字：危险。

随后我将手机关机倚靠在车座上，车外阳光正好，新的一天总是充满生机，带给人无尽的希望，忙碌的人们奔波在工作岗位上，为了幸福而尽其所能地努力着。

许梦梦和徐羽在对面呆呆地望着我，他们的身影渐渐消失在车窗中。

一路无话。

半个小时后都书言将车停在一间茶楼门口，这倒是令我很意外，我本以为会去警局的，不禁疑问道："怎么审讯室改成在茶楼了？"

都书言下车打开后门，冷冷道："下车！"

我无奈地笑了下，随着他进入茶楼，有服务员迎上来将我们二人带到楼上最里侧的包间内。茶楼的内部装修异常奢华，古典的装饰伴随着古筝的乐曲仿佛回到了那个诗情画意的年代，让人心旷神怡。若是此刻陪伴着我的人不是都书言那该有多好，带上个知心朋友到这里品茶聊天，那是多么美妙的场景。我心中笃定若是有机会，一定要带于鸿来次这里，总比我们天天泡在地边摊要好得多。

不过现在也只能想想，毕竟还有未知的危险在等待着我。

包间内一方茶道，一位五十多岁的男人穿着宽松的白袍坐在柔软的垫子上，气定神闲，可以看得出来面容保养得很好，剑眉横立，两道沟壑自鼻侧延伸到嘴边，气势逼得我不禁紧张起来。他却似乎没有看到我们一般，两手拿着茶壶正在向茶杯缓缓注入茶水，那双手掌仿佛能够抬起千斤巨石，按压着茶壶纹丝未动。

都书言走到他的身边弯腰附耳说了些什么，男人点点头没有说话，都书言起身退出了房间，包间内只剩下我和他二人。

"坐。"

他吐出第一个字，声音厚重沉稳带着让人无法抗拒的威严，我犹豫了下，当他的眼神落在我身上，我下意识地躲避开来，快速坐到了他的对面。

我张了张嘴，却没有说出半个字，他给我的感觉和秦石完全不同，如果说秦石是一块磐石让人感觉难以撼动的话，面前这位就如泰山一般让人难以仰望，不敢造次。

"喝茶。"

他说出两个字，我连忙将茶杯拿起，有些烫手没有敢喝入腹中。

"喝茶。"

当他第二次说出这句话时我没有任何犹豫将茶水倒入了口里，苦涩的味道划过嗓子，热流顺着喉咙流进胃里，浑身顿时暖洋洋的，好似每个毛孔都张开一般，舒服至极。

他微微点头，随即连饮三杯，沉声道："你应该知道我是谁吧。"

我看着面前的茶杯，端起一杯复饮，才鼓起勇气说："您是许叔叔？"

"哈哈。"男人突然笑了出来，随即又将笑容收回，依旧严肃，让人无法想象的脸色变幻，"叔叔？小伙子有点意思。"

我尴尬地笑了笑，扭了扭不太舒服的坐姿。

"知道为什么要你来这儿吗？"

"呃……不会是跟电视剧里一样让我跟您女儿分手吧。"

"你这小子。"男人挑了下眉毛，嘴角掠过一丝笑意，"梦梦的选择我不会参与，她有她的人生，男人之间就聊点男人的话题。"

我突然有些蒙了，许梦梦的父亲找我竟然不是说她的事情，那看来要更糟糕。

"会下象棋吗？"

他的话让我反应不及，我愣愣地点头，难不成他找我来是为了跟我对弈？

许梦梦父亲点头道："象棋的精髓是什么？"

"走一步看三步？"我试探性地回答。

男人摇摇头，拿起木夹将我面前的空茶杯放到中间，再次注入茶水，随之道："是保证自己的老将不被对方吃掉，如此最多也不过是和棋，永不会输。"

我若有所思地点点头，男人再道："喝茶。"

这次我毫不犹豫地将茶杯端起一饮而尽，连喝三杯。

"你和梦梦离开牡市吧，去哪儿都好，过你们自己的生活。"男人从他的身边拿起一盒烟扔到了我的怀里，我低头一看，九五至尊。

"这并不意味着我对你有好感，相反，我不是很喜欢你。五年前我赢了一局，如今这局看起来要变成和棋，其实我一直想找个能够接替这盘棋局的人，不过梦梦不适合，你也不适合。走吧，只要不在牡市，去哪儿都好。"

我突然有些明白了许梦梦父亲的话，疑问道："都书言在这里，秦石呢？"

男人听到我这句话嘴角掠过一丝笑意，抬起头看向我，眼神凌厉，逼得我不敢与其对视，低下头望着手中的香烟不知所措。

"他还在挣扎，殊不知落叶归根，难以回天，水中月镜中花，尽是徒劳罢了。"

我皱了皱眉头，想起在车上秦石与他吵架的时候，有些明白，又有些不明白。

"那……晚辈告辞了？"

"去吧。"

我站起身微微鞠躬，转身走出了包间，都书言站在门口冷漠地看着我。我看着他的脸沉默了一会儿，终究叹了口气迈步离开。

回到家中许梦梦坐在沙发上焦急地等待着，见我回来急忙上前询问，我摇摇头道："有惊无险，没什么事。"

"那就好。"许梦梦笑了起来，"一夜没睡困了吧，我去给你做饭，然后睡一觉吧。"

我起身拦住她，揉了揉她的脑袋："我来就好。"

许梦梦笑着回到沙发上。

许梦梦父亲说他五年前赢了一局，看来死亡轮回其中的缘由不是表面上那么简单的凶杀案。忽然记起"死亡轮回"的死者是省里某位高官的妻子，不由得让我的思绪飘到王图强背后的那位大佬身上，这些事情我没有任何证据，也参与不得。从许梦梦父亲说话的字里行间便可以感觉得到，你永远不可能抓住他的话柄。

不过令我好奇的是两件事，今天接我的人并非秦石，而是都书言，难道秦石将自己上面的这层关系也交到了都书言的手中？当我问起秦石时，许梦梦父亲的话更是让人摸不着头脑，就我理解的意思是，古玉凶杀案以及林茹等人被杀的案子秦石再努力也是破不开的，如同镜中花水中月一般，徒劳无功。

想来想去又不禁默默地嘲笑自己，怎么又将自己带入到那些事情里面，对于我而言，重要的是许梦梦和这个家，那些斗争与我无关。

半个月后。

这晚徐羽因为感冒留在家中，我和许梦梦在街道上遛着小白，顺便给徐羽买些药物，小孩子非常倔强，无论说什么都不肯去打针。

路上我和许梦梦在谈论离开牡市后要做些什么，令我没有想到的是，在这天边染着紫霞的宁静傍晚，手机却突然响了起来。这是半个月来它的第一次铃声，因为每天我都和许梦梦在一起，也没有其他的朋友，手机如同坏掉一般每天被放在桌子上，再也没有响起。但我无论走到哪里都会揣着他，因为我心里知道，总会有这么一天来临。

铃声和震动摧残着我的心，许梦梦不解地看着我："怎么不接电话？"

我恍然恢复神智，缓缓地将手机掏出，果不其然，上面显示着"于鸿"二字，我心中好似被针刺到，犹豫了几秒，终究还是逃不过，按下接听键放到耳朵上。

"赵……赵安，快来我家！快！床下……在床下……"

没等说完，电话就被挂掉了，我尝试再次拨打过去，却显示无人接通，我的手一抖电话掉到了地上，于鸿回牡市了！

许梦梦也察觉出来不安，将手机捡起递回给我，担忧地问道："怎么了？"

我愣愣地望着手机，咽了口唾沫道："于鸿，于鸿出事了！"

"他回来了？"许梦梦惊讶地看着我，我点点头，环顾四周急忙道："我要去趟于鸿家，你先回去。"

说罢我转身冲向街道的另一头，背后传来许梦梦的呼喊声："赵安，等等。"

我无心理会，奔跑过程中见到前方有辆出租车，直接横身拦截到马路上，司机见到我猛地一个急刹车，探头骂道："你不要命了！"

我快速拉开副驾驶坐了进去，从兜里掏出一张百元钞票拍到车前，急促道："去郊区，迷途者侦探所！"

司机见到钱脸色顿时转变，伸手将钱塞到了衣服兜里。

"好嘞！"

我紧张地拿出手机再次给于鸿拨打过去，无人接听。

我疯狂地一次接着一次给他拨打，尽管对面都是无尽的响声没有人接依然不放弃，心中无数次地默念着，千万不要出事，千万不要出事。

我不知道于鸿是什么时候回到的牡市，但是从电话中能够感受到他正在面临危险，说不定动手的人正是许梦梦父亲的手下，那种被尖刀逼迫的感觉涌上心头！

"他妈的！"

我砸了下大腿，嘟囔着："接电话啊！于鸿，你接电话啊！"

司机的速度非常快，十分钟就到达了小区的门口，我打开车门狂奔冲入小区内，夜色下可以看到于鸿的侦探所内亮着灯光，我将手机塞进兜里，跑到侦探所前，一把推开门闯了进去，侦探所内好似被人翻过，地上杂乱地扔着各种各样的文件和照片。"古玉凶杀案"的白板还在桌子上摆着，而下面曾经用来分析的文字却已经被擦掉。

"于鸿！"我竭尽全力地呼喊着，却没有任何回应，侦探所内空空荡荡，灯光突然闪动起来，一亮一暗，好似随时就会灭掉。

"嘭！"

正在我不知所措时，外面突然传来撞击声，我的心瞬间紧张起来，不安的感觉自侦探所内的墙壁压迫着我的身体，慢慢地走到门口，手颤抖着拉开了侦探所的大门。

于鸿躺在侦探所门前不远处的地上，尸体下尽是鲜血，身体已经扭曲得不成样子，只剩下两只眼睛还在瞪着前方，眼神中透着无尽的不甘，双腿向外弯曲着，碎肉溅了一地，血缓缓流淌至我的脚下。他已看不出任何表情，惨绝人寰的死法，我不禁干呕出来，扑通跪倒在地上，双手颤抖着不敢去触碰他的尸体。

（四）

"于……于鸿……"

我最好的兄弟、唯一的朋友惨死在我的面前，我却什么也阻止不了，愧疚、难过、悲愤、痛苦，无数的负面情绪冲击着我的内心，眼泪顺着脸颊掉落在地上。我颤颤巍巍地掏出手机，却根本用不上力，手机掉落到地上，再次捡起，哆嗦着按下秦石的电话号码，拨了过去。

"喂……秦石！"当电话接通时我突然慌张起来，大声地喊道。

"赵安，怎么了？"对面传来秦石熟悉的声音，貌似已经很久没有与他有联系了，如今听到他的声音有一种莫名的安全感。

"于鸿被杀了……于鸿被杀了！"我近乎嘶吼般地对着电话喊。

"你在哪儿？我马上派人过去！"

"在于鸿家楼下，他……他给我打电话，我到这……到这儿后他从楼上摔了下来！"

"你等我。"

电话挂断，我扶着墙缓缓站起身，转过头去不敢再看于鸿的尸体，我无法相信，上次明明还约定好回来联系，怎么……怎么可能就这么死了！

我还没有带他去许梦梦父亲见我的茶楼，还没有和他一起离开牡市，还没有喝完那壶老酒，还没有……

我猛地冲进楼道之中，狂奔上楼到于鸿家，门没有锁，我踉跄地进入客厅内大喊道："于鸿，你在哪儿！我知道你没死！楼下的不是你对不对，你快出来啊！你出来啊！"

可是回应我的却只有空荡荡的房间，墙壁上还挂着于鸿的照片，他穿着西服意气风发地坐在皮椅上，跷着二郎腿，手中捏着一根雪茄，嘴角标志性的玩味笑容……他怎么可能就这么死了？他可是迷途者啊！

我转身进入卧室内打开灯，床上的被子很乱，显然于鸿刚刚躺过不久，电脑屏幕还是亮着的，背景更换成我和他在KTV唱歌时的照片，两个人都醉醺醺的，眼神迷离，勾肩搭背。我鼻子酸酸的，脑海中忽然想起于鸿在电话中所说的话，猛地趴倒在地上，探头向床下望去，一个黑色的盒子出现在我的面前。

我伸手快速地将盒子拽了出来，于鸿临死之前打电话却没有喊救命，而是告诉这个东西的位置，此刻我忽然回忆起在海林县的小旅馆中于鸿所说的话。

"我就像是拥有潘多拉魔盒钥匙的开启人……"

如今，钥匙终究还是交到了我的手里，这个选择于鸿留给了我。

我深呼吸一口气，坐在地上倚靠着床，将怀中的盒子打开，映入眼中的是一个黑色的日记本，上面还有着残留的灰尘，页脚已经泛黄，显然保存了很久。我大口大口地呼吸着空气，鼓起勇气翻开第一页。

"如果他能够看得到，是不是会带我走进那座城？"

落款：古玉。

我的心急速跳跃起来，颤抖着向后翻去，一字字一句句映在我的眼中……

2003.7.14

我没想到时隔这么多年还能够见到他，在学校他一眼就认出了我，他黑了、瘦了，讲话却还是像当初一样吞吞吐吐，可不知不觉间，我那早已如死灰般的心再次跳动了起来。

他向我讲述了这些年来的经历，还有，他对我的思念，可我又何尝不是日日夜夜都在思念着他？

我决定再也不离开他，永远永远。

苍天，你也会保佑我的对吗？

2004.5.10

今天我鼓起勇气跟他说出了结婚的想法，没有想到他却沉默不言。

于是，我知道了一个让我无法承受，几近崩溃的消息。

重逢这近一年我享受到了曾经只能在梦里享受的幸福，可为什么会结果会变成这样？

他竟然已经结婚了！竟然有妻子！

我狠狠地扇了他一巴掌，可疼的却不是他，而是我那在滴血的心。

为什么会这样，为什么一切会变成这样？

我要冷静下来，他一定有苦衷的对不对，他说他会爱我的，小时候他就答应过会娶我的！

可……可他为什么要娶别人，是这些年我没有在他身边的原因吗？

我等了他这么多年，为什么？

我瞒着他偷偷去看了那个女人，她没有我漂亮，没有我会打扮自己，甚至听说她跟他结婚时不是处女，但是和她在一起时，他脸上的那种幸福是我梦寐以求的，为什么我得不到？

我想杀了她，她夺走了属于我的男人，我的爱情。

那座城，永远是我的！

2005.5.1

今天我和一个并不爱的男人结婚了，他曾经是我的老师，我知道他一直喜欢我，对我也很好，可我的心仍然只属于他一个人。

我这算是背叛吗？

背叛了我的丈夫还是背叛了我最爱的人？

他并没有来参加我的婚礼，最近古林县的案子那么忙吗？连我一生中最美的模样他也不来看看吗？婚礼上我几乎错觉似的将新郎想象成他的模样，几十年的愿望终究没有实现，那些美丽的话语成了虚谈，梦碎了，心也死了。

于鸿来参加婚礼的时候我看到他哭了，可我却没有选择，或许他再勇敢点，说不定娶我的人就会变成他。

于鸿啊于鸿，或许你才是最能够理解我的人，因为我们最爱的人都成了别人的新娘或新郎。

苍天啊，你若是真的有眼，看看这悲惨的世间吧！

2006.9.2

我真的不敢相信他会做出这样的事，仍到落笔写下这行字时我的内心都在颤抖着，他怎么可以违背自己的原则，违背自己的信仰？！

是什么改变了他？

或许我应该将他送进监狱，让他忏悔自己所做的一切，可是我的肚子里怀了他的骨肉，爱情和信仰究竟哪个更重要一些？

我想问问于鸿，或许能够给我答案。

他今天在我怀里哭了好久。

几十年来我第一次见他流眼泪，看着他撕心裂肺的模样，我比他更加痛苦，我不敢告诉他怀孕的事，现在他的压力太大了，我想阻止他，却毫无办法。

他说已经没有回头路可以走，我想逃，逃离这座城市。

我爱他，我没有选择。

我想生下这个孩子，为我们那延续几十年残缺不全的爱。

我会帮他渡过难关。

苍天啊，你可曾见到我流下的泪水？

2007.12.31

明天就是新的一年了，古家村户户都开始张灯结彩，母亲却仍然没有理我。

我有选择自己爱情的权利，我要照顾好这个孩子，把她养大成人，我会告诉他，她的父亲曾经是何等英雄，却不会对她说要成为你父亲那样的人。

昨夜又听到母亲的抽泣声，我也流着眼泪辗转无眠。

希望新的一年，能够将往事全部忘却，我愿意替这孩子承担所有的痛苦，只求她长大后能够平平安安，不要像我们一样在这凡间流离失所。

不由得想起远方的他，现在是不是在和妻儿庆祝新年？

我希望他快乐，却不想这份快乐由别人给予。

我很自私吗？

如果全世界都唾弃我，那就尽管来好了。

2008.4.4

清明节。

今天陪着他去给父母上坟，我回忆着童年他母亲给我包饺子的趣事，他将我搂在怀里轻吻我的额头，那时我甚至希望时间可以定格，永远留住那份温存。

我鼓起勇气想对他说孩子的事，却被一个电话打断，我清楚地看到他的脸色随着手机的铃声而改变。

他变得唯唯诺诺，成为了别人手中的枪，或许牡市没有人会猜到，曾经叱咤风云的他变成了如今这副模样。

我劝他离开，他不听，他说要培养出一个接班人才可以归隐。我知道其实他更在意的还是那个家庭，而我不过是他身后默默付出的女子，看着他每天筋疲力尽还要抽出时间来陪我，不知是感动还是可笑。

男人啊，你们何时才能知道自己心中想要的是什么？

选择就那么难？

他告诉我"那个人"将自己的女儿送到了他身边，让他收为徒弟，这不是监视是什么？他做了那么多残忍的事情，最后却连最基本的信任都换不到，可悲。

他变了，我的话他不再听从，并且开始酗酒，有时我甚至不敢想象这是我曾经崇拜、不顾一切去追随、去爱的男人。

刚刚他在我身上疯狂地发泄着欲望，可我除了疼痛却没有半点感觉，看着他在我身边熟睡的样子，不禁想要问自己，古玉，你依旧爱他吗？

爱，一定是爱的。

…………

2011.6.5

今天于鸿查到王图强在外面有女人，当我听到这个消息时却没有半点的惊讶，内心毫无波澜，仿佛早已猜到一般。当我打电话过去时，那个女人叫我去死，我不禁笑了出来，我从未和你争抢过，何必冲动呢？无知的女人，他爱的只是你的身体，若是你拿得走，那便拿走吧，我倒图个清静。

可是现在苦熬着漫漫长夜，又突然觉得自己活得像个贱人，他现在应该躺在妻子的怀里睡觉，我的丈夫也躺在别人女人身边，只剩下我一个人望着凄冷的月。嫦娥如果真的在月亮上，我想问问她，这千百年的孤独岁月是如何忍耐过来的？

前天我问于鸿爱情和生命哪个重要，他没有回答我，连他也怕了么，呵呵，我活着的意义究竟在哪里？

廖晓花，你一定要好好待我的孩子，这是我仅存的期望。

我的心底有一颗种子萌生根芽，但我还没有考虑好，太多的回忆割舍不下，太多的言语撕扯着伤疤，我想要去寻找，寻找在人世间属于我的那个家。

苍天啊，我突然觉得你很仁慈，让众生同生，亦终同死。

2011.6.6

今天我逼着他和妻子离婚，这是我最后的尝试，他却变得那么冷漠，难道我们的爱真的不存在了？他的家庭仿佛就是一道界限，将我和他生生地撕裂开来，多么希望我也能够成为他的家人，或许，下辈子会的。

我威胁他，如果不和我在一起，我就会把五年前的事说出去，看着他眼神中闪过的恐慌，他竟然当真了！

我这么爱他，怎么可能会伤害他？

我一直认为这个世界上他是最了解我的人，是我错了，从他五年前染上鲜血的时候就不会再相信任何人。

他当年的话是对的，这条路没有尽头，亦不可回头。

不禁好奇五年前，当他割开那个女人喉咙的刹那，有没有想过自己将要为此付出的代价。

是再也无法信任别人、无法安稳入睡、无法面对自己的折磨。

地狱无间。

苍天啊，或许，我要回到你的怀抱了。

2011.6.11

今天在于鸿介绍的朋友那里买了两份保险，看到他推销时那副笨拙的模样，不由得想起了童年时的他，那么纯真，那么可爱。

我将蝴蝶结留给了他，算是对那份纯真的赠别。

不过我的心底还有一点点的期望。

我定了两张机票，如果他愿意离婚，我会陪着他一起去伦敦，在那个遥远的地方，和他，和我们的女儿有一个新的家庭，忘记这里的一切，从新开始。

这么多年所有人都在成长，却只有我不变初心，到了这个地步，我仍不愿改变，哪怕下地狱我也要带着这份爱，这份执着，这是我活下去的唯一意义。

这是我最后一次祷告苍天。

求求你。

若是不如我愿，日记到此也就该结束了，这就是绝笔。

秦石，你可曾记得当年的那句话？

"我会为你建造一座城，把你娶进城里，到时候你会嫁给我吗？"

这是其中的几篇，我再向后翻只剩下了一页页的空白，古玉的生命也随着她的"绝笔"二字结束了，我仿佛看到了一个女人半生的执念，这样的爱让我浑身发抖，怎么可能会有这样的人，为了一句话守候了半生。

盒子内还有一份文件夹，我颤抖着双手将文件夹打开，满目惊骇。

半晌后，我呆呆地站起身，突然镇定了下来，没想到会是这种结果，是那么可笑。不知于鸿当时看到这本日记是什么感觉，他之所以回到牡市没有联系我，怕是他自己都不知道该怎么抉择吧。

时至今日，我才明白古玉留下的游戏究竟多么可怕，她知道自己将死，却还抱着仅存的渺茫留下蓝色蝴蝶结给我，让秦石、于鸿、王图强三人互相追逐查探真相。若是王图强拿到，不止秦石，连许梦梦的父亲也将日薄西山；若是秦石得到，他后半生都将活在悔恨之中，他亲手杀死了自己孩子的母亲，为自己付出一生的女人。

可偏偏这本日记落到了于鸿手里，我甚至能够想象出于鸿迷茫的模样，他爱了如此之久的女人爱的却不是他，而是亲手杀死她的凶手。她死得那么坦然，却留下了无尽的怨恨与悲伤给发现这些的于鸿，谁是赢家？

我从未想到会是这种结局，于鸿将这些交给我，在他的心底更多是无奈吧，苦苦追寻，为之连性命都搭了进去的结果，就是一个不爱他的女人死前玩的一场游戏。

古玉在日记中无数次地祷告苍天，最后也将选择留给了苍天。现在这份日记到了我的手中，我不知苍天预示着什么，但我知道，我要替于鸿报仇！

我将日记放回盒子内，淡定地给都书言发去一条短信，随后叼起一支烟回到客厅，坐在沙发上舒软地倚靠着，拿起手机找到了秦石的电话，拨打过去。

霎时间，卫生间内传出了响亮的铃声，我不禁笑了出来，转头望去。

卫生间的门缓缓打开，秦石举着枪从里面缓步走出，按下了挂断键，我微笑着看向他，没有说一句话，也不需要说任何一句话。

"赵安。"他的面容严肃，眼睛死死地盯着我。

"秦队，你好。"

"何必呢？你不应该来这里的。"

我摇摇头，淡定地掏出火机将烟点燃："我和你一样，都是没有选择的人。"

"哦……"秦石眯起眼睛，"那没有办法了，放过你那么多次，这一次该结束了。"

"嗯。"

我深深地吸了一口烟，正准备闭上眼睛时，门外突然传来了敲门声，我猛地睁开眼，两人吃惊地对视，他缓步走到门前探头透过猫眼向外望去，喃喃道："许梦梦。"

听到许梦梦三个字我连忙站起身慌乱地看着秦石："与她无关。"

秦石缓缓放下枪，思索了几秒，绕到我的身后将枪口顶在我的腰间，我深呼吸一口气慢慢打开了门。

"赵安！"许梦梦惊呼着冲进我的怀抱之中，我安抚地拍着她的后背。

"你怎么来了，不是让你回家吗？"

"于鸿……师父！"许梦梦看到秦石，惊讶地叫道。

"我给你师父打的电话，梦梦，你赶紧回家保护徐羽，家里有危险！"我装作焦急的样子道。

　　许梦梦愣了下，呆呆地望着我："那你……"

　　"这边有我和秦石，你还担心什么，徐羽要是出事，咱们都会内疚一辈子的！当初可是你和我决定将他接过来的，千万不能让他有危险！"

　　许梦梦听完我的话又转头看了看秦石，道了声"好"，不再犹豫转头冲下了楼。我随之将门关上，悬着的心放了下来，平静地转过头去。

　　秦石猛地抬起枪指向我的脑袋，我死死地盯着枪口，仿佛一潭幽暗无底的深渊将我的思绪全部吸引了进去。

　　我没有丝毫紧张，淡淡道："谢谢你让梦梦离开。"

　　"那是我徒弟，一日为师终身为父，我把她当作女儿看。"

　　我不禁嗤笑道："恐怕你一直认为她是她父亲安插在你身边的眼线吧，现在和我说那种虚伪的话还有意思吗？"

　　秦石的眼神凌厉，杀意沸腾，这种感觉与那公交车背后的眼睛相重叠，一模一样！

　　我向后退到墙边，秦石逼到我的身前，缓缓打开了手枪的保险。

　　"为什么到现在才杀我？从这案子一开始发生的时候，你完全可以将罪名栽在我的身上，如同蓝雨碎尸案一般，何必等到这一步？其实我不是很能理解你，从最开始你就在我的身边，名义上是破案，实际是想毁灭古玉留下的证据。可如果你直接把我送进警局，不是要简单方便得多吗？"

　　秦石眼眸闪着精光："我没想杀你，整件事跟你毫无半点关系，若不是于鸿将你介绍给古玉，你只是个局外人罢了！要恨，就恨你那死去的好兄弟吧！"

　　"我恨他作甚？秦队，当初在古家村你用氰化钾想杀死的人是我吧，包括深更半夜潜入我的房间想要掐死我的人也是你，既然你说从未想杀我，到古家村为什么会突然改变主意呢？我威胁到你了吗？"

"想杀你的人不是我，而是许梦梦的父亲。于鸿的失踪打乱了我们的计划，这件事情已经开始脱离掌控，如果你被杀，于鸿至少有机会出现，可阴差阳错让你躲了过去。我本意就不想杀你，我是警察，虽然我做了不该做的事，却还没有心狠到可以对无辜的人下手！"

"可笑，那旅馆老板和林茹他们的死呢？谁来负责！"

"那是他们运气不好，任何事情都会有意外发生的，他们就是意外中的意外，老天让他们死，谁也救不了他们。"秦石平静地看着我，仿佛在叙述一件极其正常的事情。

"你知道于鸿得到了什么？否则怎么会让你在那么危急的时候还会来杀了他！"

秦石嘴角掠过一丝诡异的笑容，道："他拿到了古玉的日记，我本以为已经销毁掉了，却没想到古玉多此一举，竟然给他留下了线索。当我知道他失踪后就猜到了他给出的信息是不全的，但我还是怕在古玉家里残留着证据，所以后来单独去了一次。"

"古玉母亲是你劫走的？"

"她认识我，我只是给她找个地方暂时栖身罢了，你和我守夜的那晚，我已经将她接回去了。"

"呵呵，于是乎你就急着离开古家村，想要寻找于鸿的下落？"

"他已经拿到了线索，地址是古家村没有错，但我却没有整体的密码，所以一直无法破开罢了。直到前些日子王图强将密码原件交给我，我才再次回到古家村，可惜还是晚了一步。"

"我很好奇，你是怎么确定于鸿一定拿到日记的？"

"上次在于鸿家里时，我藏了一个信号传感器，可以监听到他家里的声音。虽然于鸿的反侦察能力很强，可惜……他的对手是我。不只是他，你的家中也有，当初正是因为要取蓝色蝴蝶结和安装传感器我才会撞到那对奸夫淫妇。"秦石笑道，"不用感谢我，贪心才是最致命的，若不是你的前女友贪图存款，我也不一定就能够撞得上他们。至于你家里发生的案子你们都猜测错了，我先杀的人是王远，知道你家里没人想要把尸体放进去，却没想到你前女友竟然和情夫玩到了床上，于是我就顺手替你解决了他们。"

我抿着嘴唇，时至今日提到林茹和阿明的死我的心还是不禁颤抖，那是我永远无法抹去的阴影。

"当天我在省里，趁着于鸿打电话请你们去他家的工夫从省里赶回来，那天在他的家里于鸿交给你们王图强在外有女人的证据时，我已经在前往你家中的路上。其实我想得挺简单，本意是找到蓝色蝴蝶结销毁，这案子也就成悬案了，五年前已经有过'死亡轮回'的事情，即使多一件对于我来说也没有那么重要。

"还是那句话，我不想杀你，从我们认识开始我对你的印象一直就不错，甚至有些可怜你。若不是这么多巧合将你卷进来，你又充满着好奇心再也抽身不出去，今天这枪口也未必就会指在你的头顶！

"包括今天，如果你只是发现楼下于鸿的尸体并未上楼的话，我甚至可以继续放你一马，许梦梦父亲都同意了你们两人，为什么还要来到此处？难道于鸿比你的生命更加重要吗？"

"那是我兄弟！"

"兄弟又怎么样？你既然给了许梦梦承诺就应该去实现，那是你的女人，未来成家就将是你的亲人，你应该对她负责的！这个世界上没有任何事情比自己的家庭更重要，你必须保全自己的性命，为了他们，为了那个在家里等待着你的人！"

我无法反驳秦石的话，他这个人的责任感实在太强，尤其是对待他的家庭，在我们之前的无数次交谈中我都能够感觉得到，古玉其实并没有败在他的妻子手上，而是败在了秦石的责任感上。我觉得秦石是爱古玉的，不然他也不会这么多年都和古玉保持着地下情的关系，他的心里一定异常纠结，一面是爱情，一面是家庭。

这个世界上唯一能让秦石产生如此犹豫的，除了古玉，别无他人。

我沉默半晌，秦石迟迟没有开枪，估计是提到家庭他又不忍心下手，我必须还要继续拖延时间，都书言定然在前往这里的路上。

"秦队，那天在我家里究竟发生了什么？"

秦石眼中闪过一抹惊讶，他没想到这个时候我还会关心林茹和阿明的死亡，不过他还是继续开口讲述那天的事情。

秦石从省里赶回到我的家中，掐算着时间，因为他跟于鸿沟通过有意让他去测试许梦梦的看法，表面上看来是提点自己的徒弟，实则是想给自己争取到更多的时间寻找蓝色蝴蝶结。

当他到达楼下时看到了阿明的宝马，但他当时并不了解这个跟我女友有着关系的男人，也并没有在意，确定周围无人后上楼，悄悄地走到家门口准备开门。

此时王远早已按着王图强的指示躲在楼梯上方的拐角处，秦石的装束很严密，戴着口罩和鸭舌帽，王远在楼梯拐角看到有人开门便下意识将他当成了我，大跨几步冲下楼，一把尖刀随之顶在了秦石的腰部。

"我们老板要见你，跟我走！"王远阴森森地说道。

秦石微微一愣，他以为对方是有目的性冲着他来的，将双手缓缓伸高，装作投降的样子，转身的瞬间手快速落下，用力击打在手腕处将王远的刀卸了下来。

秦石并未想与他发生冲突，哪知王远根本没有害怕，上前便与秦石扭打在一起！王远的个头比秦石要高一些，膝盖狠狠地顶到了秦石的腹部。

走廊太过狭窄，秦石被按倒在地，王远掀开鸭舌帽和口罩后顿时愣住，因为是王图强的亲信，他见过这个曾经鼎鼎大名的刑侦队长，一时间手足无措。

王远呆滞，可秦石并没有犹豫，当他知道自己的事情败露，慌张下趁着王远愣神的工夫，一刀抹开了他的脖颈！

随后秦石打开房门将尸体拖入，却发现床上竟然躺着两个光溜溜的身体，秦石没想到会发生这么多的意外，后悔不已。

在他还未想好该如何做时，睡梦中的林茹翻了个身，秦石如受惊的兔子一般，一不做二不休，提着刀跨步上前抹开了两人的脖子！可怜林茹和阿明什么都不知道就惨死在我的床上，秦石在割阿明喉管时的力道很大，导致刀撞到了旁边的墙壁，留下了印记。

秦石看着眼前呼吸停止的二人，平复着自己的心情。事到如今他也没有心思再去寻找蓝色蝴蝶结，快速而专业地清扫着任何可能留下的线索，然后偷偷地离开凶案现场。

可是他不知道，在他离开后，王远并没有立刻停止呼吸，而是凭借着最后一点力量向门口爬去，但生命流逝的速度远远比他爬行的要快，至死那只手还在艰难地向前伸着，想要推开门活下去。

秦石说到这段时脸上毫无愧意，而是一种无奈，让人不禁有些心寒。

我咽了口唾沫，想起秦石走路无声的这一大特点，其实林茹的睡眠很浅，以前还总是怪我上厕所会吵醒她，不知那天是不是在床上翻云覆雨太累了，竟然开门和打斗她都没有醒，也怪阿明和林茹太过猖狂，不然即使撞到秦石尚且能够支吾一番。

杀了三个人后秦石将屋子内的剔骨尖刀和凶器一起带走，至于清理指纹还是避开人群对于他来说都是轻车熟路的事情。而且最后也是他调查的此案，如同五年前他调查"死亡轮回"一般，卖瓜的难道会说自己的瓜不甜？犯人难道会查自己做下的案件？

其实唯一让秦石感觉忐忑不安的并不是杀了人，还是那个蓝色蝴蝶结。我一直搞不懂古玉为什么要将蓝色蝴蝶结交给我，起初觉得她是想让于鸿查到凶手，到了如今才明白，她是用我在逼着秦石做选择。

要么撕毁自己的良心将我送进监狱，要么就只能每天心惊胆战地活在这个世界上。日记中古玉不止一次地写道，她觉得秦石变了，这次她在用自己的死来挑战秦石的底线，看他会不会为了名利将我也杀死。

古玉死去，秦石活着，但他要更加煎熬。

古玉……秦石……倒真称得上是"玉石俱焚"。

"你和古玉当年到底经历了什么？为什么古玉临死都不要放过你？从她的日记中看古玉是那么爱你，五年前发生了什么？"

我一连串的问题蹦出口后突然有些后悔，秦石本意杀我之心并不是很激烈，除了在古家村的那两次，甚至很多次他都留下了我一命，可是我现在还想着知道那些对于他来说最刺痛心底的事情，会不会逼着他将我杀死？就像古玉当初逼着他一样。

哪知秦石听到我的问题，脸色猛地一变，随后哈哈大笑。

"哈哈，哈哈哈哈。我真是没有想到，到了这个地步你的好奇心仍然这么重！好啊，我告诉你啊！"

说着秦石眼睛眯起，手缓缓扣到了扳机上，声音冰冷。

"去问于鸿吧！"

嘭！

门突然被撞开，只见都书言举着枪出现在门口，见到房间里的场景猛地一呆，双手持枪喝道："师父！你干什么！"

秦石一愣，随后皱眉望着我："是你通知的他？"

我摊了摊手，秦石若有所思地想了一会儿，自言自语："是许梦梦吧……爱情这个东西真是神奇，她竟然会选择相信你？"

"师父！把枪放下！"

都书言就在我们一米远，以他的精准度，如果他开枪，秦石必定难逃一死，可笑的是都书言对于枪械的了解还是从秦石送给他的书中学习到的。

一饮一啄，莫非前定？

场面就这么僵持着，秦石没有放下枪，他的眼神中充满了坚决，虽然我们接触的时间不长，但我了解他。事情到了这个地步，如果他将枪放下，那么就是认输，留给他的只有监狱内无尽的生活和法律的审判。

他隐藏了这么多年，杀害了这么多人，怎么可能在这种情况下放弃？

"秦队，给个机会，跟我说说你和古玉的事情。"我平静地望着枪口，望着他坚毅的脸庞，"如果今天你非要带一个人走，那个人一定是我，我最好的朋友、曾经的女人都被你杀害了，我在这世上的意义唯独剩下许梦梦。她不在这里，我相信你也无法杀害她，那就让我了却心中琐事，陪着你一起去地狱走一遭吧！说不定在那里还可能看到古玉，我倒是有很多的问题想要和她聊聊。"

秦石面色抖动，怪异地笑道："你唬我？"

我将双手举过头顶，将身体全部呈现在他的面前："这个时候我有什么可唬你的？我一直相信你，甚至在古家村旅馆老板暴毙时那么明显的情况下仍然不愿意去怀疑你，就为了这份信任，跟我说说你和古玉的事吧，我很想知道。"

秦石犹豫着，都书言渐渐靠近，走到了秦石的身后将枪口顶在他的后脑上。

"师父……求求你……放下枪，没有什么是过不去的，许……他一定会想办法救你的，现在事情还没有到不可挽回的地步！"

都书言的话明显触动了秦石，虽然都书言平时不苟言笑，对人冷漠，但是他为秦石所做的事情大家都看在眼里，他是真的将秦石当成父亲一样对待！

秦石摇摇头："书言，看来他已经找到你了，王图强说得没错，狡兔死、走狗烹，飞鸟尽、良弓藏，弃卒保车，你真是我的好徒弟，连师父的老路都走了一遍。我劝你啊，别像我当初一样，该收手趁早收手，他们的棋局，我都参与不了，更何况你？"

"师父……"都书言紧咬着嘴唇，脸颊抽动不止。

"我和古玉从小便在一起，那时我们还是小学……"

三十余年前。

古家村。

古玉和秦石的父母是邻居，因为村子偏僻的缘故，当时都流行吃大锅饭，也没有电视，一到傍晚时分，村里的乡亲都会拿着小板凳聚在村口的老树下聊天，说着隔壁村谁家的孩子结婚，谁家买了自行车……

自小两家父母的关系就异常亲近，古玉家包饺子会给秦石家送去，秦石家杀鸡也会叫古玉家的人一起来吃，仿佛一家人。

在这种情形下秦石和古玉先后出生，两个人自小便被定下了娃娃亲，荒山野岭，彼此日日在一起，可谓青梅竹马，两小无猜。

秦石比古玉大一岁，所以事事都会向着她，村子里的孩童因为秦石的原因都不敢欺负古玉，甚至许多女孩子暗地里都在羡慕她，有那样一个男孩儿竭尽全力地保护。

一次两人在河边的杨柳中，年少的秦石用沙泥堆成了一座古城，在微风下双手沾满泥巴笑着对古玉说："我以后会住进大城市，有飞机，有糖果，到时候我一定为你建造一座城，把你娶过门，你……愿意嫁给我吗？"

扎着马尾辫的古玉抱住了秦石的身体，将头埋在他的怀中，轻轻地"嗯"了一声，秦石手上的泥巴染脏了古玉的衣服，她在他的脸上留下了吻痕。

那个没有手机，没有电视，没有一切的时代，牵了手就代表着一生。

古玉以为自己的一生都会跟随着堆沙砌城的秦石。

而秦石的梦想，便是造一座城娶她过门。

上了初中后两个人去了县里，依然是每天在一起，无论吃饭还是上学，寸步不离，一起望着太阳升起、落山，刮风抑或是下雨，好似世界上没有任何东西能够让他们分开，苍天也不可以。

可就在初二的那一年，秦石的父亲重病，母亲顶着巨大的压力熬费了心血，死在了父亲的病床前，秦石只能辍学背井离乡挣钱养家。临别前古玉和秦石在中指上各文了一个字，秦石是"玉"，古玉是"石"，因为当年小县城的技术落后，如今只能看到模糊的图案。

秦石离开小县城，在城市里半工半读考上了大学，而古玉毕业后从县里奔赴到了另一个城市。

六年间秦石和古玉的书信来往越来越少，等到两个人都买了手机的时候，却早已没有了对方的联系方式。

古玉就读于牡市的政法大学，而秦石去了省会的警校。

如果两个人真的就此没有联系，那顶多是一段那个年代悲情的故事。可巧就巧在，秦石 2003 年实习时曾来到牡市政法大学学习，那时的古玉正在于鸿和王图强中间犹豫。爱情是盲目的，当两个人再次相逢，于鸿和王图强便成了配角。

可令古玉和秦石度过一年的热恋期，准备毕业时才知道，秦石已经结婚，女孩是秦石曾经打工时寄宿人家的女儿，也就是现在秦石的妻子。

造化弄人，痴情的古玉不止一次地想起当年的那座城，可秦石的城内却没有她的身影。

秦石的心里也爱着古玉，初恋往往让人伤怀又不舍，古玉犹豫了许久后选择了接受，两个人偷偷地进行着地下恋情，这一持续便是八年。

秦石因为古玉得罪了省里的高官，被发配到了"亡命徒的聚集地"。古玉则在牡市安身成了一名律师，因为于鸿的帮助，多年来逢官司必赢，一时间风头无两。

而秦石也凭借着自己的努力，将古林县打造成了富饶和平的地方，从古林县调到了牡市！

本以为两个人可以守得云开见月明，可随着秦石官职的升降，他不得不去在乎自己的名声，他无法在众众视野下抛弃跟随自己多年的妻子去娶古玉，而古玉，却还在等，等那座城……

在这期间，古玉嫁给了王图强。

当时的于鸿每天都在忙案子，还没有经济基础和人脉，当然也没有现在"迷途者"的称号。他知道古玉嫁人后，表达了祝福，这是于鸿的优点，宁愿自己心痛，也不会舍得古玉与他过苦日子，如同我初时对许梦梦一般。

但这也是于鸿生前最后悔的事情，或许当年他再勇敢一些，娶古玉的人就会是他，但结果不会有什么区别，古玉此生只爱过一个人，并且到死都爱着这个人。

于鸿和王图强都不知道，不知道古玉拒绝了两人这么多年后为什么会突然如此急着结婚，这点不得不佩服古玉和秦石的能力，竟然能够保持地下恋情如此之久还不被他们发现。

　　古玉和秦石的来往渐渐变少，但两个人心里都知道，他们互相爱的人是对方，并不是陪着自己照结婚证的人。只有在某个酒店内的床上，两人才能够抛开一切去享受简简单单，纯粹的爱。

　　秦石的职位越升越高，古玉的名号越来越响，两个人本可以平平淡淡地过日子，可是意外再次发生，五年前的那桩案子打破了所有。

　　从古玉的日记中可以了解到，她对秦石的所作所为不敢置信，甚至她曾思考过要将秦石送进监狱，可她腹中的孩子改变了她的想法。她成为了"死亡轮回"的律师，两人演了一出戏，将"死亡轮回"变成了业界轰动，直到如今依然会被人提起的完美密室杀人案。

　　古玉被杀前一个星期，她找到了秦石，两个人坐在当时我见到古玉的咖啡馆中，同样的座位，只不过坐在她对面的不是我，而是她最爱的男人。

　　古玉捧着奶茶，面容憔悴，头发散乱不堪，王图强许久没有回过家中，秦石也每天在警局和妻子之间过着两点一线的生活。孩子上学的琐事，警局案子的忙碌让秦石没有时间去陪伴这个跟随了他半生的女人。

　　"和她离婚，娶我。"古玉的心被日日夜夜的孤独和凄冷磨蚀成千疮百孔，她选择了极端，时隔七年，再次提出了这句话。

　　秦石沉默不言，这是他给她的承诺，却一直没有做到，那个手上沾染泥巴的少年已经不能脱离自己的家庭，或许当初是为了名声，而在这时，他为的是一份责任。

　　"你答应过我的，现在我要你实现。"

空气变得稀薄，秦石感觉自己的呼吸困难，缓缓地从自己的胸腔中吐出三个字。

"再等等。"

"我等不了了。"古玉抓了把自己的头发，发丝落在手上，"你已经让我等了十多年！我从少女变成了少妇，我还要等到什么时候才能够和你有一个家？"

古玉仿佛野兽一般沉声嘶吼，做着最后的挣扎。而秦石只是静静地望着她，不知该说些什么，他曾经无数次想过离婚，想过造一座属于自己的城给古玉，可是……可是每次他回到家里，妻子温柔地褪去他的衣服，备好香喷喷的饭菜，听着孩子咿咿呀呀喊着"爸爸"，他终是无法说出口那句"我们离婚吧"。

"我再给你一个星期的时间，如果你再不做出选择，别怪我心狠！"

"别……别逼我……再等等，再等等好吗？"

"秦石，要么给我那座城，要么别怪我毁了你现在的家庭！放心，你死后我也会随你一起去，来生再做夫妻，奈何桥上我会等你！"

秦石身体一抖，眼中闪过一丝坚决，幽幽沉声道："你要做什么？"

古玉咧开嘴角，微微将身体探向前，凝视着秦石的眼眸。

"五年前的事情你可还记得？"

"你疯了！"

"哈哈。"古玉狰狞地笑着，脸上挂满了泪水，"我即使真的疯了，也是拜你所赐！是什么让我变成今天这副模样？八年前你若是不出现，不对我说那些甜言蜜语，我古玉会背叛自己的丈夫？五年前你的双手若不是沾满血腥，我又怎么会放弃自己的梦想？你毁了我，秦石，你毁了我你知道吗？！"

古玉伸手抹去泪水："好，毁了也就罢了！我爱你，女人总是盲目的，现在我什么都不要，不要梦想，不要家庭，只要你娶我！后半生和我在一起！"

秦石沉默着，手中不停地捏着一支香烟，突然，香烟从中断掉。

"一个星期……好。"

秦石面无表情离开了咖啡厅，古玉顿时像泄了气的皮球，趴在桌子上大声地哭泣起来……

6月12日。

古玉在家中化了美美的妆，死在每个夜晚孤零零守着的窗前，她那文着模糊不清"石"字的中指被切割掉，无从寻找。

一个星期的时间已到，秦石没有拿来离婚证，却拿走了古玉的命。

我的眼中打转着泪水，望着面前用枪指着我的男人，一瞬间感觉他是那么可悲、可怜、可叹。

"你错了。"

秦石皱眉惊愕道："什么？"

"古玉之所以会在那天去找你，是因为她真的想通了，她悟了，你却没有。古玉是个可怜的女子，她这一辈子不为事业，不为家庭，仅仅为了你秦石而活。她很伟大，也很傻，她在找你的时候已经做出了选择，要么你娶她，要么……她就离去。"

秦石好似想到了什么，眼神开始发生变化，原本的凌厉化成了哀伤，他是一个聪明人，很多话不用我说透便能理解。

古玉从未想过要将五年前的事情说出，她只是想借着这个理由来逼迫秦石，看秦石在功名利禄和柴米油盐中会选择哪一个。不知古玉在找到买保险时有没有想到，秦石会为了妻子孩子杀害他，不顾自己的一切。

"保险的受益人是谁？究竟是不是廖晓花？！"秦石突然发声问道。

我抿了抿嘴唇，眼睛瞟向卧室内的黑色盒子，道："你为什么不自己去看看？"

秦石丝毫没有在乎脑后都书言的枪口，坦然地放下枪，转头便向卧室走去……都书言想要说话，我望着他轻轻摇了摇头。

秦石蹲下身缓缓打开盒子，黑色的日记本被他拿在手中，我点起一支烟，静静地望着他，此刻的我心如止水，一切我都已然知晓，而秦石却被蒙在鼓中。

所谓当局者迷旁观者清，秦石虽能力出众，善于破案，可当他自己跳进这个深渊，黑暗便已遮蔽他的双眼，什么都看不清了。

都书言的手机响了起来，他拿起后淡淡道："将于鸿的尸体带走吧，我和秦队在一起，你们不用上来了，回警局等命令。"

秦石翻看完日记本，颤抖着双手拿起了下面的文件夹。

两张保险单的受益人，是一名女性，叫作廖晓花，现身居国外。她跟古玉没有丝毫的关系，起初警察调查的时候，她还曾回国协助，只是表明她是古玉的闺密。

而黑盒子中日记本下的文件夹内则是于鸿调查廖莲花得到的信息，于鸿做了自己应该做的一切，还没有想好是否要将信息公布就死在了秦石的手中。

廖晓花只不过是个替身，或者说保姆一样的人物，古玉将受益人填写上她的名字，是因为她在伦敦的家里还有一个五岁的孩子，叫作——秦瑶。

秦石咣当一声坐到了地上，手中拿着古玉的日记本和秦瑶的个人资料满目惊慌，不敢置信。

"五年前死亡轮回后，王图强说过她失踪了一年，我想，她是不想用孩子来逼迫你。母爱是慈悲的，相比于你们两人纠纠缠缠十几年的爱情，孩子终是无辜的。古玉为你留下了最后一颗火种，也是她在人世间唯一留下的东西，盒子下方还有两张机票，是前往伦敦的，也就是秦瑶现在的住处，日期是六月二十一。

"如果当初你答应古玉，你将会有一个新的家庭和孩子……可惜，你并不知道，而且在威胁下选择了杀害她，古玉所说的话你真的相信吗？你觉得古玉那么痴情的女人会真的做出危害自己孩子父亲的举动吗？"

"别说了！"秦石暴喝一声站起身，几步迈到我的面前，枪口直接顶到了我的脑门，我的后脑撞到了墙壁上。

"今天你杀了我也无所谓，大不了一起下地狱！可你的孩子呢，你的两个孩子该怎么办？秦石，你能为了家庭和孩子亲手杀死自己最爱的人，你也可以杀死我！"

秦石紧紧地扣着扳机，我甚至能听到枪内管道的机械声，冷汗流了下来。

"赵安！你根本不了解我！我说了！从未想过要杀害你，最开始我发现古玉的死牵连到你时，便一直在帮你撇开罪行，为什么？因为我秦石是一名警察！要不是五年前杀死她后我心生愧疚，这些年我办的案子都够升职做局长了！

"我不能违背自己的良心，杀她，杀古玉，杀林茹，杀刘伟明，杀王远，包括杀于鸿都是不得已而为之！我没有理由杀你，这一步步都是你将我逼出来的，我不止一次跟你说过，离开这座城市，我帮你消除后患，可你为什么就是不肯走？"

秦石的枪口再次狠狠地撞击着我的头，脑袋里嗡嗡直响。

"住手！秦石！"

都书言的喝声打断了秦石的举动，秦石能够感受到那冰冷的枪口顶在他的后脑，都书言的手狂烈地颤抖着，此刻疯狂的他谁也猜不到下一个举动会是什么。

我看着油尽灯枯、困兽之斗的秦石，心中除了仇恨外还有一丝同情，也许他不是一名好警察，但他绝对是一位有善意，有良心的人。

"你后悔吗？"我极其平静地开口问道。

秦石一怔，双眼突然变得无神。

"我这一辈子，最对和最错都是同一件事……那就是，救了你。"

秦石的话一出口，轮到我愣在原地不知所措。

"五年前到底发生了什么，会导致你如此残忍地杀害了那个女人？为什么你会迈出那违背原则、踏向深渊的一步？"

秦石嘴唇微微颤抖，手依然停留在扳机处，眯起眼睛："你想知道？如果我告诉你，今天你也会死！没有人能够救得了你，所有知道'死亡轮回'真相的人都会死！"

我沉默了一秒，随后郑重地点了点头。

秦石突然咧开嘴笑了起来，如同第一次见面般，怜悯慈悲地看着我。

"那好，我告诉你，五年前……"

嘭！

秦石的脑袋霎时间爆出一朵血花，随后整个人瞪着眼睛扑到了我的怀里，缓缓瘫软了下去。

我的脸上沾满了鲜血，目瞪口呆地看着都书言，他……他竟然杀了秦石！

秦石在我的怀中死去，嘴角隐约带着丝丝笑意。都书言举着枪站在我的对面，面无表情，但我清楚地看到，他的眼角落下了一滴泪水。

"为什么！"我嘶吼着。

都书言将枪扔到地上呆呆坐到了一旁的椅子上，手中的枪掉落，双眼无神沉默不语。

　　"象棋的精髓是什么？"这句话突然在我的脑海中浮现。

尾 声

　　许梦梦离开了警局，我们在另一座城市开了一家小酒吧，也算是祭奠我那傻兄弟曾经的愿望。我在牡市给于鸿买了一块墓地，每逢清明、重阳都会回去陪他聊聊天，喝上一壶老酒。

　　都书言因为此案接替了秦石的位置，一时间都书言的名声传遍整个警界，某位领导亲自给予他颁奖。

　　我和许梦梦于 2014 年 6 月结婚，正好是给秦石烧完三周年后，有趣的是，秦石的墓地与于鸿紧紧挨着。生前两个人合作过也敌对过，在另一个世界希望他们可以平静下来好好聊聊。

　　婚礼后我们去夏威夷度蜜月，徐羽留在 × 市打工（这是我们现在居住的地方，所以不便透露）。

　　临走前我问他以后的梦想是什么。

　　"我想做一名警察！维护正义！"

　　我鼓励地拍了拍他的脑袋，淡淡道："守护自己的信念，别让社会吞蚀了他。"

　　前往夏威夷的路途中。

　　某一天在船上，甲板只有我和许梦梦两人，夕阳西下，映照海面泛起点点殷红，凄美无比，海鸥在天空中翱翔，发出清脆的叫声，悦耳动听。

许梦梦望着无垠的海面，突然问道："八年前到底发生了什么？"

我没有想到时过已久，许梦梦还会记得这件事，突然不知该作何回答。

一只海鸥自我们头顶飞过冲进海中衔起鱼来，我捡起甲板上一块小石子，望着晚霞轻轻投下，轮船带起的波浪瞬间便将石子吞没，连波澜都未曾显现。

"没有什么。"

我微笑着看着海平线，世间的事情真的没有必要非得弄出个是非对错，就让那个秘密如同这石子一般沉入大海。或许，这才是最好的结果。

我搂住许梦梦的肩膀，她自然地将头靠在我的胸口。

"不管八年前发生了什么都不重要，无论对你我，还是对他们。在秦石和古玉的心底，最重要的是那座城，我相信有一天，一个男孩会将那个女孩娶过城门，在漫山灿烂中牵着她的手走过余生……"